KB271465

레디오스 新무협 판타지 소설

용들의 전쟁 4

레디오스 新무협 판타지 장편 소설

초판 1쇄 찍은 날 § 2006년 11월 7일
초판 1쇄 펴낸 날 § 2006년 11월 17일

지은이 § 레디오스
펴낸이 § 서경석

편집장 § 문혜영
편집 § 서지현 · 심재영

펴낸곳 § 도서출판 청어람
등록번호 § 제1081-1-89호
등록일자 § 1999. 5. 31
어람번호 § 제2-1054호

주소 § 경기도 부천시 원미구 심곡1동 350-1 남성B/D 3F (우) 420-011
전화 § 032-656-4452 팩스 § 032-656-4453
http://www.chungeoram.com
E-mail § eoram99@chollian.net

ⓒ 레디오스, 2006

ISBN 89-251-0393-1 04810
ISBN 89-251-0264-1 (세트)

龍

용들의 전쟁

Fantastic Oriental Heroes

레디오스 新무협 판타지 소설

4

천외천(天外天)

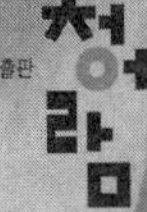

목차

25장

천외천(天外天)

천외천(天外天)

　곧 다가올 겨울은 춥겠지. 올 초의 봄도 추웠으니까. 바람이 차진 않았으나 묘하게 몸이 시렸고, 하늘 향해 고요히 비상하는 아지랑이에서도 슬픔이 느껴지던 봄이었다. 그 슬픔의 한기가 끝끝내 남아서 겨울을 장식할 것이다. 눈발 하나하나에 맺힌 한기를 몸으로 고스란히 받아들이겠지. 적어도 이렇게 내가 방황하고 있는 한.

　"어디로 가지?"

　녹지현은 낙엽을 구박하며 중얼거렸다. 탈출에 성공은 했으나 갈 곳이 없다. 싸움이 한창인 정주로 돌아갈 생각은 애초에 없었다. 눈먼 칼이나 화살에 맞아 이름 모를 시체가 되어 남자들이 다수를 차지할 시체 더미에 뭉뚱그려지는 꼴이 달가울 리 없다. 그렇다고 두 번째 고향이라 할 수 있는 청성 산으로 돌아가기도 좀 그렇다. 사부님과 사형께서 '이놈, 지 현아! 네가 왔구나' 라며 두 팔 활짝 벌리고 곱디고운 자태로 달려오신다면, 분명 두 손에는 몽둥이가 들려져 있을 것이다. 어찌 됐든 자신은 지금 '대외적으로 소중한' 의제(義弟)를 버 리고 도망친 사람이었다. 이 소문을 가진 채 정도맹 사람들을 만나면 저들이 취할 행동은 뻔했다. 고생하여 지저분해진 얼 굴을 침으로 닦아주고, 헤매느라 누더기가 된 옷을 대신해 멍 석으로 말아주겠지. 정도맹 사람들은 만나면 안 된다. 그렇다 고 사도맹 사람들을 만나느냐? 고생하여 지저분해진 얼굴을 깨끗하게 뜯어주고, 헤매느라 누더기가 된 옷을 빨간색으로 장식해 주겠지. 녹지현은 고개를 세차게 저었다.

"일단은 대의명분이 필요해."

녹지현은 자신이 짓밟아 부순 낙엽을 한 움큼 쥐며 중얼 거렸다. 역시 살아남기 위해서는 변명이 필요했다. 가장 좋 은 방법은 '내가 지금 아우를 버리고 도망친 이유는 정도맹 을 위해서였다' 가 되어야만 하는 것. 자신과 함께 도망친 모 산파 도사들이 이미 그 일을 이루었겠으나, 모른 척하고 알 려야만 한다. 그리고 그 사실을 알린 사람이 녹지현임을 소 문내야 한다. '아우를 버리고 도망쳤다' 는 배신자의 오명— 따지고 보면 진실이지만—에서 벗어날 수 있는 방법은 그것뿐이었다.

"라는 건 정주로 가야 한다는 얘기잖아!"

녹지현은 낙엽을 팽개치며 울상 지었다. 지금 상황에서 그 사실을 알려야 할 곳이 어디란 말인가. 정주에 있는 동방진상 군뿐이다. 이미 저들은 정주 깊숙한 지역까지 파고들어서 귀암곡의 살수들이 배치된 지역도 통과했을 것이다. 팽개쳐진 낙엽이 녹지현을 비웃었다. 너도 곧 우리처럼 썩겠구려. 녹지현이 낙엽을 발로 밟아 짓이겼다.

"에이, 모르겠다."

잡초와 낙엽이 가득하여 푹신한 땅에 누웠다. 구름이 녹지현의 속도 모르고 유유히 흘러간다. 귓불 옆에서 풀벌레 우는 소리가 들렸다. 손을 휘저으니 풀잎 하나가 손에 잡혔다. 검지를 튕겨 풀잎을 꺾었다. 그리고 풀피리를 불 듯 입술에 물었는데, 정확히 그곳에 붙어 있던 풀벌레가 입 안으로 들어왔다. 벌떡 일어나서 풀벌레를 뱉고 풀잎으로 사정없이 때렸다. 이미 풀벌레는 잡초 사이로 모습을 감춘 뒤였다. 녹지현은 애꿎은 땅을 풀잎으로 때리며 한탄했다.

"이 몸이 갈 곳 없구나. 강호가 무어냐. 강호가 넓고 넓어서 청운의 꿈이 가득하다지만 내 한 몸 놓을 곳 없으니 인색하기 그지없다."

"땅을 때리는 그 채찍[책:策]을 찾아가면 되지 않겠는가."

"누, 누구시오!"

갑작스런 목소리에 녹지현이 깜짝 놀라 고개를 돌렸다. 노인이 녹지현의 뒤에 앉아서 웃음 짓고 있었다. 당황한 녹지현은 도망칠 때 빼앗았던 검 하나를 내세우고 호통쳤다.

"노인의 정체가 뭐요! 정체를 밝히지 않으면 빈도의 손속이 독하다 말하지 마시오!"

"날 모르겠는가?"

"질문은 빈도가 했소!"

"다시 인사함세. 내 객잔을 운영해 줘서 고맙네."

그제야 녹지현은 안도의 숨을 쉬며 검을 늘어뜨렸다. 장삭파의 영역에 있던 객잔의 주인이 확실했다. 녹지현은 놀라게 하지 말라며 화를 내곤 노인의 곁에 앉았다. 그리고 뒤늦게 노인이 홍암개라는 사실을 깨닫고 재빨리 몸을 돌려 부복했다.

"서, 선배께서 여긴 어쩐 일이십니까!"

"자네를 쫓아왔네."

"저를요?"

"청성의 경공이야말로 명불허전이더군."

녹지현은 빨개진 면색을 감추기 위해 잡초와 낙엽 더미로 얼굴을 묻었다. 홍암개가 껄껄 웃더니 녹지현이 낮춘 어깨 위로 발을 걸쳤다.

"자네들이 소림사에 당하는 것도 모두 지켜봤지. 도움을 줄 능력도 되지 못했거니와 도울 생각도 없었네. 자네 아우의 무용도 보았고 자네의 업적도 보았지."

녹지현이 더욱 부끄러워 고개를 들지 못했다. 업적이라면 업적이다. 떠오르는 별들의 모임 신성육장의 맏형이 동생을 버리고 도망쳤다면 그야말로 쉽게 접하지 못할 소식이리라. 녹지현은 아까의 그 풀벌레가 입 안으로 기어들어 오는 중인데도 고개를 들지 못한 채 말했다.

"부끄럽습니다. 다시는 그런 부끄러운 푸, 퉤! 짓을 하지 않을 테니 선배께서 아량을 베풀어주십시오."

"멋진 일검이었네. 피 한 방울 보지 않고 전세를 뒤집는 일검이야말로 전쟁터의 검사들이 원하는 최고의 출수가 아니겠는가."

"아니, 푸, 퉤! 그러니까… 그때는 그만 우발적으로…….음. 네?"

녹지현이 얼굴을 들었다. 그리고 입술에 붙어 있던 풀벌레를 떼며 멍한 얼굴로 홍암개를 응시했다. 홍암개는 구름을 보고 있었다. 입가에 미소가 가득하다.

"자네가 무리 속에 던진 단검 말일세. 도사들의 대응도 좋았지만, 단검을 던진 자네야말로 최고 수훈을 세운 것이지. 그에 대한 정보를 악 대협에게 전해줬으니 자네를 달가워하리라 믿네."

"아!"

녹지현은 뒤늦게 자신의 진짜 업적을 생각해 낼 수 있었다.

그 와중에 자기 혼자 쫓기는 게 억울해서 단검을 던져 줬는데, 정말로 그것이 상황을 역전시키는 계기가 되지 않았던가! 녹지현은 화색이 되어 외쳤다.

"그렇군요! 정말 그렇습니다! 하하하! 그런데 악 대협이라뇨?"

"말했잖는가, 채찍을 찾아가라고."

"아!"

녹지현은 홍암개가 하는 말의 의미를 알 수 있었다. 악책! 아직 만나지 못한 신성육장의 인물이 있었다. 동방진상의 말이 맞다면 악책은 지금쯤 낙양 부근까지 도달했을 가능성이 높다. 녹지현은 크게 기뻐하며 홍암개에게 머리를 조아렸다.

"감사합니다, 선배님! 이 은혜는 절대로 잊지 않겠습니다!"

"정주 쪽으로 가야 할 걸세. 내가 준 정보는 거기까지 적혀 있거든. 그리고 소림사의 배신에 대한 내용도 동방진상 군에게 간략히 알렸으니 악책을 만났을 때 굳이 정주 안으로 들어갈 필요는 없을 걸세."

"예! 반드시 선배님께서 말씀하신 대로 악 대협, 아니, 악 아우만 만나서 자초지종을 알리겠습니다!"

홍암개가 몸을 일으키더니 엉덩이를 털며 너털웃음을 흘렸다.

"그럴 필요도 없네. 머리카락이 다섯 가닥밖에 없는 전령을 시켜서 좀 더 구체적인 내용의 정보를 보냈으니까."

“예?”

“막 대협과 자네와 모산파 도사들이 소림승에게서 어떻게 탈출할 수 있었는지의 모든 과정을 세세하게 적은 정보를 보냈다는 얘길세.”

“쓸데없는 짓을! 아, 아니, 죄송합니다. 그, 그럼…….”

“보낸 지 일 다경도 채 안 됐는데 청성의 경공술을 다시 견식할 수 있으려나.”

홍암개의 미소를 보고 녹지현은 말뜻을 알아챌 수 있었다. 녹지현은 급히 포권하여 이별을 고한 뒤 정주 쪽으로 달리기 시작했다. 녹지현의 달리는 모습을 물끄러미 주시하던 홍암개가 고개를 가로저으며 한숨 쉬었다.

“인생사 참으로 모를 일이야. 천산녹왕의 유일한 혈육이 저런 놈이라니. 녹왕께서는 천하에 다시없을 협사인지라 수천의 사람들이 도움을 받았으며 나 또한 평생 갚아도 부족할 은혜를 입었는데…….”

홍암개는 녹지현의 뒷모습에서 몸을 돌렸다. 몇몇 개문제자들이 달려오는 것이 보였다. 홍암개는 제자들의 표정에서 새로운 변화가 있음을 읽었다. 제자들은 예상외의 정보를 건넸고, 그것을 듣게 된 홍암개의 얼굴에 경악의 빛이 흘렀다.

“동방량 맹주가 직접?”

“예.”

홍암개는 웃음을 터뜨렸다.

"거물은 거물이로다. 작금의 상황을 홀로 바꿀 수 있었으니 공작왕도 소용없겠구나."

홍암개는 얼굴에 담은 웃음을 지우지 않은 채 다음 정보를 기다렸다. 홍암개는 정주에서의 일보다 다른 쪽의 정보가 더 궁금했다. 제자 한 명이 홍암개의 눈빛을 받고 고개를 내밀었다. 긴 속삭임을 받고서 홍암개는 또 한 번 놀랐다.

"그렇게 끝났단 말이냐?"

"예."

홍암개는 제자에게 맡은 일을 지속하라 일렀다. 제자들이 사라지자 홍암개는 자리에 누웠다. 조금 전까지 녹지현이 누웠던 곳이었다. 홍암개는 흐르는 구름에 검지로 경계선을 만들며 중얼거렸다.

"서로에게 큰 피해가 없었으니 나쁠 것은 없겠다. 그러나 일이 꼬이겠구나. 동방 맹주가 신성육장에 대해 큰 관심을 가지고 있었는데……."

홍암개가 받은 정보는 막당에 대한 것이었다. 아니, 곤지가 이끄는 사도맹의 움직임에 대한 정보라고 해야 옳을 것이다. 저들은 모산파 도사들을 놓친 상황에서 막당과 긴 시간을 대치했다. 곤지와의 싸움이 끝난 뒤 막당이 환대를 받았다는 이해 못할 정보였다.

"신성육장의 일원이 처음부터 사도맹과 친분을 다진다

면… 아니, 어쩌면 사도맹 쪽으로 발길을 돌렸을 수도 있다. 악책과 금영진이 정도맹의 소속이라고는 하나, 집단에 속할 성격이 아니니. 음. 고민이다, 고민이야. 이로 인하여 동방 맹주가 신성육장에게 실망하는 것도 좋지 않아.”

구름이 끝내 검지를 뚫고 지나간다. 홍암개는 기지개를 켜더니 몸을 일으켰다. 날씨가 맑아서 별다른 일은 없을 것 같았다.

막당은 맑은 하늘을 보았다. 흐린 날씨가 찾아올 기미란 보이지 않으니 사공 할아버지 마을의 홍수를 걱정할 필요는 없겠다. 막당은 혀를 빼낸 채 숨을 몰아쉬며 눈웃음 지었다. 가끔 시원한 바람이 불어서 흠뻑 젖은 땀을 훔쳐 간다. 갑자기 하늘을 막는 것이 있었다. 초구가 커다란 코를 들이대며 뜨거운 바람을 뿜고 있었다. 그것이 마치 ‘넌 이게 한계였어’ 라며 지쳐 뻗은 것을 구박하는 듯했다. 막당은 몸을 일으켰다.

“자! 싸웁시다!”

“무, 무슨!”

곤지가 막당처럼 똑같이 누워 있던 상태에서 비명을 질렀다. 곤지는 긴 오른팔로 땅을 박차며 그 반동으로 몸을 일으켰다. 하지만 격투세를 취하는 것이 아니라 일어서자마자 엎어지듯 막당의 목을 끌어안았다. 자신이 여인이라는 것도 잊은 채 막당을 끌어안은 채로 말했다.

"적당히 하자! 우리는 충분히 했다, 이 싸움!"

막당이 대답 대신 곤지를 부축하듯 안은 채 초구를 돌아봤다. 초구가 막당과 곤지를 한꺼번에 외면하며 콧김을 뿜었다. 인간이 다 그따위지 뭐. 초구의 행동이 그런 의미로 느껴졌기에 막당은 천천히 곤지를 밀었다. 그리고 초구를 향해 주먹을 내밀었다. 그것을 바랐다는 듯 초구가 앞발로 거세게 땅을 찼다.

쾅! 파칵!

둘이 싸우는 모습을 보고 곤지와 회인 등이 혀를 내둘렀다. 곤지는 멍한 표정의 회인을 향해 걸으며 고개를 저었다.

"짧은 강호행이었습니다. 저런 친구는 처음 보았습니다."

예의가 아닌 줄을 알면서도 회인은 막당에게 눈을 떼지 않은 채 곤지에게 합장하는 괴상한 스님의 모습을 보였다.

"나무아미타불. 소승 또한 처음 들었습니다."

예상치 못한 대답인지라 곤지의 시선이 회인에게로 향했다.

"들었단 말입니까? 무엇을?"

"곤 시주께서 저분에게 친구라 하셨습니다."

"아."

곤지는 웃었다. 웃음을 머금고 막당과 초구의 싸움을 구경하고 있는 자신을 적이라고 규정할 수는 없는 일이었다.

"그만! 그만!"

막당이 지쳐 쓰러져 엎어졌는데도 열심히 짓밟고 있는 초구의 모습이 우스웠다. 스님들과 사도맹의 무인들이 웃음을 터뜨리던 와중에 누군가 허겁지겁 달려왔다. 달려온 자는 두 사람이었는데, 한 명은 사도맹의 인물이었고 또 한 명은 소림승이었다. 곤지와 회인은 동시에 편지를 받았다. 그 내용이 당혹스러워 곤지와 회인은 서로를 마주 보았다. 곤지가 먼저 말했다.

"곁에 소림승들을 죽이랍니다, 아직 있으면. 동맹이 끝났답니다."

회인은 충격적인 정보를 거침없이 알려준 곤지의 뜻이 고마워 자신의 서신 내용도 말했다.

"동맹이 끝났으니 곁에 사도맹이 있으면 어서 도주하라고 하셨습니다."

"어쩔까요?"

곤지가 쓰게 웃었다. 서신은 다른 누구도 아닌 자신의 사부 구량 대사가 보낸 것이었다. 예전 같았으면 망설이지 않고 행했을 것이다. 하지만 막당을 통해 갓 배운 강호의 뜻은 너무도 달랐다. 막당과의 싸움이 없었다면 이러한 고민을 나누는 일은 없었을 것이다. 그것은 회인 또한 마찬가지였다. 가끔 불어와 땀을 훔치는 바람처럼 시원한 이 관계를 울적하게 끝내고 싶지 않았다. 회인은 말했다.

"저기 막 시주께 묻는 것이 어떻겠습니까?"

곤지가 좋은 생각이라며 막당을 향해 달려갔다. 막당도 곤지가 오는 것이 반가운지 손을 흔들었다. 초구도 반가웠는지 막당 짓밟기를 그만두고 '오너라, 팔 병신. 마침 기다리고 있었다' 라는 기대감 어린 눈빛을 보냈다. 곤지는 오른팔을 먼저 내밀어 초구의 턱을 쓰다듬어 실망시킨 뒤, 막당에게 서신을 내밀었다.

"어떻게 생각하십니까?"

"예?"

막당이 서신을 보지도 않고 반문했다. 곤지는 막당에게 자신이 받은 서신의 내용과 회인이 받은 서신의 내용을 말했다. 막당이 대답했다.

"무슨 말인지 모르겠습니다."

여러 번 설명했지만 소통이 어려웠다. 게다가 곤지의 익숙하지 않은 어법과 회인의 공손한 소림사식 어법이 막당을 더 혼란시켰다. 둘은 막당에게 뜻을 묻는 것을 포기한 채 고민했다. 그때 막당이 초구의 머리를 쓰다듬으며 말했다.

"배가 고픕니다. 같이 밥을 먹었으면 좋겠습니다."

"아, 예. 일단 돌아가서……."

답하던 곤지가 갑작스레 입을 다물었다. 회인도 눈에 이채를 띠며 소리쳤다.

"아아, 그게 어떻겠습니까? 저희가 사도맹 진영에 포로로 가겠습니다. 정도맹과의 동맹이 깨졌다면 사도맹도 쉽사리

이 지역을 빠져나갈 수 없을 것입니다. 소림이라면 길을 열어 주는 조건으로 저희들을 돌려받을 수 있겠지요."

"그 생각입니다! 방금 생각했습니다, 저도!"

곤지도 기뻐하며 회인의 말을 받았다. 덕분에 사도맹 무인들과 소림승들은 오랜 시간 긴장했던 가슴을 쓸며 웃음을 터뜨렸다. 이동하는 내내 막당을 중심으로 모든 이들이 하나의 세력 속 가족처럼 즐거이 떠들었다. 심지어 회인과 곤지의 혼인설이 화두에 오를 만큼 거침없는 농담이 흘러나왔는데, 당사자들이 화를 낼 수 없었다. 막당이 그 말을 듣고 즐거워했기 때문이다.

처처척!

사도맹 진영에 도착하자 그곳을 지키던 십수 명의 무사들이 창을 세우며 맞이했다. 가는 길까지는 폭이 좁은 길이었으나, 정작 사도맹의 진영은 삼백 명도 자리 잡을 수 있을 정도로 넓었다. 게다가 그곳을 향하는 길이 훤히 보일 만큼 높은 지역에 있어 방어에 용이했다. 백사십여 명의 사도맹 무사들은 도착과 동시에 자신들의 자리를 찾아가서 신변을 정리했다. 회인이 곤지에게 소림승들의 처우에 대해 물었다. 곤지는 자신이 묵고 있던 곳에 들어가더니 몇몇 개의 짐을 들고 나왔다.

"제일 널찍합니다. 쓰십시오, 여길."

회인은 곤지가 안내하는 곳을 응시하며 고개를 기울였다. 아무리 봐도 단시일 내에 만든 처소가 아니었다. 다른 천막들은 사도맹 무리들이 갖고 와서 직접 설치한 게 분명했지만, 지금 자신의 정면에 놓은 처소는 최소 오 년은 묵은 것 같았다.

"예전부터 이곳에 사도맹이 터를 이루었습니까?"

회인이 참다못해 물었다. 곤지는 대답 대신 오른팔을 길게 뻗으며 동쪽을 가리켰다. 회인이 돌아보니 동굴이 하나 보인다. 그곳은 주변 나무로 급조한 문이 막고 있었고, 그 앞에 막당이 두리번거리는 중이었다. 곤지가 말했다.

"산적 소굴입니다, 이곳은. 자리를 저희가 쫓아내고 잡았습니다."

"아."

회인은 고개를 끄덕이며 산적들이 갇혀 있을 동굴로 걸었다. 하지만 곤지가 이를 방해했다. 곧 사부님이 오실 테니 막사에 들어가 있으라고 말한다. 회인은 한숨을 쉬며 소림승들을 인솔했다. 소림승들 모두가 막사에 들어가자 곤지는 두 명의 무사에게 입구를 지키라고 명령했다. 그리고 다른 두 명에게는 술상을 주문했다. 이제 곤지는 임시 뇌옥을 두리번거리는 막당과 초구에게만 용건이 남았다. 곤지가 접근했을 때, 막당은 뇌옥의 틈새로 귀를 내밀던 중이었다.

"알겠습니다, 알겠습니다. 이제 그만! 갔다 와서 주문 받겠습니다.”

“점소이셨습니까, 전직이?”

뇌옥 안에서 물을 달라는 소리로 시끄러웠다. 막당은 포로가 된 산적들의 목소리를 통해서 자신이 가져와야 할 물의 용량을 계산하던 중인 듯했다. 곤지를 돌아보자마자 막당이 두 손을 좌우로 넓게 펼쳤다.

“물이 이렇게 많이 필요합니다. 다들 목이 마르나 봅니다.”

“시키겠습니다, 부하들을. 그러니 저와 함께 술이나 합시다, 대협께서는.”

막당이 활짝 웃으며 고개를 끄덕였는데, 그때 뇌옥 안에서 ‘거짓말이야’, ‘거짓말이오!’ 라는 소리가 다채롭게 들려왔다. 막당이 고민하다가 물을 가져오겠다며 달려갔다. 곤지는 신경질적으로 철곤을 뻗어 뇌옥 문을 한 대 후려쳤다. 그리고 주변 가까이에 있던 수하들에게 막당의 뒤를 쫓아가서 물을 떠오라는 명령을 내렸다.

“먹을 것도 좀 주십시오. 배가 고파 죽겠습니다.”

막당이 문틈 사이로 물을 내밀었을 때 누군가 말했다. 곤지는 막당이 대답하기 전에 먼저 고함쳤다.

“누가 가져와! 먹을 것 좀! 이것들에게!”

산적들 모두를 죽이지 않은 것을 후회하는 표정이 역력했다. 막당은 자신이 산적들의 보호자라도 되듯 곤지에게 고개를 숙이며 고맙다고 했다. 곤지는 그제야 막당을 술자리로 이끌 수 있었다. 마침 노을이 모두 가라앉으며 망산에 어울릴 어둠이 하늘을 덮었다. 귀기는 흐르지 않았고 희미했던 별빛이 힘을 얻기 시작했다.

두두두두두!
일 다경 전만 해도 언덕 위 하늘로 솟구치던 흙먼지의 색이 어두웠는데, 이제는 하늘빛보다 밝아졌다. 한보는 북극성으로 시선을 던지며 아랫입술을 물었다.
"좀 더 서둘러야겠어요! 밤이 깊어지면 길을 찾기도 힘들 거예요!"
"안 돼, 진정해! 지금 네 말이 거품을 물고 있단 말야!"
한보의 뒤에서 금영진이 외쳤다. 한보는 뒤늦게 말의 상태를 확인하곤 깜짝 놀라며 질주를 멈췄다. 금영진보다 먼저 동방진상이 한보의 곁에 도착했다. 그리고 활짝 웃으며 대단한 기마술이라고 칭찬한다. 한보는 말의 목을 쓸며 한숨을 뱉었다.
"정말 당아가 무사할지 모르겠어요."
"일단 길은 제대로 잡은 듯합니다. 주변 경관이 정보와 비슷하군요."
한보와 동방진상이 말의 속도를 조율하며 이동했을 때, 금영진이 뒤에 붙었다.

“한 매는 무모해! 찾는 건 둘째 치고 거기 도착해서 어쩔 셈이니? 신검대협(新劍大俠)께서 시체를 수습하자마자 오신다고 했으니 그에 맞춰서 가는 게 옳아.”

금영진의 불평에 한보는 입술을 삐죽 내밀었다.

“저도 구출한답시고 무턱대고 날뛸 생각은 아니었다고요. 그냥 살아 있는 것만이라도 확인하고 싶었단 말에요. 게다가 대협이 언제 올 줄 알고요?”

“말이 앞뒤가 안 맞잖아! 우린 신검대협과 합류한 뒤 행동해야 돼. 언니 말 명심해.”

“알았어요.”

점차 빛을 더하는 달빛 덕에 한보의 뾰루퉁한 얼굴이 훤히 보였다. 덕분에 금영진은 몇 번이나 더 주의를 줘야만 했다. 세 명 모두 망산에 자리 잡은 사도맹이 현재 상황을 모르고 있다고 여기는 중이었다. 때문에 동방진상은 그곳에 있을 소림승들을 설득하기 위해 현양 대사의 친필 서신을 품에 안고 있었다. 한보와 금영진도 저들을 설득하기 이전에 죽을 각오로 싸울 준비를 한 상태였다. 제일 간편한 방법은 구량 대사가 그곳에 도착하여 막당을 내주는 것이었지만, 사마언합온 이직도 정주에 남아서 사상자를 수습하는 중이었다.

“그 노인네, 나중에 다시 보게 되면 떡을 만들어줄 테다!”

한보가 조금씩 말의 속도를 높이며 이를 갈았다. 동방진상이 구량 대사에게 거절당했을 때를 떠올린 듯했다. 동방진상은 구량 대사에게 망산의 사도맹이 막당을 쉽게 놓아줄 수 있도록 서신을 써달라고 부탁했었다. 하지만 구량 대사는 '천기를 보니 이미 그분은 돌아가셨다. 심히 안타까운 일이다'라는 황당한 말로 거절했다. 그 덕에 한보의 철권이 몇 번 불꽃을 뿌렸지만, 동방진상이 모두 진화하여 큰 문제로 번지지는 않았다.

"저기 불빛이 보여요!"

한보가 갑자기 손을 뻗으며 고함쳤다. 동방진상과 금영진이 한보의 검지를 따라 고개를 돌렸다. 길이 험해지긴 했으나 일직선으로 이어져서 정면에 진영이 있으리라 여겼는데, 엉뚱한 방향의 봉우리에서 불빛이 보였다. 한보는 곧바로 말 머리를 틀어 불빛이 보이는 곳을 향해 달리려고 했지만, 동방진상이 가까스로 막았다. 금영진은 길을 따라가면 저쪽에 도달하게 될 거라며 최선을 다해 한보를 설득했다. 지금의 한보라면 중간에 절벽이 있어도 말에게 허공답보를 요구하며 직선 경로를 택할 것이다. 설득을 들으면서도 직선 경로를 노릴 듯하자 금영진이 결국 고함을 질렀다.

"서두르지 말라니까!"

"금 언니는 그게 돼요?"

"돼야 해!"

금영진은 아예 한보의 말과 나란히 달리며 옷자락까지 붙들었다. 한보의 울먹이는 소리에 금영진이 한숨을 쉬며 잘될 거라고 다독거렸다. 효과가 없었는지 울먹이는 소리가 좀 더 커졌다.

"만난 지 얼마나 됐다고 이 꼴이냔 말예요! 하루 안에 당아를 못 보면 정도맹이고 사도맹이고 다 엎어버릴 거야!"

"하하하! 엉뚱한 세력이 강호를 통일하겠군요."

동방진상이 두 손을 번쩍 들며 졌다는 시늉을 했다. 뒤늦게 한보가 태목구의 소재를 물었다. 태목구도 한보와 함께 막당을 찾으러 왔었기 때문이다. 물론 태목구는 한보가 미친 듯이 달릴 때 뒤처졌다. 어둠이 좀 더 짙어져서 앞조차 제대로 보기 어려워졌을 때 세 명은 말에서 내렸다. 그리고 길이라 여겨지는 지점을 향해 걷기 시작했다. 얼마 걷지 않아 산속에서 찢어지는 고함 소리가 터져 나왔다. '만난 지 얼마나 됐다고 벌써 도망갔냐' 며 짜증을 부리는 태목구의 외침이었다. 한보는 무시한 채 걸었다. 아니, 이전보다 한보의 걸음이 좀 더 빨라졌다.

"녹 오라버니는 어떻게 됐을까?"

금영진의 혼잣말에 한보가 걸음을 멈췄다. 곧 한보는 '아까 시체 중에 없었어요. 녹 오빠가 죽었으면 제 성을 갈게요' 라고 대답하며 다시 걷기 시작했다. 한참을 걸었을 때 뒤에서 말발굽 소리가 들렸다. 세 사람 모두 감짝 놀라며 태목구의 기마술에 감탄할 준비를 했다. 하지만 말을 타고 오는 사람은 태목구가 아니었다.

"정말 빠르시군요, 형님."

맑은 목소리에 금영진이 어둠을 틈타 얼굴을 붉혔다. 동방진양이 태목구보다 먼저 찾아온 것이다.

"어떻게 여기까지 말을 타고 오셨어요? 신검대협은 대단하군요."

금영진이 떨리는 목소리를 가다듬으며 칭찬하자, 동방진양은 부끄럽다는 말로 대신한 뒤 말에서 내렸다. 그리고 불빛을 향해 고개를 돌리며 말했다.

"신룡대협께서 무사하셨으면 좋겠군요. 꼭 뵙고 싶은데."

금영진은 동방진양의 말이 인사치레라고 생각했다. 한보도 같은 생각을 갖고 있었지만, 그것만으로도 고마움을 느꼈는지 미소 지었다. 하지만 동방진양의 다음 말이 이어지자 인사치레가 아님을 알았다.

"악 대협께 얘기를 듣고 무척 놀랐습니다. 장강과 싸워 이긴 분이라니."

"엇! 악 오라버니를 만나셨어요?"

"지금 소림의 진영에 있습니다. 소문을 듣고도 정주군을 돕지 않고 오히려 그 적은 수의 무리로 소림을 찾아가셨다고 하니 악 대협도 참 대단한 분이십니다. 하하하."

금영진이 투덜거리며 품에서 담뱃대를 꺼냈다.

"분명 당아가 포로로 잡혀 있을 거라 여겨서 갔을 거예요.

악 오라버니는 당아한테 푹 빠졌거든요."

"그렇다고 하더군요. 아버님도 신룡대협에게 관심이 많으신 듯합니다."

"다행이에요. 이번 일로 당아가 안전해졌어요. 그리고 신룡대협이라 칭하지 말아주세요. 그런 사람은 악 오라버니만으로도 족해요."

"하하하! 알겠습니다. 한데 막 대협께서 상관문의 정혼자라 들었습니다만, 사실입니까?"

"예. 그게 알려지자마자 죽을 뻔했죠."

한보는 동방진양과 동방진상이 있음에도 불구하고 동방가의 행동에 대한 불쾌감을 내비쳤다. 뒤늦게 자신이 말실수했음을 알고 두 사람에게 사과하려 했지만, 그보다 먼저 동방진양의 목소리가 들렸다. 대단히 불쾌감이 담겨진 음성이었다.

"아주 개자식들이죠."

"네?"

"어떻게 그 상황에서 칼을 뽑아 죽일 생각을 할 수 있었는지 모르겠습니다."

"네?"

"미친놈들."

"지금 누구 얘기를……."

한보와 금영진이 당황하며 물었을 때, 어둠 속에 가려진 동방진상의 몸이 흔들리고 있었다. 소리 죽여 웃고 있는 것이

다. 동방진양은 거친 동작으로 한보와 금영진 사이를 지나치
며 외쳤다.

"누구긴 누굽니까, 제 큰형님, 둘째 형님 얘기죠. 아무리
형님들이라도 개자식일 땐 개자식입니다."

"그럼 내가 개냐?"

뒤에서 들린 소리에 동방진양이 딸꾹질을 했다. 네 명 모두
고개를 돌려 어둠 속을 보았다. 저승길만큼이나 어두운 길 저
편에서 누군가 걸어오고 있었다.

"다들 모였으면 달릴 것이지 왜들 여유를 부리고 있는 거
냐?"

동방량이 느긋한 걸음으로 네 명을 지나치며 말했다. 뒤늦
게 네 명 모두가 속도를 높이며 동방량의 뒤를 쫓았지만, 노
인의 걸음을 따라잡기가 쉽지 않았다.

"아버님께서 어찌……."

"내게 할 말이 있는 아이가 있다고 들었다. 용이 됐었다는
그놈도 보고 싶고."

"저예요! 헉헉헉!"

한보가 우수를 치켜들며 숨을 몰아쉬었다. 최선을 향해 달
리고 있었지만 무리 중 맨 뒤에 있었다. 저 멀리 있는 동방량
이 고개를 돌리며 물었다. 놀랍게도 한보의 옆에서 목소리가
들렸다.

"뭔 얘기냐?"

“그건…….”

한보가 어둠을 잊은 채 주변 사람들의 그림자로 눈알을 굴렸다. 듣는 귀가 많아서 말할 수 없다는 의미였다. 그 뜻을 알아챈 동방량이 질문을 바꿨다.

“정도맹이나 법사에게 부끄러운 내용이냐?”

“그건 아녜요. 다만 중대한 얘기라서 꼭 맹주님께 말씀드려야 한다고…….”

그러자 동방량이 걸음을 멈췄다.

“중대한 얘기인데 왜 우리끼리만 알자는 거냐? 그러다 둘 다 급사라도 하면 어쩌려고? 중대한 얘기라면 가급적 많은 사람이 들을수록 오래 보존되어서 좋은 거 아니더냐?”

듣고 보니 그럴듯하여 한보가 반박을 못했다. 동방량이 다시 걷기 시작하며 말할 것을 재촉했다. 한보는 달음질의 속도를 줄이며 숨이 차는 것을 진정시켰다. 그리고 일심 법사가 말한 내용을 읊었다.

“동방세가에 첩자가 있어요. 그 첩자는 동방세가를 이끌 네 명의 자식 중 한 명이라고 들었어요.”

“그럴 리가!”

동방진상이 대경하며 달음질을 멈췄다. 한보가 근처에 이르면 멱살이라도 잡을 듯한 기세다. 하지만 동방량이 대수롭지 않게 답했다.

“나도 의심 중이다. 그리고?”

“아버님!”

이번에는 동방진양이 달음질을 멈췄다. 한보는 둘의 그림자에서 느껴지는 기운에 부담감을 느끼면서도 말을 이었다.

“그로 인해 정도맹의 몇몇 가문이 몰살당했어요. 법사님께서 상관문의 흔적을 살피던 중에 알아낸 사실이래요. 그리고 그 모든 것에 천외천이 관여하고 있다는 말씀을 하셨어요.”

마지막 동방세가의 인물이 걸음을 멈췄다.

“천외천이라고 했느냐?”

가장 뒤처져 있던 한보와 금영진도 달음질을 멈출 수밖에 없었다. 어둠 저편에서 차가운 안광이 번득였기 때문이다. 먹이를 노리는 호랑이가 수풀 속에서 눈을 빛내듯 동방량의 두 눈이 북극성만큼이나 강한 빛을 발했다. 동방량은 다시 물었다.

“천외천… 그런 별호를 가진 자가 실존한다고?”

“네. 그리고 천외천의 세력이 정도맹뿐 아니라 사도맹, 마교에도 넓게 분포됐다는 말씀을 하셨어요. 법사님께서는 상관문의 폐가를 조사하시다가 천외천 무공의 흔적을 발견하셨대요. 그 다음에 바로 천외천 무리들이 법사님의 뒤를 쫓아와 공격했고요.”

“어째서 일심 법사가 직접 나를 찾지 않는 게냐?”

“중상을 당하셨어요.”

한보의 말에 동방량뿐 아니라 동방진상, 동방진양이 장탄식을 했다. 긴 한숨의 끄트머리가 바람에 놓이니 사방 천지에 놓인 그늘이 더더욱 무거워졌다. 한보는 조심스러운 걸음으로 동방가의 인물들과 거리를 좁히기 시작했다. 작게 말해도 충분히 들린다는 것은 알고 있었지만, 아무래도 육안상의 거리가 멀다 보니 목소리에 힘을 주게 된다. 한보가 땅을 딛는 소리를 듣자 동방량이 탄식을 멈추고 물었다.

"천외천의 무공이라는 게 뭔지 아느냐?"

"저야 모르죠. 법사님은 그저 천외천의 무공이라고만 말씀하셨어요."

동방량이 신음하듯 중얼거렸다. 혼잣말이었지만, 주변 네 명은 자신의 곁에서 속삭이는 목소리를 받아들이듯 또렷하게 들을 수 있었다.

"이 사람, 천외천에 대해 알면서도 입을 다물고 있었군. 좋은 핑계다. 비무 해야지."

"아버님……."

동방진상이 더운지 부채질을 하며 중얼거렸다. 어느새 한보는 동방진상의 곁을 지나쳐서 동방진양에게로 접근하고 있었다.

"일단 그 문제로 주향상 도사님이 청성파로 돌아가셨어요. 저희가 법사님을 찾자마자 어떤 세력들이 급습을 하더라고요. 주 도사님은 청성파에도 천외천의 첩자가 있을지 모른다며 장문인한테 알려야 된다는 말씀을 하셨어요."

“잘 알았다.”

동방량은 자신에게 다가오는 한보를 보며 미소 지었다.

“그럼 천외천의 목적이 뭐냐?”

“모르겠어요.”

“음. 그게 전부냐?”

“아뇨. 하나가 더 있어요.”

“뭐냐?”

“천외천이 십여 년 전에 동방강호를 통일하면서 삼백의 인간을 제물로 하여 천기를 살폈다는 말씀을 하셨어요.”

그 순간 동방량이 눈살을 찌푸렸다.

“동방강호를 통일했다고?”

“예. 하지만 그게 중요한 게 아니라…….”

“그럼 동방으로 가면 천외천을 만날 수 있다는 소리냐?”

“저야 모르죠. 그러니까 제가 하고 싶은 말은…….”

“미신은 됐다. 법사가 노망이 들었구나. 천기라니…….”

한보는 입을 다물고 뚱한 표정이 되어 동방량의 앞에 섰다. 뒤를 따라온 동방진상이 낮게 헛기침을 하더니 한보의 기분을 풀어줬다.

“천기가 무슨 내용입니까?”

“이 할아버지가 듣기 싫대잖아요.”

퉁명스러운 한보의 대답에 동방진상이 멋쩍은 얼굴로 부채질을 했다. 동방량은 너털웃음을 흘리며 걷기 시작했다.

"그렇게까지 애원하니 들어주마. 무슨 내용이냐?"

한보의 어깨가 잠시 떨렸다. 한보는 짐짓 땅을 세차게 밟으며 불쾌한 기분을 최대한 알렸다.

"애원하시면 말해줄게요."

"하, 한 매!"

금영진의 떨리는 외침이 메아리가 되어 산허리를 오갔다. 동방량은 동방량대로 자신의 뒤를 매섭게 쫓아오는 한보에게 대수롭지 않은 어투로 말했다.

"안 들으련다."

"아버님! 이 어린아이와 싸워서 무슨 득이 있다고 그리 박대하십니까?"

"됐다. 가자."

"크하하하! 역시 우리 아버님이셔."

동방진양이 큰 소리로 웃으며 동방진상과 한보를 앞섰다. 얼마 달리지 않아서 사도맹의 진영에 흐르는 빛이 모두의 얼굴을 밝힐 정도가 되었다. '누구냐!' 라는 보초의 외침에, 동방량이 '동방량이다' 라고 대답했다. 소란스러운 사도맹 무리들의 혼란 속에서 다섯 사람은 진영에 들어섰다. 한보가 횃불을 박아놓은 곳에 이르자마자 막당의 이름을 불렀다.

"당아야!"

"보아야!"

대뜸 돌아오는 막당의 대답이 한보와 금영진을 기쁘게 했

다. 둘은 신형을 날려 막당의 목소리가 들린 곳으로 달려갔
다. 그러자 막당의 곁에 있던 자가 둘을 향해 다가오며 포권
했다.

"책임자입니다, 제가."

한보는 상대가 중년의 여인임을 알고 눈살을 찌푸렸다.
금영진은 곤지의 포권을 받으며 한보에게 눈치를 주었다.
곧 한보가 포권했는데, 그사이에 동방량이 세 명을 지나치
며 막당에게 먼저 접근했다. 동방량은 어설프게 막힌 동굴
앞에 주저앉은 자에게 고개를 내밀었다. 막당은 동굴 아가
리를 막은 문의 틈새로 연신 귀를 내밀며 중얼거리던 중이
었다.

"먹을 것입니까? 예. 예. 지금 제 친구 보아가 왔습니다.
아, 술도 필요하십니까?"

"뭐 하는 거냐? 네가 막당이냐?"

동방량의 질문에 막당이 재빨리 고개를 돌렸다. 막당은 일
곱 개의 손가락을 접어놓은 두 손을 보이며 동방량에게 말했
다.

"예, 제가 막당입니다. 지금 먹을 것 다섯 개와 물 하나와
술이 하나 필요하답니다."

"무슨 소리냐?"

"빨리 가져오십시오. 예? 이번엔 못 들었습니다."

어느새 동방량을 외면하고 동굴 입구에 머리를 틀어박은

막당의 모습이 괴이했다. 동방량은 곤지를 돌아보며 막당이 무슨 짓을 하느냐고 물었다. 곤지가 난색을 표하며 뭐라 대답을 고민했지만, 곧 동방량의 시선이 돌아갔다. 한보가 득달같이 달려오고 있었기 때문이다. 한보는 막당의 목을 뒤에서 끌어안으며 '살아 있었구나!' 라고 울부짖었다. 그사이에 금영진은 곤지와 대화하며 배를 잡고 웃었다. 동방진상과 동방진양도 웃음을 참지 못해 메아리를 남겼다.

"저 아줌마 입장도 생각해 주지 그랬어?"

금영진이 하산 길에 들어섰을 때 말했다. 막당은 곤지와 함께 한 모금의 술도 마시지 못했다. 술자리에 앉자마자 다시 일어서며 포로가 된 산적들의 요구를 들어줬고 심지어 초구와 함께 다량의 물을 길어오는 일도 마다하지 않았다. 곤지가 부하를 시켰지만 소용없었다. 막당도 부하 중 한 명이 되어 같이 행동했기 때문이다. 덕분에 곤지는 막당이 없을 때 동굴 안의 포로들에게 '또 한 번 저 아이에게 주문하면 죽여 버릴 테다' 라고 협박했다. 그러자 악에 받친 포로들은 그 협박까지 일러바치며 주문의 수량을 늘렸다. 결국 곤지는 막당이 지치기를 기다렸고, 그 과정에서 한보 일행이 나타난 것이다.

"곤 누님께서는 협행이라 하여 좋다 하셨습니다."

막당이 금영진을 향해 웃으며 답한다. 그렇게 말하면서 속 쓰려 할 곤지를 상상하니 웃음이 나왔다. 금영진도 한보도,

동방진상과 동방진양도 호쾌하게 웃으며 즐거워했다. 하지만 동방량의 얼굴은 굳어 있었다.

워오오!

어디선가 늑대 우는 소리가 들렸다. 상현(上弦)이 중천을 도맡고 어둠의 일부를 밀쳤다. 여섯 인영은 빠르지도 않고 느리지도 않은 속도로 하산했다. 도중에 태목구가 나타나서 막당에게 덤벼들었으니, 한보와 초구가 막당 편을 들었다. 하나 동방량이 그 싸움에 참여를 원하자 시시하게 끝나고 말았다. 태목구는 덩치에 어울리지 않는 가녀린 음색으로 길을 헤맨 설움을 노래했고, 동방진양이 웃으며 장단을 맞췄다. 소림의 진영이 보일 즈음 동방량이 막당을 돌아보며 물었다.

"너는 어떤 수로 저들과 친할 수 있었느냐?"

동방량의 질문은 다른 사람도 하고 싶었던 질문이다. 막당은 뒤통수를 긁적이며 싸웠을 뿐이라고 답했다. 그것이 동방량의 얼굴을 더욱 굳어지게 만들었다. 동방량은 한보를 돌아봤다. 그리고 예상치 못한 질문을 던졌다.

"천외천이 알아냈다는 천기가 무엇이냐?"

한보는 멍한 얼굴로 동방량의 낯을 살피다가 뾰루퉁한 얼굴로 반문했다.

"미신은 됐다면서요?"

"저 아이를 보니 미신이 아닐지도 모르겠다. 내가 천기에 대해 짐작 가는 바가 있어서 묻는 것이다."

"세 마리의 용이 나타나 강호를 뒤엎을 것이라고 하셨어
요."

한보의 말에 몇몇 사람이 낮은 신음을 토했다. 동방량 또한
달빛에 드리워진 얼굴을 굳히며 입술 틈새로 바람을 뿜었다.
동방량은 걸음을 멈추고 달을 보았다. 덕분에 모두가 달을 보
고 말았다. 초구까지 고개를 세우고 달을 향해 '끼긱' 거렸다.
동방량이 말했다.

"네가 말한 것은 천기가 아니라 무공이다."

"무공이라고요?"

"낙랑과 비무한 뒤 뜻하는 바가 있어 어떤 길을 향한 적이
있다. 그때의 길에 뭔가 어렴풋이 보였으니 어쩌면 그를 두고
천기라고 이름 붙인 듯하다."

"무슨 말인지 모르겠습니다."

막당이 말했다. 그러자 금영진이 좌절하듯 고개를 숙이며
'제기랄' 하고 중얼거렸다. 자신도 동방량의 말뜻을 이해하
지 못했기 때문이다. 동방량이 보기엔 막당이나 자신이나 동
급으로 보일 테니 좌절할 만도 하다. 동방량은 막당을 돌아보
며 미소 짓곤 다시 달을 보았다.

"상현에 핏빛이 들어섰구나. 주변 별들이 일렁거리는 꼴을
보니 조만간 이 주변으로 혈풍이 불 것이다. 오늘이 팔일이니
아마도 십일이나 십이일쯤에 일이 벌어지겠다."

"무슨 말씀이십니까, 아버님!"

동방진상이 걱정스러운 표정으로 물었다. 동방량은 그에 답하지 않고 처음의 말뜻을 풀었다.

"무인이 처음 배우는 것은 자신과 싸우는 법이다. 그리고 곧 자연과 싸우는 법을 배우고, 미물과 싸우는 법을 배우며, 다른 사람들과 싸우는 법을 배운다. 만물이 회자되어 모든 것에 윤회가 있으니 처음과 끝이 다르다 할 수 없다. 사람과 싸우며 절정의 선을 넘었을 때 무인은 되돌아간다. 곧 미물과 싸우는 법으로 돌아가고, 자연과 싸우는 법을 익히며, 최후의 무인은 자신과 싸우게 된다."

"무슨 말인지 모르……."

"닥쳐라! 어른이 얘기 중이시다!"

"죄송합니다, 닥치겠습니다!"

험악한 눈매로 막당을 돌아봤던 동방량이 '쿡' 하고 웃음 바람을 뿜었다. 막당이 두 손으로 머리통을 감싸고 있었기 때문이다. 동방량은 막당에게 '너는 무공을 배우면서 많이 맞았구나' 라고 중얼거리더니 곧 하늘을 두루 살폈다. 동방량이 무언가 말을 할 듯하면서 걷기 시작하자, 동방진상이 뒤를 따르며 말을 재촉했다.

"미물의 뜻을 알지 못했습니다, 아버님."

동방진상은 스스로를 '사람과 싸우는 무인' 으로 평가했다. 그 다음의 경지라는 것을 알고 싶어 궁금해하는 눈치다.

동방량은 어렵지 않게 대답했다.

"자연과 싸우는 자가 곧 미물이다. 금수가 그러하며 저기 있는 돼지가……."

그렇게 말하다가 동방량은 입을 다물었다. 초구가 삐딱하게 고개를 기울이며 동방량을 응시하고 있다. 동방량은 너털웃음을 흘렸다.

"사람과 싸우는 경지에 올랐구나. 저놈은 쥐소다. 하여튼 대부분의 금수들이 자연과 싸우는 자들이다. 그리고 낙랑이 미물이다."

동방진상과 동방진양은 말뜻을 이해했다. 후기의 낙랑은 분명 사람과 싸우는 것을 피했다. 만약 동방인의 계교가 아니었다면 낙랑은 죽음의 길목을 찾지 않았을 것이다. 낙랑을 높게 평가했던 동방진상과 동방진양은, 천하를 뒤엎었던 마교주의 수련이 자연, 운명과의 싸움일 것이라고 판단했다. 그리고 동방량은 낙랑과의 싸움에서 그것을 보았으리라.

동방량이 말을 이었다.

"사람과 싸우다 보면 묘한 기운을 느낀다. 상대가 무엇을 할지 미리 알게 되는 잡기이며, 그것을 청경(聽勁)이라 한다. 그렇다면 미물과 싸울 때, 자연과 싸울 때, 자신과 싸울 때 그것이 없겠느냐?"

비로소 막당과 초구를 제외한 모두가 동방량의 말을 이해했다. 동방량은 한보가 언급한 '천기'라는 존재를 자연을 상대로 한 '청경'이라 말하는 것이다. 이해는 했으나 믿어지지 않는 말이었다. 동방량은 자신이 겪었던 무병을 떠올렸다.

"내가 낙랑에게 배운 바가 있어 자연을 상대한 적이 있다. 하나 육체가 이를 감당하지 못하여 병을 얻었다. 그때 잠깐 보았던 것이 있으니 절진이 가득한 숲이었다. 길이 하나뿐인 숲이었으니 갈 길도 하나였다. 그 끝을 가지 못한 것이 한이 되었는데, 아무래도 천외천이 같은 것을 본 듯하다. 세 마리의 용이라고 했느냐?"

"예, 강호를 뒤엎는다고 했어요."

"세 마리의 용 중 하나는 낙랑을 두고 하는 말일 게다. 어쩌면 또 한 마리의 용은……"

동방량은 검지를 뻗어 막당을 가리켰다.

"저놈일지도 모른다."

"……"

다들 놀라는 대신 머리를 긁적거렸다. 한보가 참다못해 '여의주를 아무 데나 흘릴 용이라면 맞아요'라고 빈정거렸다. 동방량과 막당을 제외한 모두가 웃고 싶어하는 눈치였다. 하지만 동방량의 얼굴이 너무 굳어 있어서 웃기가 쉽지 않았다. 동방량은 막당에게 말했다.

"너는 정도맹에 남아 있어라."

"예, 그래야 합니다."

막당이 웃으며 답했고, 동방진상이 '좋은 생각이십니다,

아버님!'이라 외치며 환하게 웃었다. 다만 동방진양은 동방량의 안색을 살피며 어째서 막당이 용이 되는지를 물었다. 동방량은 더는 말하지 않았고, 말할 필요가 없다는 뜻을 보이기 위해 엉뚱한 곳에 관심을 가졌다. 동방량이 관심을 가진 존재는 초구였다. 동방량이 초구를 향해 손을 까닥이며 '이리 오거라' 하고 명령을 내렸는데, 그 순간 초구가 바닥에 자리를 잡고 엎드리며 '네가 오거라' 하는 뜻을 보였다. 막당이 버릇 없다며 초구의 등에 앉았고, 초구는 기다렸다는 듯 산 아래로 질주하기 시작했다. 덕분에 여섯 사람의 대화는 더 이상 진행되지 않았다. 모두가 빠르게 신형을 날리며 초구의 뒤를 쫓았다.

'용이라고?'

한보는 앞서는 막당의 뒷모습을 물끄러미 보았다. 금영진을 통해 들었던 '양자강의 신룡 이야기'와 동방량의 말이 자꾸만 엮였다. 한참을 고심하던 한보가 소스라쳤다. 언제부터인지 자신이 막당을 경시하고 있었음을 깨달았던 이유다. 자신이, 그리고 유법 스님이, 그리고 처음 만난 사도맹의 인물이 막당으로 인해 뜻과 길을 틀었다. 그저 대면하여 보고 듣는 것만으로는 막당이 이루는 일들을 누구도 평가할 수 없을 것이다. 한보는 내심 스스로를 질책했다.

'용일 거야. 그래! 그 정도가 아니라면 내가 섭섭해!'

한보는 웃음을 머금었다. 마침 막당이 달리던 와중에 고개를 돌리고 한보를 돌아봤다.

"왜 걸어와, 보아야?"

온 힘을 다해 달리던 중이었다. 한보의 얼굴에 번진 웃음기가 더욱 짙어졌다. 품에서 꺼내어 장착하는 쌍철권도 눈을 부릅뜨고 웃는 듯했다.

26장

명량 신니(明量神尼)

명량 신니(明量神尼)

　　사마연합은 구일 밤에 사도맹의 진영에서 전원 합류하여 철수를 시작했다. 같이 포로로 있던 소림승들은 전원 무사히 돌아갈 수 있었다. 동방량이 남긴 '죽였으면 죽었다' 라는 짧은 편지 때문이었다. 덕분에 곤지는 구량 대사에게 혼쭐나지 않을 수 있었다. 소림승들이 소림 진영에 무사귀환하자 현앙 대사는 동방세가로 서신을 보내어 감사의 뜻을 전했다.

　　동방량우 서시을 받자마자 답장을 보냈는데, 감사의 뜻에 대한 '천만에요' 라거나 '감사 잘 받겠습니다' 같은 형식적 답장이 아니었다. 아니, 아예 감사의 편지와 무관한 내용의 서신이었다.

동쪽에 볼일이 있으니 사람 이백을 보내주시오.

그와 같은 내용의 서신이 사방을 떠돌았다. 강소, 안휘, 하남의 문파로 정예 무사들을 보내달라는 동방량의 서신이 속속 도착했다. 편지를 받은 자들은 서로의 고민을 나누던 와중에 동방량이 총 일천오백의 정예 무사를 모으고 있다는 사실을 깨달았다.

첩자를 통해 사도맹과 마교 또한 소식을 들었다. 사도맹과 마교는 발칵 뒤집혔다. 연해 지방, 특히 절강성 일대의 사도맹과 마교 지부들이 일시에 비상 상태로 들어갔다.

입 소문은 겨울맞이를 위하여 스스로 눈덩이가 되어 굴렀다. 동방량이 연해와 남해 일대를 원정할 것이라는 소문과 사마연합이 본격적으로 뜻을 펼치기 위해 세력을 규합한다는 소문이었다. 게다가 이번 사마연합의 대군은 공작왕 금사희가 직접 이끌 것이라는 소문도 돌았다.

한보가 말했다.
"거짓말이야. 맹주님은 천외천 때문에 동방무림을 칠 생각이신 거라고."
"동방에도 무림이 있어?"
막당이 천진난만한 얼굴로 반문했다가 한보에게 쥐어박혔

다. 지금까지 동방무림에 대한 이야기를 주된 내용으로 대화
했었기 때문이다.

"바보! 바보! 하품하다 여의주를 삼키고 캑캑거릴 바보 용!
내가 말했잖아! 신검대협 말을 들어본 태목구의 말을 금 언니
가 정리해서 얘기해 준 내용을 하나도 빠짐없이 얘기했다고.
그 얘기가 다 동방무림 얘기잖아. 흑룡강성을 넘어가면 오랜
세월 동안 신묘한 무공을 익힌 수많은 세력들이 있단 말야.
흑룡강성이 어느 쪽에 있냐? 동쪽이야, 바보야. 그러니 동방
무림이지."

"보아는 말을 어렵게 한단 말야. 무슨 말인지 모르겠어."

"이보다 쉽게 말할 수 있는 사람이 있으면 나와 보라고
해!"

"녹 형님."

"말은 쉬워도 도움이 안 돼!"

"제일 도움돼."

한보의 주먹이 하늘 높이 솟구쳤다. 그 위세가 등등하여 막
당은 땅 깊이 가라앉았다. 이제는 피하겠다는 의미의 저공 무
성신법 자세였다.

"제 생각에는……"

갑자기 손훈의 목소리가 들렸다. 그제야 한보는 애초에 막
당을 찾아왔을 때, 그 곁에 손훈이 있었음을 기억해 냈다. 손
훈이 동떨어진 슬픔을 스스로 달래려는 듯 활짝 웃으며 말을

이었다.

"공작왕도 바보가 아닌 이상 대규모 전투에 스스로 나서지는 않을 것입니다. 일단 병력은 모으겠지만, 맹주의 행보를 좀 더 지켜본 뒤에 움직이겠지요."

"제 생각도 그래요."

한보가 치켜든 손을 내리며 한숨 쉬듯 답했다. 막당이 어떤 식으로 대답할지 몰라서 머뭇거리다가 초구를 돌아봤다. 초구가 하듯 막당은 급히 고개를 끄덕이며 콧김을 뿜었다.

한보가 막당을 찾는 순간부터 돌계단에 앉아 둘을 지켜보던 손훈이 천천히 몸을 일으켰다. 동료 도사들이 모두 모산파로 돌아갔지만 손훈만큼은 남아 있었다. 그 이유의 시작은 망산에서 막당이 보여줬던 무위에 반해서였다. 하지만 지금은 이유가 바뀌었다. 손훈이 지켜보든 말든 막당이 무공을 연마했기 때문이다. 그것을 지켜봐도 된다는 뜻으로 받아들인 손훈은, 모산파에 서신을 보내어 동방세가에서 장기 체류를 하겠다는 뜻을 전했다.

"저는 이만 가보겠습니다."

손훈의 포권에 한보가 화색이 되어 손을 흔들었다. 막당은 비로소 무성신법의 태세를 풀고 몸을 세워서 손훈의 포권을 받았다. 한보가 왔으니 막당의 오늘 수련은 끝이리라. 손훈은 막당의 수련을 더 볼 수 없다는 것이 아쉬웠지만 더 이상 욕심을 부리지 않고 몸을 돌렸다.

손훈이 사라지자마자 한보가 들뜬 목소리로 막당을 불렀다.

"당아야, 도사도 갔으니 이제 우리도 가자."

"어딜?"

"내가 좋은 곳 찾아냈어. 성 밖인데, 재미있는 사람들이더라."

한보는 막당의 손을 잡아끌었다. 막당은 수련을 마치지 못했다며 한보의 손을 뿌리쳤다. 가볍게 손을 빼는 동작이었지만, 한보가 방향대로 몸이 이끌리며 엎어졌다. 한보는 엎어진 자세를 고수하며 중얼거렸다.

"당아가 패대기쳤으니 이대로 죽어버릴 테다."

"죽어, 보아야."

평소와 다른 막당의 대답에 한보는 창백한 얼굴이 되어 고개를 들었다. 막당이 당황하며 손을 휘저었다.

"나, 난… 녹 형님이 시키는 대로 했을 뿐이야. 잘못했어, 보아야."

"그럼 그렇지. 그래서 내가 녹 오빠 말은 도움이 안 된다고 한 거야."

한보는 안도의 숨을 쉬며 몸을 일으켰다. 그리고 '갈 거지?'라며 웃었다. 막당은 대답 대신 크게 입을 벌리며 하품했는데, 마침 초구도 똑같이 하품하던 중이었다.

"어디 가냐?"

동방세가의 내벽을 따라 걷던 중 귀에 익은 음성이 들렸다.

체형이 점점 동방진상을 닮아가는 청성의 도사였다. 녹지현은 세가의 높은 담이 이루는 그늘에 몸을 내맡긴 채 늘어져 있었다. 어찌 보면 세상사를 모두 달관한 진짜 도사 같기도 했다. 한보는 바닥에 누워 있는 녹지현의 배가 꼴 보기 싫었다. 가서 밟으면 녹지현의 주둥이로 장군감이 될 옥동자 하나쯤 튀어나올 것 같은 부피의 배다. 처음 동방세가에 들어올 때까지만 해도, 녹지현은 배만 빼면 보통 사람들보다 마른 편이었다. 그런 녹지현이 고작 한 달 남짓한 사이에 저토록 살을 찌울 수 있었던 이유는 신성육장의 이름을 최대한 활용해서였다. 때문에 녹지현과의 첫 만남을 막당만큼이나 기꺼워했던 악책도 지금은 맏형에 대해 시큰둥했다.

"한참 걸어야 하는데 녹 오빠도 가시겠어요?"

한보는 그늘에서 뒹굴거리던 녹지현에게 당연한 대답이 돌아올 질문을 던졌다. 녹지현이 잠시 고민하다가 일어서려는 몸짓을 하여 한보의 가슴을 내려앉게 만들었다. 곧 녹지현은 벽 쪽으로 몸을 뒹굴며 '오늘은 피곤하구나' 라고 말했다.

막당과 한보가 세가의 문지기와 대화를 주고받는 동안, 녹지현은 자신의 뱃살을 어루만졌다. 그리고 혼잣말로 '수련 좀 해야 될 텐데' 라고 중얼거렸다. 언제고 녹지현은 청성파로 돌아가게 될 것이고, 이 몸으로 돌아갔다가는 사부와 사형에게 반병신이 되도록 맞을 것이다. 녹지현은 종리춘의 부축을 받고 자신에게 다가오는 손우강의 노안을 상상했다. 자신을 향한 핏발 선 눈을 상상하니 끔찍하여 진저리를 쳤다.

"녹 오라버니!"

초겨울 구름을 제멋대로 엮어서 손우강의 얼굴로 만들던 녹지현은 깜짝 놀라며 고개를 돌렸다. 구름을 갑작스럽게 덮어버린 새로운 구름의 꼬리가 금영진의 입술에 달라붙어 있었다. 금영진은 다시금 곰방대를 물며 녹지현을 응시했다.

"혹시 막 아우랑 한 매 못 보셨어요?"

"보았지."

"어디서요?"

"밖으로 나가더라. 무슨 일 있느냐?"

"나중에 말씀드릴게요."

금영진은 빠르게 몸을 돌려 정문을 향해 걷기 시작했다. 그 행동이 불쾌했는지 녹지현은 땅에 누운 채 고개만 뒤로 꺾어 금영진의 거꾸로 된 뒷모습을 노려봤다.

"큰 오라버님을 이리도 박정하게 대한다면 그 엉덩이가 더 커질 게야."

그 순간 금영진이 몸을 돌리며 활짝 웃었다.

"어머, 부끄럽게. 이 예쁜 엉덩이로 녹 오라버님의 배를 터 뜨리고 싶을 만큼 창피하잖아요."

그렇게 말하며 이 장의 거리에서부터 도약하는 금영진의 모습에, 녹지현은 기겁하며 몸을 일으켰다. 그리고 사지를 휘저으며 그늘에서 벗어났다. 이미 금영진은 간드러지는 웃음

소리를 내며 동방세가의 문지기를 향해 걸어가고 있었다. 녹지현이 불평하며 다시 그늘을 찾으려 할 때, 뒤에서 악책의 목소리가 들렸다.

"녹 형님, 여기 계셨습니까?"

"한꺼번에 오란 말이다!"

"예? 아, 녹 형님을 찾으려던 게 아니었습니다. 혹시 용 아우와 한 아우를 보셨습니까?"

"무슨 일인지 먼저 말해주지 않으면 나 또한 말해주지 않을 거다."

녹지현은 악책을 향해 한을 풀 듯 소리쳤다. 악책이 뭔가 짐작했다는 듯 웃음을 터뜨리며 말했다.

"어차피 녹 형님께서도 아셔야 할 일입니다. 이번 일에 녹 형님이 빠져서는 곤란하지요."

녹지현은 낯에 맺힌 불쾌한 기운을 재빨리 지웠다. 그리고 살이 쌓인 턱을 앞으로 향하며 악책에게 거들먹거렸다.

"물론이지. 내가 빠져서 될 일이 어디에 있겠냐? 하지만 너무 위험한 일은 너희들을 위해서라도 재고할 요량이다."

"위험할지 아닐지는 이 아우도 잘 모르겠습니다. 저희들 중 몇몇이 곧 청성파로 가야 할 듯싶습니다."

"위험하구나. 재고하자."

"예?"

녹지현은 이유도 말하지 않은 채 '위험해. 정말 위험해' 라 중얼거리며 악책이 걸어왔던 곳을 향해 발을 놀렸다. 악책이 녹지현을 붙잡고 이유를 물었지만, 여전히 같은 중얼거림만 들려왔다. 곧 악책은 녹지현의 배를 통해 위험의 근원을 알아냈다. 악책은 억지로 웃음을 참고 막당과 한보의 소재를 물었다. 이번에는 녹지현도 순순히 대답했다. 녹지현은 조금 전에 금영진도 둘의 뒤를 쫓았다는 조언을 하며 종종걸음으로 악책과의 거리를 벌렸다. 악책이 세가 정문을 나서는 것을 곁눈질로 확인한 녹지현은 다시 그늘로 돌아가 앉으며 숨을 뱉었다. 곧 녹지현은 벌떡 일어나서 정문으로 달려갔다. 네 명의 아우가 나타났던 그 길에서 태목구가 걸어오고 있었기 때문이다. 녹지현은 더 이상 동생들에게 귀찮은 일을 겪지 않을 그늘을 찾아내어 편히 누웠다.

정주 시내는 겨울 준비에 여념이 없었다. 무너진 집의 보수는 거의 끝났고, 이젠 사방에 흩어진 곡식들을 주워 담는 일이 한창이었다. 한보는 그것이 자신의 발목을 잡을 것이라고는 꿈에도 생각하지 못했다.

"보아야."

"응. 말 잘했다. 입 다물고 걷는 게 너무 싫었어! 무슨 애기야?"

"우리도 낟알 줍자."

"……."

잠시 침묵하던 한보는 막당의 미소 머금은 얼굴을 물끄러미 응시하다가 속삭이듯 물었다.

"왜?"

"낱알 줍잖아. 아저씨, 아줌마들이."

"그런데 우리는 왜?"

"낱알이 많아 보여."

한보는 머리를 긁적거렸다.

"그건 나도 알지만, 지금 우리는 내가 어제 보았던 사람들을 만나러 가려던 중이었어. 우리도 우리가 할 일이 있는데 왜 여기서 낱알을 줍냐고?"

"시간을 주면 친구가 된다고 했어."

"누가? 아니, 그전에 그게 무슨 말이야?"

막당은 당황한 듯 머뭇거렸다. 한보는 막당이 머뭇거리는 이유가 두 가지 질문을 한꺼번에 했기 때문인 것을 알았다.

"누가 그래? 녹 오빠가?"

"아니, 아버님이."

곧바로 두 번째 질문을 던지려고 했지만, 막당이 꺼낸 '아버님'이라는 말에 한보는 잠시 머뭇거렸다. 이제까지 한보는 막당의 이 상태가 어린 시절—사실은 지금도 어린 시절이지만—교육을 제대로 받지 못했기 때문이라고 생각했었다. 한보는 긴장하며 두 번째 질문을 던졌다.

"시간을 주면 친구가 된다는 말이 뭐야?"

"친구는 시간을 준대. 그리고 친구가 아닌 사람은 재물을 준대. 그리고 또 하나 있었는데 까먹었어."

한보는 불안해졌다. 지금 설마 내가 막당에게 가르침을 받고 있는 중이냐! 그런 한보를 구원하는 목소리가 있었다.

"허허허. 좋은 말이지. 사천성 사람이구나, 그 말을 아는 걸 보면."

한보와 막당이 고개를 돌리니 예순은 넘어 보일 듯한 노인이 어깨에 걸쳤던 낟알 주머니를 빼내어 땅에 놓는 중이었다. 허리를 곧게 펼치는 노인이 은인이라도 되듯 한보가 막당을 외면하며 노인에게 다가갔다.

"얘가 한 말이 실제로 있는 말이에요?"

"사천성의 격언일 게다. 몇 년 전에 동방세가로 걸음하셨던 정의신검대협께 직접 들었던 얘기지. 이번에 맹주께서 상관세가에 대한 금제를 풀었다고 들었으니 정말 다행이다."

"예, 그러셨어요. 그 때문에 정주가 이 꼴 났죠. 그런데 시간 어쩌고 하는 그 말이 무슨 말이에요?"

"친구는 시간을 주고, 친구가 아닌 자는 재물을 주고, 그릇된 친구는 재물을 주며 시간을 달라고 하지. 이는 친구를 배려하는 스스로의 마음가짐을 어찌 가져야 하는지를 말한다. 정의신검께서 우리들과 함께 밭일을 하며 그런 말씀을 하시더라. 그래도 친구가 될 수 없다며 우리가 손사레를 쳤더니, 존경이라도 구걸해야겠다며 웃더구나. 참 좋은 분이셨는데."

노인이 말하는 동안 막당은 이미 낟알을 줍고 있었다. 노인의 낟알 주머니는 막당의 어깨에 걸쳐져 있었다. 한보는 막당을 돌아보며 생각했다. 그런 이야기를 기억하며 실행하는 막당에 대한 대견함은 뒷전이었다. 이것만으로도 막당의 부모가 어리버리는 아니라는 게 증명됐다. 그러니 저 멍청함은 선천적이라는 얘기가 된다!

"세상에 시간과 노력보다 중한 것이 어디에 있을꼬. 인생을 말하고, 삶을 떠들고, 목숨을 아끼는 자들은 알아야 한다. 그 속에 재물이 있다고 여기는 자들이 많지만, 실은 그렇지가 않아. 그 속에는 시간이 있지. 다만 재물로 남의 시간을 구할 수가 있어서 그리 착각할 뿐이다."

앞으로의 교육도 별 효과가 없을 거란 얘긴가! 한보가 창백한 얼굴로 막당의 모습을 응시하고만 있자, 노인은 말을 멈췄다. 이 예쁜 소저가 자신의 말을 듣고 있지 않음을 알았기 때문이다. 노인은 한보의 시선을 따라 막당이 낟알 줍는 모습을 지켜보며 웃었다. 다시 한보를 돌아보니 팔을 걷어붙이는 중이다. 곧 한보도 막당 곁에 달려가 낟알을 줍기 시작했다.

"그런데 아까 들으니 그쪽도 할 일이 있다던데 여기서 우리 일을 도와줘도 괜찮겠나?"

노인이 한보 곁에서 낟알을 줍다 물었다. 한보가 노인을 돌아보곤 잠시 고민하다가 귀찮은 듯 고개를 저었다.

"무슨 일인지 까먹었어요."

얼마 후 금영진과 악책이 나타났다. 둘은 한보와 막당에게 말을 전하려다가 낟알 줍기에 동참하고 말았다. 사람들이 낟알 찾기가 어렵다고 불평할 정도로 열심히 노력한 네 사람은, 해가 중천을 넘어설 즈음에 동방세가로 돌아왔다. 동방세가의 입구에 도착할 때에야 금영진이 화들짝 놀라며 말했다.

"중요한 일이 있었어! 대체 우리는 왜 낟알을 줍고 있었던 거야?"

"사람들이 좋아했습니다."

막당이 문으로 들어가며 웃었다. 금영진은 막당의 말에 반박하려는 듯 뭐라 말하려 했지만, 그보다 먼저 악책의 웃음소리가 들렸다.

"하하하하! 용 아우 말이 맞다. 사람들을 좋아하게 만드는 일보다 중한 것이 있을 리 없다."

금영진은 더 이상 말하지 않았다.

신성육장이 모두 모인 것은 저녁때가 다 되어서였다. 악책이 앞으로의 일에 대한 모든 것을 알고 있었는데, 이는 동방진상에게 직접 들은 내용이었다. 원래 동방진상은 맏형인 녹지현에게 신성육장의 대소사를 누하려 했었다. 그 권한을 녹지현 스스로가 거부했다. 녹지현은 동방진상에게 자신의 위치가 어떠한지를 분명히 밝혔다. '저는 다섯 아우들의 재능을 한데 묶어주는 집결자의 위치입니다. 그러니 신성육장이

할 일에 대해서는 악 아우와 금 아우를 통하십시오. 지략과 계획에 있어서 저는 이 두 아우만 못합니다' 라고 말했던 것이다. 이 한마디에 감명받아서인지 몰라도 동방진상은 녹지현을 상당히 높게 평가했다. '녹 도사가 아니었다면 신성육장은 존재할 수 없었다' 라는 말까지 뱉을 정도로.

"저희들 중 셋은 청성산에 가야겠습니다."

악책이 말했다. 금영진이 뒤를 이었다.

"일단 저는 중경에 돌아가서 밀린 일들을 처리할 거예요. 악 오라버니마저 그곳을 비웠으니 분명 엉망일 거예요. 그러니 녹 오라버니가 동생들을 데리고 가주세요."

"몸이 좋지 않구나."

녹지현이 시큰둥하게 중얼거렸다. 어차피 이런저런 변명을 늘어놓아 봐야 그곳에 가게 될 것이라는 사실이 변하지 않음을 짐작한 듯했다. 금영진은 녹지현과의 말장난을 기대한 듯 웃음 섞어 답했다.

"몸이 안 좋을 땐 운동을 하서야죠. 여행만큼 좋은 운동도 없을 거예요."

"알았다."

너무 순순하게 대답했기 때문에 금영진과 한보는 실망했다. 둘은 녹지현이 고향과 다름없는 청성산에 가는 것을 내심 기뻐했기에 순순히 응했을 것이라고 짐작했다. 하지만 녹지현은 마음속으로 살을 빼는 방법과 여행 도중에 도망가는 방법을 함께 고민 중이었다.

"자, 그럼 누가 갈래요?"

금영진이 손을 치켜들며 형제들을 돌아봤다. 자신 빼고는 아무도 손을 드는 이가 없다. 악책도 손을 들지 않은 것이 의외라고 여기어 금영진이 눈짓했다. 악책이 말했다.

"나 또한 중경에 가봐야 한다. 금 매 혼자 감당할 일이 아닐 거야. 이제 와서 솔직하게 밝히자면 정도맹에 변고가 있다는 말을 듣고 지원군을 소집하느라 나머지 직무는 거들떠보지 않았거든."

"너무해요!"

"그래서 같이 가겠다는 것 아니냐. 그리고⋯⋯."

악책은 슬그머니 막당을 흘겼다. 막당도 중경에 같이 가길 바라는 눈치다. 하지만 왕 감독의 담 위에서 같이 술 대작을 하고 싶었던 저 소년은 오른손을 바짝 치켜든 상태였다. 언제 손을 들었는지 모르겠으나 얼굴에 함박웃음이 새겨진 채였다. 금영진이 물었다.

"당아, 네가 녹 오라버니와 같이 갈래?"

"예, 제가 가겠습니다."

"또 누구⋯⋯."

금영진은 주변을 둘러보는 척하며 제일 먼저 한보를 돌아봤다. 역시 한보가 손을 들고 있었으며, 그 옆의 태목구도 손을 올리려던 참이었다. 금영진이 셋이면 된다고 하자, 태목구가 막당을 빼자고 제안했다. 잠시 말싸움이 벌어졌다. 막당이 빠지면 한보가 빠지고, 한보가 빠지면 태목구가 빠졌으며, 다시 합류시키니 네 명이 되었다. 녹지현이 기회를 틈타 은근히 빠졌더니 막당이 빠진다. 참다못한 금영진이 태목구의 목젖을 검지로 찍으며 외쳤다.

"태 아우는 가지 마! 나랑 살아!"

"식! 무슨 뜻입니까!"

금영진이 험악한 눈매를 지우지 않고 태목구를 노려보면서 담뱃대를 꺼낸다.

"계속 간다고 우기면 평생 살 거야. 간접 흡연이 몸에 나쁘다는 소문이 진실인지 직접 확인해 보겠어."

그제야 태목구가 포기했다. 한보는 뛸 듯이 기뻐하며 태목구와 금영진의 혼인설을 진지하게 논의하길 바랐다. 하지만 태목구가 '따라간다?' 라며 위협하자, 더 이상 혼인설을 언급하지 않았다. 모든 결론이 나고서야 신성육장은 자신들이 중요한 사항을 빼먹은 채 대화에 임하고 있었음을 깨달았다. 금영진이 헛기침을 하며 담뱃대로 손바닥을 두드렸다.

"그, 그럼 이제 녹 오라버니와 당아, 한 매가 청성파에 가야 하는 이유를 말해줄게."

"아차, 이유가 있었겠구나. 나도 모르게 유람하는 거라고 생각해 버렸어요. 하하하!"

한보가 금영진의 어깨를 치며 웃었다. 태목구는 모든 관심을 잃은 듯 길게 하품하며 구석 자리의 의자에 앉았다.

"청성파와 귀암곡이 보름 전부터 전면전을 벌이고 있다는 소식이 들어왔어요. 신검대협의 말씀을 빌자면, 그 이전까지의 청성파는 정도맹 주관하의 전투에도 참여하지 않는 등 여러모로 싸움을 피하는 편이었대요. 그런 청성파가 시키지도 않은 전투에 열을 올리는 게 이상하다며 알아봐 달라더군요. 귀암곡과 청성파 사이에 무슨 문제가 있는지 알아보고 그 자세한 내용을 전서구 편으로 보내는 것이 저희들 임무예요. 거기에 있다가 '보고를 받았다' 는 내용의 전서구를 받으면 임무는 끝이에요."

한보가 불평했다.

"윽! 신성육장을 중용한다더니 고작 그런 임무예요?"

"청성 장문인 장악진 도사께서 신성육장을 꼭 만나보고 싶다는 내용의 서신을 보냈어. 청성이 귀암곡과 싸우는 이유는 신성육장에게 직접 알려주고 싶다더라."

"나 때문인가?"

"무슨 소리니, 한 매?"

"그 할아버지를 만난 적이 있었거든요. 하긴 나도 주 도사님을 다시 뵙고 싶기는 했어요."

"잘됐네."

금영진은 미소를 지으며 결정된 내용을 동방진상에게 알리겠다고 말했다. 회의가 끝나자 태목구가 먼저 방을 나서며 또 한 번 늘어지게 하품했다. 밤새 술을 마시느라 잠을 못 잤던 것이다. 그러나 방을 나선 태목구는 잠을 자러 가는 것이 아니고 술 약속을 한 곳으로 향했다.

"또 술이냐!"

한보가 태목구의 비틀거리는 걸음을 보고 호통쳤다. 태목구는 손사래 칠 뿐 아무 대답도 하지 않았다.

"태 아우가 제일 활동적이야. 한 매와 용 아우도 본받아야 해."

악책이 태목구의 뒷모습을 보며 두 사람을 꾸중했다. 막당과 한보에 대한 동방세가 내부의 평이 좋지 않았기 때문이다. 특히 한보가 문제였다. 짙은 피부가 미처 가리지 못한 한보의 미모는 동방세가에서 '초염대협'의 무위와 함께 버무려져 이리저리 회자되었다. 동방세가의 총각들이 마른침을 삼키며 한보의 일거수일투족을 살핀 것은 필연적이었다. 문제는 '일거수일투족'이었다. 뛰어난 무공과 패기를 지닌 아름다운 여인은 의형제에게 노골적인 수작을 부렸다. 그 행동 자체가 피 끓는 젊은 남자의 눈으로는 감당 못할 것들이 너무 많았기에, 한보에 대한 소문은 점점 더 나빠졌다. 게다가 젊은 청년 막당의 나이가 공개되는 순간부터 소문은 더욱 나빠졌다. 심지어 한보를 향해 '식동대협(食童大俠)'이라는 못된 별호까지 지어주는 자가 있을 정도였다. 한보를 좋게 보는 악책으로서는 그런 소문이 달가울 리 없었다. 남들에게서 아우들에 대한 험담이 도는 것도 싫었거니와, 한보와 막당이 너무 고립적인 생활을 즐기는 것도 마음에 들지 않았다.

"저렇게 술만 마시는 걸 본받으라 하시면 악 오빠 동생들은 모두 고주망태가 될 거예요."

한보는 혀를 내밀곤 막당에게 팔짱 끼며 어디론가 달려갔다. 악책은 고개를 설레설레 젓다가 자신보다 먼저 한숨을 쉬는 이에게 고개를 돌렸다. 금영진이 한보와 막당의 뒷모습을 보며 고개를 젓고 있었다.

"철이 없어요. 정말 큰일이에요."

"혼인시킬까?"

"그럴 생각이에요. 마침 청성산이 아우들 고향 가는 길과 같으니 그 김에 양자 부모를 만나게 해야겠어요. 그래서 좀 전에 녹 오라버니를 따로 불러 그 얘기를 했어요."

"녹 형님이 뭐라고 하셨냐?"

"혼인 먼저 시켜야겠다며 청성산을 나중에 가자시던데요?"

악책은 고개를 저었다.

"내가 중경 일을 마치면 청성산으로 가마."

"좋은 생각이에요."

겨울새 우는 소리가 들렸고, 하늘에 맺힌 붉은 기운도 찬 바람에 쓸렸다. 별이 떴으나 새 짖는 소리가 커서 겁을 먹었는지 희미한 빛만을 뿜는다. 한보는 굳게 닫힌 동방세가의 문을 응시하다가 막당에게 불평하듯 말했다. 이미 때가 늦었으니 구경은 나중에 하자는 내용이었다. 막당은 마침 수련할 때가 되었다며 오히려 기뻐했다. 때를 맞춰 손훈이 나타나더니 막당 주변에서 얼쩡거렸다. 한보는 막당을 손훈에게 빼앗기는 기분이 들었는지, 연무장에서 대련하자고 졸랐다.

"지금은 안 돼, 보아야. 오늘은 혼자 수련할 거야."

"여기 손 도사도 있는데 어떻게 혼자 수련한다는 거니?"

"손 도사도 오늘은 안 됩니다. 큰 사부님께서 이 수련만큼은 혼자 해야 된다고 하셨습니다."

손훈이 눈에 이채를 띠었지만 곧 가라앉았다. 정말 보고 싶은 구경이었으나 그것이 곧 남의 무공을 허락도 없이 훔치는 꼴임을 잘 알기 때문이다. 손훈은 흔쾌히 웃으며 포권으로 작별을 고했다. 반면 한보는 대련하자는 뜻을 지우지 않았다. 막당이 꼭 대련해야겠냐고 물었다. 한보가 그렇다고 하자 막당은 놀랍게도 머리를 굴렸다.

"초구야."

초구가 알았다는 듯 한보의 바짓자락을 물고 연무장으로 끌고 가려고 했다. 한보는 초구에게 '너는 싫어!' 라고 외친 뒤 막당의 멱살을 쥐었다.

"너, 그동안 일부러 멍청한 척하고 있었던 거지?"

"난 멍청한 척하지 않아. 멍청하고 싶지 않은데 왜 멍청한 척을 하겠어?"

초구는 여전히 바지를 잡아끌고, 막당은 여전히 혼자 가겠다고 우긴다. 한보는 투덜대며 자신도 홀로 연공하겠다는 뜻을 비쳤다. 결국 셋은 각방을 쓰는 가족처럼 세 갈래로 찢어졌다. 초구는 고기 냄새를 맡으며 사람들의 웃음소리가 들리는 곳으로 가버렸는데, 그곳에는 태목구와 세 명의 무인이 술을 마시고 있었다.

"후우."

막당은 길게 숨을 뱉었다. 막당이 서 있는 곳은 심사관(深思館) 건물의 아홉 기둥 중 하나가 놓인 곳이었다. 막당이 심사관 건물을 선택한 이유가 달리 있는 것은 아니었다. 건물이 그저 희미한 달빛 놓인 곳과 제일 가깝기 때문이었다. 막당은 기둥을 기어올라 갔다. 기둥 끄트머리에서 기와 지붕을 향해 이리저리 손을 뻗던 막당은 결국 신형을 날렸다.

턱.

지붕골의 끄트머리에 손가락 하나만을 걸친 채 대롱거리던 몸이 크게 반원을 그렸다. 막당은 지붕 위에 오르자마자 초생달(初生月)을 향해 걸었다. 누군가 막당의 모습을 보고 대경하여 외쳤다.

"누구냐!"

"막당입니다!"

"아, 신룡대협. 왜 그곳에 있습니까?"

"여기가 수련하기 좋습니다."

"멋지십니다."

신원을 알 수 없는 누군가는 막당을 향해 칭찬하며 갈 길로 걸음했다. 막당은 심사관 건물의 끄트머리―달과 제일 가까운―에서 정좌했다. 경사가 있기 때문에 몸이 앞으로 기울어져 신경 쓰이자, 막당은 자신의 옷에서 철근 몇 개를 꺼내 자리를 만들었다. 차가운 철근이 엉덩이와 허벅지에 거칠게 맺혀 거슬렸다. 하지만 품 안의 녹의를 꺼내어 엉덩이 밑에 깔지는 않았다. 막당은 달을 보며 울상 지었다. 누군가의 말이 떠올랐기 때문이다.

"명심해! 그 조식법은 스스로를 차갑고, 외롭고, 쓸쓸하게 여겨야 수월한 진척을 보이게 된다. 조식이 제대로 이루어지지 않으면 저 달을 떠올려라. 차가운 겨울의 달이 너의 운기조식을 돕고, 또 다른 무공의 정진에 일조할 것이다. 그래서 겨울의 달을 잊으면 안 돼. 다시 묻겠다. 저 달이 어떠하냐?"

"오늘은 너무 작습니다."

곧 막당이 머리를 감싸 쥐고 '죄송합니다!' 를 연발했다. 막당은 날마다 크기가 변하는 달이 원망스러웠다. 하지만 아예 구름이 가려 버린 날보다는 좋았다. 하루도 거르지 않고 달을 보았지만, 막당은 끝없는 아쉬움을 느꼈다. 제갈당숙이 일러준 조식법을 거른 적은 없었다. 그러나 운기조식의 과정에서 자신이 뭔가를 놓치고 있다는 느낌을 지우지 못했다. 처음에는 '놓치는 존재'가 필요없었다. 그러나 황보소국 할머니의 오빠가 일러준 무공을 수련할 때부터 '그것'이 필요했다. 제갈당숙은 하나에서 열까지의 수위를 가르쳤고, 막당은 하나에서 열까지의 힘을 모두 발휘했다. 하지만 귀향공에게 한 가지의 수작을 얻은 뒤부터는 몸이 자유롭지 못했다. 하나에서 다섯까지의 힘밖에 발휘할 수 없었던 것이다. 몸이 답답하여 수련하지 않으면 견딜 수가 없었다. 몸은 막당에게 동월공의 운기조식을 명했다. 하지만 운기조식 속에서 늘상 놓치는 무언가가 막당을 괴롭혔다. 막당은 그것을 놓치는 이유가 달이 자꾸 변신해서라고 생각했다. 막당은 다시 말했다.

"달이 너무 작아서 연공하기 어렵습니다."

막당은 낙화동 연무장을 떠올렸다. 수풀 어둠 속에서 냄새나는 검은 그림자가 득달같이 달려왔다. 막당은 몸을 움찔하더니 식은땀을 흘렸다. 머릿속에서 냉담한 목소리가 울려 퍼졌다.

'해라!'

막당은 힘차게 고개를 숙이며 중얼거렸다.

"하겠습니다. 저 작은 달로 하겠습니다!"

그리고 막당은 고개를 들었다. 각오를 다진 얼굴이었다.

곧 막당은 고개를 숙여 정좌했던 다리 틈에 묻었다. 짙은 먹구름이 그나마 있던 초생달을 가렸기 때문이다.

휘이이이잉!

구름이 몰고 온 바람은 연무장을 매섭게 휘저었다. 연무장 내에 한보 혼자 있는 것은 아니었다. 저녁과 밤을 틈타 수련을 하는 이들이 각자의 공간을 점하고 노력 중이다. 한보는 가장 구석에서 천수신권 구동준의 무위를 흉내 내었다. 가끔 누군가가 곁눈질로 한보를 흘겼으나, 곧 그것이 무인의 예의가 아님을 깨닫고 스스로에게 신경을 집중했다.

흥!

한보의 정권은 초겨울의 바람만큼이나 시원했다. 같이 수련하는 이들이 상쾌함을 느낄 정도였다. 그저 앞으로 내뻗는 주먹일 뿐인데 가슴에 맺힌 응어리를 뚫어버릴 소리가 연무장 전체를 부유했다. 예의가 아님을 알면서도 곁눈질을 하는 무인들이 있는 이유가 바로 그 소리 때문이었다. 한보는 땀방울이 옷에 맺혀 팔다리를 방해할 때까지 수련했다.

"후우우."

한보는 길게 숨을 뱉으며 곁에 놓았던 쌍철권을 향해 허리를 숙였다. 막 그것을 주워 들자, 누군가의 걸음이 신경 쓰였다. 소리없이 사뿐하게 다가서는 걸음은 분명 자신을 향한 것이었다. 한보는 쌍철권을 품에 넣고 상대방을 돌아보았다. 스물이 갓 넘은 듯한 여인이었는데, 눈가의 작은 주름을 빼면 같은 여인이라도 탄성을 터뜨릴 만큼 귀여운 용모였다. 한보가 누구냐고 묻기도 전에 여인이 먼저 손을 내밀며 자신을 소개했다.

"초염대협이시죠? 저는 동방세가에 십 년 가까이 신세를 지고 있는 염화용(鹽花容)이라고 해요."

"아, 예, 안녕하세요?"

처음 듣는 이름이었다. 염화용은 양 볼에 패인 보조개를 뚜렷하게 드러내는 미소로 호감을 보였다. 곧 한보 또한 웃음으로 여인을 맞았다. 염화용은 한보에게 연무장 구석의 자리를 청했다. 바람이 점점 드세던 터라 땀에 젖은 두 사람 모두가 한기를 느꼈기 때문이다. 한보가 먼저 연무장 외곽을 둘러싼 담벽에 등을 기댄 채 염화용을 기다렸다. 염화용이 무인답지 않은 걸음으로―마치 전족(纏足)한 궁녀의 걸음 같았다―한보를 향해 걸어온다. 한보는 염화용이 연무장에서 무공을 수련하는 모습을 보지 못했던 것을 아쉬워했다. 저런 걸음의 여인이 어떤 무공을 수련했을지 궁금했던 것이다.

"제 소개를 할게요."

염화용은 한보가 보기에 '가까스로' 도착하여 웃음 지었다. 한보가 어색한 웃음을 지으며 '예'라고 답하자, 염화용이 소개를 시작했다.

"지금은 이곳에 계시지 않지만, 칠 년 전에 이곳 차남과 눈이 맞아 정혼한 여자예요."

"아, 예."

한보가 짐작했다는 듯 고개를 끄덕였다. 역시 무인이 아니었구나. 날 만나기 위해 이곳까지 오느라 저렇게 땀이 맺혔던 거야. 저 건강 상태로는 힘들게 살겠군. 애는 낳을 수 있으려나? 여러 가지 생각을 하던 한보가 뒤늦게 놀랐다.

"칠 년 전에 '눈이 맞아' 정혼을 하셨다고요? 차남이면 동방쌍검조 대협과?"

"예, 뭐가 이상한가요?"

"네."

한보는 황망한 얼굴로 염화용의 얼굴을 주시했다. 누가 주책이든, 누가 조숙하든 둘 중 하나라 여겼기 때문이다. 한보가 알고 있는 동방인의 나이는 최소 마흔이 넘었다. 염화용이 한보의 생각을 눈치 챘는지 뾰루퉁하게 입술을 내밀었다.

"무슨 생각을 하시는지 알아요. 실망이군요. 초염대협께서 그런 걸 따질 분처럼 보이지는 않았는데. 열 살 차이가 대수인가요?"

"아뇨, 죄송해요. 따질 생각은 추호도 없었는데 열 살이라뇨! 열 살이라뇨!"

한보가 소리를 지른 덕에 연무장의 몇몇 무인들이 시선을 던졌다. 한보와 염화용이 동시에 포권하며 용서를 구했다. 무인들도 포권으로 응수하며 관대함을 보인 뒤 스스로의 일에 정진했다. 한보는 고개를 좌우로 휘저으며 염화용에 대한 정보를 정리했다. 정신을 수습하는 것도 벅찰 지경이어서 한보의 입술이 직접 염화용에 대한 정보를 읊고 말았다.

"그러니까 언니께서는 지금 최소 삼십 이상의 나이에 무공을 익히신 분이라는 얘기죠?"

"제가 수련하는 모습을 보았나요?"

"아뇨. 하지만 조금 전 포권으로 답하는 모습을 보고 그리 짐작했어요."

"별 볼 일 없는 무위지만 낭군께 직접 배웠어요. 제 나이는 이제 서른둘이에요."

염화용은 스물이 갓 된 얼굴로 곱게 웃었다. 한보가 염화용의 용모를 향해 입이 마르도록 칭찬하고 싶었지만, 그전에 먼저 떠오른 생각이 있었다. 지금 이 자리에 두 사람이 서 있은 이유는 염화용이 자신을 찾아왔기 때문이라는 것. 한보는 비로소 염화용에게 용건을 물었다.

"그런데 어째서 저를 찾아오셨어요?"

"곧 떠나실 거라는 말씀을 들었어요. 맞죠?"

"예, 맞아요. 며칠 후 저와 제 형제들이 청성산으로 떠날 예정이에요."

"가지 마세요."

"예?"

한보는 눈살을 찌푸렸다. 염화용이 뭔가 새로운 비밀을 알고 있다고 여겼기 때문이다. 한보는 염화용의 얼굴에 자신의 얼굴을 바짝 가져가며 목소리를 낮췄다.

"왜 가지 말라는지 물어도 될까요?"

"당연히 말해야죠. 지금 초염대협께서는 위기에 봉착해 있어요."

"무슨……."

한보는 더욱 긴장하여 자신의 귀를 염화용의 입술에 붙을 정도로 가까이 내밀었다. 염화용도 목소리를 낮추며 한보에게 속삭였다.

"동방세가 내에서 초염대협에 대한 소문이 좋지 않아요. 초염대협은 좀 더 이곳에 머물면서 그 소문과 오해를 풀고 가시는 게 옳아요."

한보는 다리에 힘이 풀리는 것을 느끼고 중심을 바로잡았다. 자신에 대한 나쁜 소문이 돌고 있다는 건 진작에 알고 있었다. 청성파와 관련하여 좀 더 중대한 정보일 것이라 여겼던 한보는 자신의 앞에 있는 여인이 생활의 행복과 인간사의 기쁨을 중시하는 '일반 성향의 여인' 임을 비로소 깨달았다.

"그건 알고 있어요. 하지만 소인배들의 왈가왈부에 휘말리고 싶지는 않아요."

한보는 자신을 위해 소문을 전한 염화용을 배려하여 미소와 함께 생각을 밝혔다. 곧 염화용이 놀라며 '그러면 안 된다' 와 '어째서 안 되는지' 에 대한 '수다' 를 늘어놓았다. 구름이 하늘을 덮어 좀 더 많은 바람을 불러왔다. 이제는 연무장의 담벼락도 두 사람을 바람에게서 보호하기 어려워졌다. 한보의 몸에 흐르던 땀은 이미 차갑게 식어서—어쩌면 고드름이 됐을지도 모른다—움직일 때마다 찌걱거리는 살 소리가 났다. 수다를 떠느라 정신이 없던 염화용도 찬바람의 기운을 느꼈는지 몸을 움츠리고 있었다. 한보는 듣다 못해 제안했다.

“계속 여기서 얘기할 게 아니라 차라도 한잔하죠, 염 언니?”

“좋아요! 제가 좋은 차를 많이 가지고 있으니 다 한 잔씩 맛을 보여 드릴게요!”

한보가 ‘꺼억’ 하고 트림부터 뱉고서 기대된다고 말했다. 연무장을 벗어나기 위해 가장자리의 벽을 따라 걷던 도중, 연무장 중앙의 누군가가 고함쳤다.

“염 누님! 검을 두고 가셨습니다!”

휘이익!

고함 소리와 함께 겨울바람을 찢을 듯 매서운 파공음이 달려들었다. 한보가 깜짝 놀라 고개를 돌리니 연색(蓮色) 검집이 일직선의 형세로 날아들고 있었다. 한보가 그것을 받기 위해 손을 뻗으려는 순간, 곁에 있던 염화용이 ‘어머!’ 라고 외치며 앞으로 고꾸라졌다. 검을 받는 것보다 염화용을 부축하는 것이 우선이라 여긴 한보는 빠르게 신형을 돌렸다. 그 순간 염화용의 몸이 미끄러지듯 땅을 훑었다.

스스스스스!

한보는 입을 다물지 못했다. 수려한 선을 그리며 고운 자태로 검을 향해 미끄러진 염화용은 어렵지 않게 검집을 쥐었다. 염화용은 연무장의 상대에게 고맙다고 포권한 뒤 한보에게 돌아왔다. 돌아오는 걸음은 여전히 넘어질 듯 비틀거리는 전족의 여인 꼬락서니였다.

"가요."

염화용의 웃음에 한보는 어떤 대답을 할지 감 잡지 못하여 하늘을 보았다. 이미 하늘은 바람 담은 먹구름이 가득하여 딴 곳을 보라며 호령하던 중이었다.

"하하하하하!"

먹구름 담겨진 하늘을 감히 우러르는 것들이 있었다. 다섯 개의 술잔이었다. 뒤늦게 참여한 손훈과 초구는 술과 안주를 축냈다. 누구도 돼지를 업신여기지 않았는데, 그 이유는 초구의 숨겨진 무공 때문이 아니었다. 귀면신장 태목구에 대한 예의를 차렸을 뿐이다. 초구는 만두와 잡초를 번갈아 먹고 있었는데, 그럴 때마다 맛이 없다는 듯 꼬리로 불만을 토했다. 누구도 아랑곳 않고 서로의 잔을 부딪치며 자리를 즐겼다.

"그렇다면 이 기회를 노리시어 두 분 대협을 끌고 갈 셈이신 겁니까?"

"시익. 그렇죠. 애초에 제 목적은 그것들을 데리고 막으로 돌아가는 것이었으니까요."

“아쉽습니다. 하나 이 일은 반드시 비밀로 하겠습니다.”

태목구는 ‘부탁드립니다’ 라고 답하며 손훈에게 잔을 내밀었다. 손훈 또한 태목구의 말뜻을 알았는지 잔을 부딪치며 고개를 끄덕였다. 태목구가 동방세가에서 술을 나누고 친해진 이들은 칠십 명을 넘기고 있었다. 그 과정에서 몇 번 싸움도 있었는데, 그것의 대부분이 한보에 대한 소문을 논했기 때문이었다. 형제를 모욕하는 이에게 주먹을 날리는 자가 미울 리 없다. 동방세가에서 정의를 논한다는 자들은 대부분 태목구를 좋게 봤다.

“그래도 다시 돌아오시겠지요?”

“예. 저 또한 이 수상한 시절을 옳게 보지 않습니다. 좀 더 빨리 전쟁을 끝내고 민생의 피를 줄일 수만 있다면 서두르는 것을 마다하지 않겠습니다.”

“바라던 답입니다, 하하하! 곧 귀면신장의 별호가 천하의 한숨을 가라앉히길 바라겠습니다.”

“시익. 과찬이십니다.”

태목구는 모두의 잔에 술을 따르며 웃었다. 도중에 누군가가 모산의 무공을 논하며 ‘기이하다’ 말하자 손훈이 몸을 일으켜 몇몇의 무공을 보였다. 덕분에 손훈이 앉자마자 다음 무인이 무공을 자랑했고, 태목구의 시범까지 이르렀다. 그때까지는 다들 감탄만 했었는데, 최후의 시범자가 무위를 보였을 때는 경악하고 말았다. 단지 도약만 했던 초구였으나, 술자리가 끝날 때까지 모두의 얼굴에 핏기가 돌아오지 못하도록 만든 것이다.

동방세가에서 한 달 가까이 신세를 지는 동안 태목구를 제외한 모두가 많은 친구를 사귈 수 없었다. 그 이유는 동방세가에 들어올 때 동방진상과 동방진양의 친분을 가지고 있었기 때문이다. 태목구처럼 직접 나서서 친분을 갖지 않는 이상, 스스럼없이 접근하는 무인이 나올 턱이 없다. 그런 상황에서 한보에게 염화용이 접근한 것은 악책이나 금영진이 보기에 다행스러운 일이었다. 염화용은 동방세가의 모든 여인들과 친분이 있었고, 심지어는 근 몇십 년 동안 한 번도 모습을 드러낸 적이 없는 '천하제일미'와도 대화한 여인이었다. 게다가 그 넓은 발놀림이 여인에게만 국한되어 있지 않아서, '동방세가의 사람들을 사귀는 관문'이라 불릴 정도였다. 덕분에 한보와 막당은 청성산으로 떠나기 이틀 전부터 수많은 사람과 친분을 갖기 시작했다. 한보와 막당의 의도와는 관계없었다. 염화용은 한보와 막당이 어딜 가든 기가 막히게 찾아내어 친구들을 소개시켜 줬다. 막당은 이를 기꺼워했고, 한보는 기꺼워할 틈도 없이 이틀을 정신없이 보냈다.

신성육장은 동방세가를 떠나기 전날까지 세가 내에서 자신들의 이름값이 어느 정도인지를 몰랐다. 다음날 아침의 여정을 위해 해가 질 때부터 짐을 꾸리던 여섯 형제들은 마치 쳐들어오듯 나타난 자들을 보고 대경했다.

"어서요! 어서요!"

한보는 염화용의 호들갑을 건성으로 흘리며 방 안에 쳐들어온 사람들을 둘러봤다. 며칠간 염화용이 달라붙어서 수다를 떤 덕에 방문자들의 신원을 모두 알 수 있었다. 동방진상과 동방진양은 진작 알고 있었으니 예외로 치고, 동방인은 막당을 제외한 신성육장의 모두에게 초면이었다. 옅은 입술에 띠고 있는 미소가 거슬려서 마음에 들지 않았고, 금영진이나 악책의 경우는 예전부터 동방인을 좋아하지 않았다. 하지만 동방인의 뒤쪽에 있는 백도사왕은 반갑기 그지없었다. 이제는 중년을 벗어나는 나이에 이르고 있었지만, 백도사왕의 젊은 시절이야말로 지금의 신성육장과 똑같다고 할 수 있었다. 아직도 호기에 넘치는 정기가 백도사왕 모두의 눈매에 맺혀 있었다.

"어디 가야 할 곳이 있는 겁니까? 이런 방문이시라니……."

"후후후."

동방인이 낮은 웃음소리를 냈다. 동방인의 몸을 덮은 핏빛 광채의 비단이 방 안 등잔불에 일렁거렸다.

"천하의 신성육장께서 동방세가를 떠나시는데 그냥 보낼 수야 없는 일이지요."

금영진은 저 예의 바른 말이 동방인의 입을 통해 나오니 흉수의 마지막 전언처럼 들린다고 생각했다. 곧 동방진양이 웃음을 머금고 자리를 마련했다며 동행을 청했다. 모두의 뒤를 따라가니 동방세가의 손님들이 묵는 건물 대청에 커다란 잔 칫상이 마련되어 있었다. 그곳에 모인 자들은 신성육장의 입을 쩍 벌리게 만들었다. 동방량, 동방천뿐 아니라 부부신장, 동방십이수장(東方十二首將) 등 동방세가의 모든 중요 인물들이 신성육장을 맞이하고 있었다.

"긴장하실 것 없어요. 예전에 저희가 백도사우(白道四友)를 결성했을 때도 이렇게 대접하셨으니까요. 맹주께서는 신성 육장이 정도맹의 세대교체에 큰 몫을 담당하시리라 믿는 거예요."

금영진의 뒤에서 백도서왕 명옥향이 친절하게 속삭였다. 금영진은 더욱 긴장된 얼굴로 명옥향을 돌아봤다.

"그게 더 부담된다는 거 아세요?"

명옥향이 미소 지었다.

"우리만 당할 수는 없잖아요. 저도 처음에 얼마나 떨었다고요."

"……."

동방량이 자리를 권하자, 제일 먼저 막당이 앉았다. 막당은 앞에 놓인 수많은 음식들을 향해 쉴 새 없이 탄성을 질렀다. 음식에 정신이 팔린 막당은 동방량이 권한 자리에 앉는 실수를 범했다. 그 자리는 예정대로라면 녹지현이 앉아야 했고, 다른 곳도 아닌 동방량의 옆 자리였다. 녹지현은 그 부담스러운 자리를 막당이 대신하는 것에 기뻐하며 재빨리 다른 자리를 찾아 앉았다.

"맛있느냐?"

동방량이 막당을 돌아보며 웃음 섞인 목소리를 던졌다. 자리의 의미를 알리는 인사를 꺼내기도 전에 음식부터 먹는 막당에게 모든 이들의 시선이 집중되었기 때문이다. 막당이 당과를 입에 문 채 고개를 들며 고개를 끄덕인다. 그 천진난만한 웃음이 귀여워 몇몇 사람은 '쿡' 하고 웃었지만, 눈살을 찌푸리는 자들도 제법 있었다. 동방량은 갑작스레 인사말을 던져 모두의 시선을 빼앗았다. 덕분에 막당을 향하는 곱지 않은 눈길은 순식간에 사라졌다. 서로가 즐거이 떠들던 와중을 틈타 동방량이 막당에게 말을 건넸다.

"네가 윤아의 정혼자라고?"

염화용과 술잔을 부딪치던 한보가 깜짝 놀라며 고개를 돌렸다. 막당은 여전히 음식을 입에 넣으며 대수롭지 않게 답했다.

"윤아가 누구인지 모르겠습니다."

"호제… 음. 상관호… 음. 상관문의 여식이다. 정혼녀가 죽었다는 소식을 듣고 슬프지 않았느냐?"

"아버님, 그건……."

곁에서 동방천이 난감한 듯 말을 막으려 했다. 그러자 동방량이 닭다리를 하나 들어 맏아들에게 내밀며 '이거나 먹고 넌 입 다물어라' 라며 주의를 주었다. 동방천이 닭다리를 받은 채 불안한 표정으로 막당과 아버지를 살폈다.

"슬프지 않았느냐?"

"잘 모르겠습니다."

"어째서 모르겠느냐?"

"누군지 모릅니다."

동방량은 고개를 끄덕이며 '그렇구나' 라고 중얼거렸다. 곧 동방량이 다시 막당을 보며 물었다.

"네 사부가 누구냐?"

"말하면 안 된다고 하셨습니다."

"말 안 하면 더 이상 먹지 마라."

막당이 갑자기 음식 먹던 행동을 중단하더니 조심스레 동방량의 눈치를 보았다. 입에 넣었던 음식도 뱉을 듯 슬그머니 혀를—음식물이 잔뜩 올려진—내밀었기 때문에, 막당을 보던 염화용이 '우엑' 하며 급히 고개를 돌렸다. 동방량이 손을 저었다.

"됐다. 말 안 해도 좋으니 계속 먹어라."

"예, 먹겠습니다."

혀에서 땅으로 떨어질 뻔한 음식까지 다시 입에 들어가자 이번에는 또 다른 누군가가 '으윽' 하며 신음했다. 최근 한보와 막당이 염화용 덕에 주변 사람들과 친분을 다졌다고는 하지만, 여전히 두 사람에 대한 뒷소문은 좋지 않은 상황이었다. 이 뒷소문에 제일 큰 영향을 받은 자가 동방인이었다. 말

많은 염화용의 정혼자였기 때문에 동방세가의 모든 소문들은 다 동방인의 귀에 들어간다. 동방인은 그 소문들 중에서 좋지 않은 것들을 귀담아듣는 버릇이 있었다. 게다가 소문이 아니더라도 동방인으로서는 막당을 좋게 보고 싶은 마음이 없었다.

"후후후. 신룡대협께서는 혹시 알고 계셨습니까?"

"무엇을 말입니까?"

긴 식탁의 상단에 있는 자들이 동방인을 돌아봤다. 동방인은 입가에 미소를 띠우며 자신을 바라보는 모든 이들과 눈을 한 번씩 맞춘 뒤 말을 이었다.

"아까 아버님께서 말씀하셨듯 세력을 다루는 데 있어서 가장 중요한 것은 다음 세대를 어찌 대비하느냐입니다. 그러니 신성육장에 대한 정도맹의 기대가 얼마나 큰지 잘 아실 것입니다. 신선과 부처의 길을 함께 걷는다고 평가받는 건곤자의 제자이며, 비록 오해가 있어 세상을 떠나셨으나 천하의 모든 산을 호령하셨다는 천산녹왕의 아들 녹지현 도사님, 돌풍을 이끄는 발차기로 패악한 이들을 제압하시는 비상각 악책 대협, 팔기금문을 창시하신 금안학 대종사의 모든 무공을 되살렸다고 평가받으며, 누구든 함부로 시비를 걸었다가는 극락을 보게 된다는 극락화 금영진 여협, 강호를 유람하며 수많은 협행으로 서민을 구하고 정도맹, 사도맹, 마교의 그 누구도 해내지 못한 민생 안정을 몸소 이루시는 귀면신장 태목구 대협, 공작왕의 제자이며 그 위세와 무공이 하늘을 찌르던 작혈왕 장삭의 문파를 단신으로 괴멸시킨 천하제일영웅 초염 한보 대협, 그리고……."

"……."

"역대 강호의 어느 누구도 해내지 못했던 양자강을 제압하신 천하제일의 신룡 막당 대협."

과분한 칭찬에 얼굴을 붉히며 몸둘 곳을 모르던 신성육장의 인물들이 막당의 소개를 들었을 때 안색을 굳혔다. 동방인의 입에서 흘러나온 말이 비아냥임을 깨달았기 때문이다. 동방인은 신성육장의 다섯 인물들이 싸늘한 눈으로 자신을 노려보든 말든 말을 이었다.

"그런 위대한 위명을 가진 분들이 서로 손을 잡고 형제의 연을 맺었습니다. 이는 하늘이 정한 운명이 아니고서야 쉽게 이루어질 수 없는 연입니다. 그 때문에 제 아버님께서도 최근 한 달 동안 동방 진출의 바쁜 여정 속에서 틈틈이 시간을 내어 신성육장을 살피셨지요. 후후후. 그중에서도 강을 제압하신 막 대협을 많이 지켜보셨습니다."

동방인의 말은 상당수의 참석자에게 의외였다. 동방량은 고개를 끄덕이며 '그랬지'라고 중얼거렸다. 동방인은 술잔을 든 채 의자를 벗어났다. 그리고 막당을 향해 다가가 건배를 권하듯 잔을 내밀며 말했다.

"덕분에 저도 대협을 계속 지켜보게 되었는데… 강을 제압하신 분이라 하기엔 어울리지 않는 모습을 무척 많이 보여주시더군요. 솔직하게 말하자면 보통 사람만 못한 느낌도 들었습니다. 혹시 저와 제 아버님께서 지켜보고 계셨던 것을 알고 계셨기 때문에 연극을 하신 것이 아닌지요. 정말 알고 계셨습니까, 막 대협?"

막당이 괴로운 듯 인상을 찌푸렸다. 동방인의 입가에 미소가 짙어질 즈음, 입술을 꾹 다물던 막당이 조심스레 말했다.

"죄송합니다만, 무슨 말인지 모르겠습니다. 다시 한 번 말씀해 주시면 안 되겠습니까?"

"풉!"

한보가 분노 때문에 목구멍으로 넘기지 못하고 입 안에서 씹고 있던 술을 급작스레 뿜었다. 몇몇 사람들이 웃음을 터뜨렸고, 그중 염화용의 웃음소리가 제일 컸다. 동방인은 붉어진 얼굴을 다스리며 억지 미소를 지었다.

"그러니까 제 말은 막 대협께서 어딘가 모자란 듯한 느낌이 들었다는 것입니다."

이 노골적인 말에는 악책과 금영진도 가만히 있기 어려웠다. 악책이 인상을 찌푸리며 몸을 일으키려던 수가 막당이 말했다.

"그러셨습니까?"

"예? 아, 예."

"알겠습니다."

"예? 아니, 그러니까 제 말은 어째서 그런 모습을 보이셨……."

"그만 귀찮게 하고 네 자리로 가라."

동방량이 쓴웃음을 지으며 동방인의 술잔을 빼앗아 던졌다. 가득 찬 술이 한 방울도 튀지 않은 채, 술잔은 선녀의 부양처럼 느긋하게 날아서 동방인의 탁자 위에 내려앉았다. 동방인이 미소를 지으면서도 이를 악문 채 자신의 자리로 돌아가자, 악책도 비로소 안정하며 몸을 낮췄다. 모두 자리에 앉자 동방량이 말했다. 동방인을 지정한 말도 아니고, 막당에게 묻는 말도 아닌 모두를 향해 꺼낸 질문이었다.

"내가 천이백의 무리를 모아 동방으로 향한다고 했더니 사도맹과 마교가 긴장하며 군사를 모으는 중이라고 하더라. 특히 연해주의 것들이 난리가 났다는 얘기를 들었다. 그런데 내가 무리를 이끌고 흑룡강성에 들어서고 아예 거기를 벗어나서 동방강호에 들어서면 저들이 어찌 생각할까? 수작을 부린다고 여기어 해안까지 강화할 것 같으냐, 아니면 그 틈을 타서 다시 한 번 정도맹을 칠 것 같으냐. 어쩌면 더 많은 수의 병력을 모아서 내 뒤를 쫓아와 끝장을 보려고 할지 모르겠구나. 너희들 생각은 어떠냐?"

동방량이 말을 마치자마자 동방인이 잽싸게 대답했다.

"그 모두가 일리있습니다만, 대군을 모아 아버님의 뒤를 쫓을 가능성이 제일 높습니다. 정도맹의 구심점이 아버님에게 있음은 천하가 다 아는 일입니다. 그러니 저들은……."

"그에 따른 우리 측의 대처는?"

"급하신 일이 아니라면 일시적으로 동방강호를 향하는 척만 했다가, 놈들의 움직임을 살피는 것이 옳습니다. 저들이 작정하고 아버님을 칠 생각이라면 상당한 수를 모을 테고, 그만큼의 허점이 각 지역에서 드러날 것입니다. 가장 취약한 곳부터 공략하여 저들을 당황하게 만들면 기껏 모았던 병력들이 고향의 안전을 위해 흩어질 것입니다. 그때 본진을 쳐서 금사회의 목까지 취하신다면 강호일통은 시간문제입니다."

"나는 동방강호로 가는 것이 목적이었는데 그걸 뒷전으로 하고 중원을 먹어버려라?"

"죄송하오나 아버님께서 직접 미끼가 되시는 결과입니다. 아버님께서 굳이 동방강호행을 하실 뜻이라면 이 호기를 이용하여 큰 득을 구하고, 또 한편으로는 아버님 여행에 안전을 꾀하는 결과도 구해야 합니다."

"그런데 내가 그런 거 다 무시하고 동방강호를 꼭 가야겠다면?"

동방인은 잠시 신음했다. 누군가가 또 다른 세력을 비밀리에 모아서 사마연합이 추격할 때 급습을 가하는 방법도 좋다고 했다. 어떤 이는 추격을 시작하면 사도맹과 마교의 본진에 병력이 부족할 테니 일제히 공격하여 저들이 회군하게 만드는 수도 있다고 말했다. 여러 가지 의견들이 나오는 것을 묵묵히 듣던 동방량이 갑자기 손을 들어 모두의 입을 막았다. 그리고 막당을 돌아봤다.

"넌 어떠냐?"

"뭐가 말입니까?"

"안 들었단 말이냐!"

동방천이 울컥하여 고함치는 순간, 동방량의 우수가 빠르게 휘날렸다. 동방천은 자신의 얼굴이 흠뻑 젖었음을 깨닫고 경악했다. 얼굴에 뿌려진 것이 술이었기에 망정이지 만약 독액이었다면 즉사가 아닌가. 술을 뿌린 자가 천하제일인인 자신의 아버지라지만, 스스로도 그 아들로서 부끄럽지 않을 만큼의 무공을 익힌 터였다. 피하기는커녕 언제 뿌려졌는지도 눈치 채지 못했다는 것이 창피하여 동방천은 얼굴을 가슴에 묻을 듯 고개를 숙였다.

"나는 천이백의 무리를 이끌고 동방에 갈 것이다. 그런데 사도맹과 마교가 그 소문을 듣고 긴장하고 있다."

"예."

"저들은 내 행보에 따라 어떤 행동을 취할 것 같으냐?"

"긴장한다고 말씀하셨지 않습니까?"

"어, 그래. 그리고?"

몇몇 사람들에게서 웃음소리가 흐르고 탄식도 나왔다. 하지만 동방량이 워낙 진지한 얼굴로 막당을 주시하고 있었기 때문에 소리는 금세 잦아들었다. 막당이 말했다.

"긴장할 것입니다."

이번에는 염화용과 한보가 약속이라도 한 듯 큰 소리로 웃었다. 동방량도 입가에 미소를 띠우고 물었다.

"그러면 나는 어찌해야 되겠느냐?"

"천이백의 무리를 이끌고 동방에 간다고 하셨지 않습니까?"

"그랬지."

"가십니다."

"그렇구나."

"하하하하하하하!"

이제는 회장 내의 대부분 사람들이 웃고 있었다. 오히려 처음에 웃었던 한보가 웃음을 지우고 막당을 대신해 얼굴을 붉혔다. 동방량은 모두의 웃음을 즐기듯 두루 시선을 던졌다가 술잔을 들었다.

"부끄러움을 웃음으로 감춘다고 감춰지겠느냐? 술로 지워라."

그 말에 모두가 웃음을 멈췄다. 다들 술잔을 들면서도 동방량의 다음 말을 기다리며 숨을 죽였다. 동방량은 말했다.

"이 녀석의 말이 정답이라는 생각은 못했느냐? 내가 가는데 저놈들이 어쩐다고? 뒤를 쫓아? 뒤질려면 무슨 짓을 못해. 공작왕이 누구보다 그 사실을 잘 알고 있을 게다. 저놈들은 긴장만 하고 병력만 모을 뿐 내가 돌아올 때까지 아무 짓도 못한다. 그리고……."

"……."

"나는 간다. 다들 잊고 있나 본데 이것이 정도맹이다."

동방량의 한마디가 충격인 듯 다들 술잔을 떨었다. 특히 동방인이 심했다. 머리가 좋다고 자부했던 자신이 동방량의 술수에 가장 크게 당했음을 깨달았기 때문이다. 동방량은 자신의 둘째 아들에게 조소를 보내듯 웃음 띤 눈매로 시선을 주며 말을 이었다.

"정도맹의 무공이 무엇이냐. 곁길 무시다. 세상에 길 아닌 곳이 없는데, 사도맹의 무공은 길만 찾아다니느라 바쁘지. 여기 있는 모든 이들이 발바닥에 길을 달고 다니는 무공을 익혔다. 그래서 정도맹이다. 그런데 머리와 주둥이는 어째 사도맹이구나."

"……."

"이 아이의 말을 멍청한 답으로 여기느냐? 너희들은 목적지를 위한 빠른 길, 보다 확실한 길을 찾아서 두리번거렸다. 그러다 보니 곁에서 걷고 있는 놈들도 보았지. 애초에 길을 간다는 목적 따위는 다 잊고, 옆에 있는 녀석들보다 먼저 가야 한다는 괴이한 사도 심리에 빠져 버리는 이유가 그것이다. 결국은 서로를 경계하며 먼저 도착하기 위해 돌아가는 길을 서슴없이 택하는 경우도 있다. 하나 이 아이는 너희들이 먼저 도착한답시고 잡다하게 지름길을 만들며 법석을 피우는 동안, 홀로 올곧게 걸어서 누구보다 빨리 도착할 것이다. 누가 옳겠느냐?"

"죄송합니다, 아버님."

동방인이 떨리는 목소리로 사과하자, 동방량은 '내가 받을 말이 아니구나' 라며 냉담하게 말했다. 동방인이 이번에는 막당을 향해 포권하며 고개를 숙였다. 연회가 끝날 때까지 누구도 막당에 대해 비아냥거리는 자가 없었다.

신성육장은 여정의 첫길이 같았다. 청성산으로 가려면 결국은 중경을 거치는 것이 옳다. 도중에 막당이 물었다.

"이 길을 따라가면 멀리 돌아가는 것 아닙니까?"

"돌아가는 건 맞지. 산을 넘는 것이 직선이니까. 뭐… 용 아우 말대로 산맥을 넘을 각오를 한다면 청성산으로 먼저 갈 수 있겠지?"

"그런데 어째서 돌아서 가는 것입니까?"

"이론대로 행하는 것이 다 옳지는 않으니까. 어제 연회장에서 정도의 뜻을 칭찬받았어도 이런 경우는 우리 사도하자, 용 아우, 하하하!"

"악 오라버니 말대로야. 하지만 여기서 조금만 걸어도 배를 탈 수 있는데 왜 그런 고생을 하겠어? 그리고 그 할아버지가 귀향공 선배임을 알았으니 우리 임무보다 그분을 찾아뵙는 게 우선이야. 너도 민 사공과 왕 감독을 빨리 보고 싶지?"

막당은 악책의 말을 이해하지 못했지만, 금영진의 제안에 호감을 갖고 흔쾌히 수긍했다. 막당이 청성산을 먼저 가자는 말에 잔뜩 긴장했던 녹지현도 내심 안도의 숨을 쉬며 길을 재촉했다.

예상보다 일찍 중경에 도착하여 여정을 풀었을 때까지만 해도 모두들 즐거운 마음이었다. 막당은 중경에 도착하자마자 고기를 잡아야 한다며 말을 몰았다. 업무 관련 서류들이 산더미같이 쌓였음에도 불구하고 금영진과 악책이 막당의 뒤를 쫓았다. 막당의 꼬리에 초구와 한보가 붙었고, 악책의 말 등에 실린 술통 꼬리에 태목구와 녹지현이 붙었다. 신성육장은 혈무력 구십오년의 마지막을 신성육장답게 보내야 한다며 들떠 있었다. 십이월 초하루에 신성육장은 자신들의 이름을 이루는 담을 만났다. 그곳은 예와 다름없이 왕 감독이 늘어지게 누워서 지키고 있었다.

"고기를 잡아야 합니다!"

"우리가 왔습니다!"

막당과 금영진이 동시에 외쳤다. 그러자 수많은 사람들이 목소리를 반기며 뛰어나왔다. 한보는 생소한 얼굴을 즐기며 웃음을 머금었다가 표정을 굳혔다. 생소하지 않은 얼굴이 하나 있었기 때문이다. 그리고 그 얼굴은 한보가 기대했던 익숙한 얼굴이 아니었다. 귀향공의 얼굴을 대신하여 자신을 맞이한 얼굴은 주향상의 것이었다.

"주 도사님!"

한보가 대경하여 외치자, 곧 녹지현의 처절한 비명이 울려 퍼졌다. 주향상의 앞에 선 녹지현은 붉은 얼굴에 턱이 길었으며 입 주변의 근육이 매섭게 꿈틀거리는 괴상한 얼굴을 유지했다. 태목구가 먼저 주변을 둘러보며 귀향공을 찾았다. 물론 태목구는 자신의 입으로 귀향공의 정체를 밝히지는 않았다. 촌락 사람들은 황보소국의 오라버니가 진작에 떠났다며 태목구를 실망시켰다. 반면 한보는 그것을 짐작했기에 실망하지 않았다. 이제 한보의 신경을 당기는 자는 주향상이었다.

"어째서 주 도사님이 여기에 계세요?"

주향상이 뭐라 답하기 전에 금영진이 먼저 입을 열었다. 금영진은 주 향상에 대해 포권을 취함과 동시에 의중에 있던 말을 뱉었다.

"저는 중경의 정도맹 지부를 관리하는 금영진입니다. 혹여 주 도사께서는 이곳에서 귀암곡의 움직임을 정탐하고 계셨던 것 아닙니까?"

"아닙니다."

주향상은 짤막하게 답한 뒤 천근처럼 한숨을 뱉었다. 그리고 한보에게 또 한 명의 청성 도사가 이곳에 있다고 말했다. 이제까지 숨을 참으며 배와 볼의 진면목을 감추고 있던 녹지현이

‘그 도사가 누굽니까?’ 라며 숨을 토하는 목소리를 던졌다. 주향상은 녹지현의 배와 볼이 미웠던지 천근 벼락을 떨어뜨렸다.

“이곳에 종리춘 사질이 있다.”

녹지현은 직계 사형이 이곳에 있다는 말에 기절할 듯 거품을 물며 말을 향해 달려갔다. 주향상이 노기를 담은 고함으로 녹지현의 발걸음을 막은 뒤, 한보와 금영진을 돌아봤다.

“빈도가 여러 분들께 많은 얘기를 해야겠습니다.”

그때 주향상과 신성육장의 사이에 눈송이가 떨어졌다. 담 위에서 초구와 날뛰던 막당이 ‘눈이 오니 담 위를 쓸어야 합니다!’ 라고 외쳤다. 저 평화로운 담 위의 전경과 주향상의 얼굴이 상극이다. 그 때문에 한보, 금영진, 악책, 태목구는 자신들의 사이를 가로지르는 눈발이 서리의 한기를 뿜고 있다고 여겼다. 주향상이 손을 내밀어 어디로 들어갈 것을 청했다. 마을 사람들의 손님 맞은 기쁨이 일순 가라앉았다. 사람들은 이 손님들이 강호를 논할 것임을 알고 재빨리 각자의 집으로 돌아갔다. 유일하게 민창산만 막당이 있는 담으로 올라가서 배를 타자고 제안했다. 막당은 초구와 함께 민창산의 배에 올랐다.

“방이 좁으나 여섯이 앉기에 무리가 없습니다.”

주향상이 신성육장을 안내한 집은 예전에 막당이 살던 집이었다. 집에 들어온 손님들은 주향상의 말을 듣기에 앞서 눈살부터 찌푸려야 했다. 특히 녹지현이 큰 충격을 받았다. 녹지현은 또 하나의 방에서 자신의 사형을 발견하고 입을 다물지 못했다. 예전에 막당이 잠을 잤던 그 방 안에는 종리춘이 누워 있었다. 용모가 창백하고 입술이 파랗게 변색되어 처음엔 녹지현도 자신의 사형을 알아보지 못했다. 녹지현은 곧장 종리춘에게로 달려가 고함을 질렀다.

"사형, 이게 어찌 된 일입니까!"

"누… 누구냐?"

종리춘이 힘겹게 눈을 뜨며 물었다. 시체 같은 얼굴이 눈도 뜨고 입도 열었으나, 녹지현은 조금도 겁먹지 않았다. 오히려 기뻐하며 외쳤다.

"녹지현입니다. 대체 어쩌다 이리 되셨습니까!"

"네… 가?"

종리춘은 당혹감에 젖은 눈으로 녹지현을 물끄러미 바라보다가 환자답지 않게 비아냥거렸다.

"그간 동탁이 되셨구나. 턱에서… 개기름 방울이 떨어진다."

"수련하여 살을 빼겠습니다. 어흐흑. 사형!"

"사질은 지금 안정을 취해야 하니 귀찮게 하지 말고 이리 오너라, 지현아."

주향상의 말에 녹지현이 눈물을 훔치며 몸을 일으켰다. 녹지현은 방에 들어가자마자 주향상과 제일 떨어진 지점에 앉더니, '제 사형께서 왜 저리 되신 겁니까!' 라며 사숙에게 호통쳤다. 주향상은 일순간 주먹을 불끈 쥐었다가 한숨을 뱉으며, '그래서 그 자리에 앉았구나' 라고 중얼거렸다. 주변 손님을 무시한 채 주먹을 날릴 만한 거리가 아니었던 것이다. 주향상은 한보를 돌아보며 목소리를 낮췄다.

"청성에 좋지 않은 일이 생겼습니다."

"아무래도 좋지 않은 일이 생길 것 같구나."

민창산은 막당이 낚싯줄을 드리울 때까지 한숨을 쉬고 있었다. 두 명의 청성 도사가 이곳에 올 때부터 마을이 강호와 엮일 것을 걱정했는데, 그 우려가 지금 현실이 되는 중이었다. 자신의 매형도 그 점을 고민하여 마을을 떠나지 않았던가.

"큰 고민이야."

민창산이 다시 한 번 한숨을 쉬자, 미끼 엮은 줄을 강에 던지던 막당도 고개를 끄덕였다.

"예, 정말 큰 고민입니다."

"내가 생각하는 고민과 신룡이 생각하는 고민이 같을 리 없다. 동감하지 말아라!"

"저희 형제들이 청성파의 문제를 해결하라는 부탁을 받았습니다."

막당의 뒤이은 말에 민창산이 깜짝 놀랐다. 민창산은 내심 '동방세가가 다르긴 다르구나. 이 짧은 새 신룡을 저리 총명하게 키워주다니' 라고 생각했다.

"그러면 신룡이 좀 힘을 써서 이 마을과 청성파의 문제가 연결되지 않게 도와줄 수 있겠냐?"

막당이 울상되어 반문했다.

"제가 청성파에 가게 될 것인데, 연결이 안 될 수 없습니다."

"역시 그렇겠구나. 이미 두 분 도사님이 마을에 몸을 의탁한 이상, 동떨어질 수는 없는 일이겠지."

"부탁해 보겠습니다! 제가 청성파에 가지 않겠습니다. 저도 큰일이니 꼭 가지 않게 힘쓰겠습니다."

민창산은 막당의 호쾌한 목소리가 듣기 좋았으나 뜻을 이해하지는 못했다. 무슨 뜻이냐고 물으니, 막당도 뭐가 무슨 뜻이냐고 반문했다. 민창산이 눈매를 찌푸리며 이야기의 시작점으로 돌아갔다.

"아까 신룡도 큰일이라고 했는데, 뭐가 큰일이라는 거냐?"

"이렇게 계속 낚시를 하고 싶은데 청성산에 가야 하니 정말 큰일입니다."

"그래."

민창산은 하늘 보며 허탈하게 웃었다.

"그거야말로 정말 큰일이구나. 내가 잠시 신룡과 뜻을 함께했던 것도 큰일이다. 치매가 오려나."

민창산은 더 이상 막당과 강호사를 논하지 않았다. 낚싯줄

이 흐르는 강물에 따라 이리저리 흔들렸다. 꽤 오랜 시간 낚
싯줄을 드리웠지만, 고기는 별로 잡히지 않았다. 민창산이 그
물을 쓰자는 말을 하여 그물 놀이에도 열중했으나, 초구가 강
에 뛰어들어 물고 온 고기가 그물로 잡은 고기보다 많았다.
마을로 돌아가는 배의 머리에 초구가 고개를 뻣뻣이 치켜든
채 위세를 부리니, 막당이 그 꼴이 보기 싫어 고기를 더 잡자
고 떼썼다. 하지만 해가 진 터라 민 사공은 뱃머리를 돌리지
않았다.

마을에 도착하니 금영진과 악책이 기다리고 있었다. 막당
이 배에서 내리자마자 형과 누이에게 고기를 내밀었다.
"배가 고프니 빨리 굽겠습니다!"
"아니야, 용 아우."
악책은 쓴웃음을 지으며 막당의 머리를 쓰다듬었다. 금영
진도 울적한 얼굴로 한숨을 쉬었다.
"밥보다 중경에 가는 게 우선이겠어. 마침 중경에서 말을
보내왔으니 서두르자."
"무슨 일이 있습니까?"
"청성산의 임무가 생각보다 심각해. 귀암곡과의 싸움 이전
에 청성파에서 내분이 있었다나 봐."
"그렇군요. 그러면 이 고기는 민 사공님께 드리겠습니다."
"그렇게 하자, 용 아우. 청성파의 내분에 큰형님의 사부님

께서 중상을 입으셨다고 하니 우리는 서둘러야 한다.”

“바로 청성산에 가야 하는 것입니까?”

“아니, 아미파다. 금 매가 아미파에 도움을 청하는 서신을 줄 것이니, 네가 녹 형님과 보아를 잘 보필하거라. 아미파에 가려면 도중에 청성산을 지나야 할 테니 무슨 일이 생길지도 모른다. 무공은 용 아우가 제일 뛰어나니 큰 변이 생기지 않도록 매사에 조심해라.”

“예, 알겠습니다!”

악책은 호쾌하게 답하는 막당이 대견스러워 웃었다. 홍수 때의 일도 그렇고, 소림의 후기지수 회인과 사도맹 구량 대사의 전인 곤지를 홀로 상대했던 막당이니 일행의 여정에 큰 도움이 되리라. 막당의 단순함은 잔머리가 뛰어난 녹지현이 해결해 줄 것이고, 막당의 행동에 대한 선택은 바른 뜻을 고집하는 한보가 해결해 줄 것이다. 악책은 이들 셋이 임무에 가장 적합하다고 여겼다. 하지만 악책의 예상과 다르게, 무공이 아닌 뜻의 선택에 있어서 녹지현과 한보는 막당에게 이끌리고 말았다.

“우리는 지금 급하단 말이다!”

녹지현이 불평하며 막당을 재촉했지만 소용없었다. 게다가 한보도 막당의 선택을 기꺼워하는 중이었다. 여행을 떠나서 청성산을 무사히 지난 것까지는 좋았지만, 아미산을 목전에 두고 막당이 걸음을 멈추고 말았다. 그 이유는 세 명이 대수롭지 않게 지나치던 마을의 꼴이었다. 녹지현이 안개에 가려 흐릿한 아미산을 바라보며 한숨을 쉬었다.

"저렇게 코앞에 있기는 하나, 먹을 것도 없이 가기엔 너무 멀지 않겠냐? 당아야, 이 마을에 잠시 머무르는 건 좋지만 우리 먹을 것까지 몽땅 주는 건 곤란하지?"

"제가 고기를 잡겠습니다!"

막당이 환한 낯빛으로 웃었다. 하지만 녹지현은 어두운 낯빛으로 울상 지었다.

"아미산보다 장강이 더 멀다."

"빨리 갔다 오겠습니다!"

"이 마을이 이렇게 피폐해진 것은 청성산의 도사 때문이라고 들었다. 그것은 곧 청성산의 도사들이 이 마을에 또 찾아와서 행패를 부릴 가능성이 높다는 얘기인데, 그 말인즉슨 우리가 기껏 조심조심해서 무사히 넘어왔던 청성산의 위협을 이제는 작정하고 맞아들인다는 뜻이 된다. 하지만 내가 이렇게 말해봤자 네가 무슨 말인지 모르겠다며 실실거릴 게 뻔하다는 걸 알고 있으니 환장하겠구나. 우리 먹을 걸 줬으면 이제 뜨자. 응? 대체 여기에 남아서 뭘 어쩌겠다는 거냐?"

막당이 마을에 남겠다고 고집을 부린 이유는 마을 사람들의 절반 이상이 부상을 입고 신음해서다. 마을 사람들의 말에 의하면 녹지현류의 무리가―청성의 도복을 입고 있던 녹지현은 그래서 이 마을을 빨리 떠나고 싶었다—큰 행패를 부려서 이 꼴이 됐단다. 모든 집이 불타서 재가 되었고, 젊은이들은 부상에 신음하고, 노약자들은 노약자석에서 탄식하는 중이었다. 막당은 그 모든 상황을 행복한 세상으로 바꾸지 않고서는 이 마을을 떠나지 않을 듯 고집을 피우고 있었다. 막당이 그런 결정을 내리자, 한보가 더 적극적이 되어서 마을의 노약자들이 쉴 곳을 정리하며 뛰어다닌다. 녹지현은 너털 걸음으로 한보에게 다가가 물었다.

"예가 어디쯤일까?"

"제가 녹 오빠에게 묻고 싶은 말이었어요. 저 산이 아미산이에요?"

"저건 낙산(樂山)이지. 저 사람들이 날 보자마자 살려달라고 즐겁게 노래[樂]를 부를 때 눈치 챘어야 하지 않겠느냐? 이번에 아미파에 도착하면 청성 도복 대신 다른 옷이라도 한 벌 구해야겠다. 대체 청성파가 왜 이리 지랄이냐?"

"누가 아니래요. 아무튼 좀 도와주세요. 할 일이 많아요. 어라? 당아야! 너 뭐 해? 왜 땅 파?"

"여기에 밀이 있대, 보아야!"

"밀?"

마을 사람 중 한 명이 녹지현의 눈치를 보며 조심스레 고개를 끄덕인다. 청성파 도사들에게 빼앗기지 않으려고 급히 숨긴 곡식인 듯했다. 한보가 막당을 도와 흙에 버무려진 밀알을 찾아내면서부터 사람들의 시선이 부드러워졌다.

"못된 녀석들."

밀을 모두 캐낼 즈음, 한보가 마을 사람들을 둘러보며 중얼거렸다. 그러자 막당이 정색하며 한보의 말에 반박을 할 뻔했다가 매를 벌었다.

"이 사람들 얘기가 아니라 이 꼴로 만든 놈들 얘기야. 강호에 뜻을 두었으면 강호질이나 할 것이지, 왜 민초를 건드리냐고. 다쳐도 상관없을 무림인들이 사방에 수두룩한데."

한보의 투덜거림에 녹지현이 웃음을 흘리며 고개를 끄덕였다.

"강호가 민초의 반석에 있으니 그 꼴이지. 강한 놈은 차마 못 건드리겠으니, 강한 놈이 앉은 반석 밑바닥이나 열심히 두들기겠다는 소리 아니냐. 에잉! 기본을 모르는 놈들."

"그런데 이 마을은 청성의 반석 아래가 아니었어요? 자기네 반석 기둥을 왜 쪼갠대요?"

"날아가려나 보다. 천공의 청성인 건가!"

"청성산도 날아갈까요?"

한보와 녹지현이 농담을 주고받는 동안 마을의 몇몇 청년들이 몸을 일으켜 막당을 돕기 시작했다. 끝내 몸을 일으키지 못하고 거적에 누워 신음하는 이가 스물세 명이었고, 그중 몇몇의 상처는 썩기 시작하던 참이다. 막당이 산에서 약초를 뜯어와야 한다고 주장하자, 비로소 녹지현과 한보가 농담을 그쳤다. 한보는 산을 향하는 막당의 곁에 붙어 물었다.

"당아야, 너도 이상하지? 여긴 청성산보다 아미산이 더 가까운 곳이야. 귀암곡은 청성산 너머니까 정반대의 마을이지. 근데 왜 여길 쳤지? 궁금해. 정말 궁금해. 제일 궁금한 건 내가 왜 이 질문을 너한테 하냐는 거지."

"약초 캐자, 보아야."

"그래, 약초나 캐자."

두 사람이 산을 향하니 녹지현도 곧 뒤를 따랐다. 부상자가 가득한 마을에 남았다가는 잔일을 하게 될 것이 뻔하다. 그리고 자신의 도복이 이들을 때려잡은 자들의 도복과 흡사하여 해코지를 당할지도 모른다는 불안감도 들었다.

"산에 가신다면 부탁이 있습니다, 대협님들!"

꼬리가 붙었다. 부상이 크지 않은 젊은이들이 세 사람의 뒤에 달라붙으며 사탕을 바라보는 아기의 눈망울과 흡사한 동공으로 공격했다. 막당이 무엇이냐고 묻자, 제일 앞서 달려온 젊은이가 잠시 우물거리더니 용기를 내어 말했다.

"이곳이 산턱인지라 습기가 많고 날씨의 변덕도 심합니다. 저번의 흉수들이 집을 모두 불태워서 중상을 입은 사람들이 그동안 이슬과 비를 맞아 상처가 도졌습니다. 그러니 저희들을 위해 집을 한 채 짓는 것 좀 도와주십시오."

"당연합니다!"

막당이 외쳤다. 한보도 수긍하듯 고개를 끄덕였다. 그러나 녹지현의 고개는 다소 삐딱했다.

"그 흉수가 이 마을을 공격한 게 언제인데, 그동안 댁들은 뭐 했는데?"

젊은이는 속으로 '역시 청성의 도복은 까칠한 놈만 입을 자격이 있나 보다' 라고 생각하며 뒤로 물러섰다. 고개를 깊게 숙이는 꼴이 곧 용서라도 빌 것 같은 모양새다. 녹지현은 대표 격이었던 그자뿐 아니라 뒤에 있던 사내들도 죄인처럼 웅크리는 꼴이 보기 싫었다.

"사실 나도 이해할 수 있지. 가을에 낙엽이 드문드문 쌓이면 별 생각 없이 빗자루를 들고 쓸어버리지만, 초겨울 밤바람에 그 빌어먹을 낙엽들이 대폭 쏟아져 땅바닥 자체를 가려 버리면 놈이 썩을 때까지 내버려 두고 싶은 생각이 굴뚝같더라. 마을이 하도 개박살이라서 뭐부터 해야 할지 엄두도 안 났던 게지?"

"예! 그렇습니다!"

물러섰던 자가 감동하여 외쳤다. 녹지현이 미소 지으며 '알았다. 집을 지어주마' 라고 말하더니 막당을 돌아봤다.

"지어라, 당아야."

"예, 녹 형님."

"녹 오빠만 생색내지 말아요!"

"저희도 돕겠습니다!"

사내들은 제각각 어디론가 뛰어가더니 연장을 들고 나타

났다. 한보는 사내들의 손에 쥐어진 연장이 대부분 밭갈이에 쓰는 도구임을 알고 한숨을 쉬었다. 녹지현은 냉철하게 연장의 쓸모를 파악하고, 그것으로 마을에 남은 목재들을 긁어모으라는 지시를 내렸다. 도끼가 두 개 있었는데 녹지현은 그것을 한보와 막당에게 주려고 했으나 둘 다 거절했다. 한보는 쌍철권을 끼었고, 막당은 주먹을 불끈 쥐었다. 곧 산이 소란스러워졌다.

"이이여, 허! 이이이여, 허!"

사람들의 고함 소리가 들린다. 도끼질을 할 때 내는 고함 소리인데, 원래는 그 뒤에 딸린 노래가 있었다. 하지만 도끼질 소리가 미약하니 노래도 이어지지 않았다. 사람들은 집을 지을 때 꼭 피하라는 '마른 나무'들만 찾고 있었다. 일단은 집을 급히 지어야 할 형편이기 때문에, 생기 가득한 나무를 힘써서 벨 필요가 없었던 것이다. 다만 한보와 막당은 자신들의 무공을 믿고 산신령이 아끼는 건실한 나무들만 골라서 부수었다.

"나도 곧 돕겠다!"

쿵!

녹지현의 외침과 산을 떨치는 소리가 동시에 터져 나온다. 녹지현이 뒷짐을 진 채 느릿한 걸음으로 산을 오르며 벌목을 감상하다가 한보에게 이르렀다. 한보는 녹지현의 허벅지만 한—녹지현은 그 굵기가 자신의 허벅지 두 배라고 착각하고 있었

다—나무를 향해 철권을 뻗던 중이었다. 녹지현이 깜짝 놀라
외쳤다.

"아서라! 그러다 부러질라!"

꽝! 우지직!

"나무가."

절반 가까이 부서져 크게 기울어진 나무를 보며 녹지현
이 혀를 찼다. 저 철권에 맞은 놈들을 제법 많이 봤는데 그
대부분의 놈들이 살아 있다는 게 신기할 정도의 위력이었
다. 녹지현은 막당이 궁금해졌다. 과연 막당은 어느 정도일
까?

"당아야, 어디 있냐?"

"여기서 나무를 때리고 있습니다!"

좀 더 높은 곳에서 막당의 외침이 들렸다. 녹지현은 또다시
뒷짐을 진 채 막당의 목소리가 들린 곳으로 걸었다. 한보가
쳤던 나무보다 좀 더 두터운 나무를 향해 주먹을 뻗는 막당이
보였다. 녹지현은 나무가 쓰러질 지점을 대충 감 잡아서 걸음
을 옮겼다.

뻑!

"어이쿠!"

막당이 자신의 우권을 쥔 채 인상을 찌푸린다. 녹지현이 혀
를 차며 '정권의 위력은 너보다 보아가 더 높구나' 라고 말했
다. 그 목소리가 제법 커서 한보의 귀에 들어왔으니, 막당의

무공을 아는 호기심 많은 여인이 가만히 있을 리 없다. 한보는 쌍철권을 몇 번 마주치며 막당과 녹지현이 있는 곳으로 다가왔다.

"어떤 나무를 쳤는데?"

"이거 보아야, 무척 튼튼해."

"별로 튼튼해 보이지 않는데? 그리고 나무가 집을 짓기엔 별로다."

"아냐. 이 나무가 집을 짓는 데 좋아 보여."

"왜?"

"튼튼한 집이 될 거야. 이 나무가 제일 좋아."

막당이 무슨 근거로 그렇게 말하는지 알 수 없었지만 한보는 짐짓 고개를 끄덕였다. 그리고 막당에게 물러서라는 손짓을 한 뒤 자세를 잡았다. 우철권을 힘껏 뒤로 당긴 한보는 '허이야!' 하고 크게 고함치며 바람을 찢었다.

꽈아앙!

"……."

"나무가 멀쩡해, 보아야."

"……."

"네 손은 어떠하냐, 한 매야."

"……."

"입으로 굳이 말할 것 없다. 글썽거리는 눈물이 먼저 고자질하는구나."

"녹 오빠 미워요! 당아, 너도 재수없어! 어쩌다 이런 나무를
고른 거야. 대체 이놈 뭐야? 바위야, 나무야?"

"나무야, 보아야."

"시끄러!"

주변에 있던 사람들이 웃기 시작했다. 한보와 녹지현이 농
담을 주고받을 때도 굳어 있던 얼굴들이 이제는 봄비에 젖은
땅처럼 부드럽다.

쿠구구구구!

도끼질을 하던 사내가 있던 곳에서 나무 쓰러지는 소리가
들렸다. 뒤이어 또 다른 곳에서도 나무가 '쿵!' 소리를 내며
쓰러진다.

"이이여, 허! 이이이여, 허!"

사람들의 외침 소리가 한결 시원했다. 도끼질을 하는 사람
이 지르는 소리가 아니라 한보와 막당의 실패를 구경하며 웃
던 자들이 내는 외침이었다. 그 시원함을 알았는지 사내들의
우렁찬 노랫소리가 뒤를 이었다.

이이여, 허! 이이이여, 허! 나무가 쓰러진다. 게 있지 말아라.

어린 나무를 고르지 말자. 햇잎이 불쌍하니 도끼질을 멈춰라.

이이여, 허! 이이이여, 허! 나무 속이 맑구나. 예서 모이자.

어서 나무를 살생하자. 만불보살께서 중생만을 보시니 지금이
기회다.

이이여, 허! 이이이여, 허! 마른 놈이 있으면 장작으로 쓰자꾸
나.

힘찬 나무 다듬고 다듬자. 낙산대불께서 보시니 큰 집을 짓자.

이이여, 허! 이이이여, 허! 잔가지를 모으자. 게서 지붕을 엮어
라.

나머지로 불을 지펴라. 모기와 메뚜기를 쫓으며 노래를 부르
자.

막당이 다른 나무를 선택하여 후려쳤다. 사람들이 '허!' 하
고 외칠 때마다 막당은 나무를 향해 손을 뻗었다. 몇몇의 나
무가 쓰러지고 작은 집 한 채를 지을 재목이 쉽게 만들어졌
다. 녹지현이 그만하면 됐다고 하자, 막당의 눈에 이채가 어
렸다. 그 비슷한 빛이 한보의 동공에도 드러났다. 녹지현은
둘의 눈빛을 수상히 여겨 물었다.

"이제 나무들을 다듬어 집을 지어야 할 때인데, 너희들은
집을 짓는 게 아니라 집과 싸울 태세다?"

"그놈!"

한보가 소리쳤다. 한보는 막당을 돌아보며 쌍철권을 치켜
들었다. 이미 막당은 달려가고 있었다. 녹지현이 잔뜩 긴장하
여 소리 죽여 질문했다.

"그놈이라니? 수상한 놈이 있었냐?"

"그 나무 말예요. 그 괴상한 나무! 건방지게 튼튼해서 아직도 어깨가 저리다고요. 그걸 가만히 내버려 둘 줄 알고?"

녹지현은 안도하며 한숨을 쉬곤 검지와 고개를 가로저으며 포기하라는 뜻을 보였다. 하지만 이미 막당은 그 나무 앞에 있었고, 한보도 녹지현을 외면한 채 그쪽으로 달리는 중이었다.

쿵!

"어이쿠! 보아야, 아파!"

"비켜봐! 하이야아아아아압!"

꽈앙!

"이 나무, 뭐야! 으앙!"

미동도 하지 않는 나무 앞에서 두 사람이 눈물을 글썽이자 몇몇 사내들이 또다시 웃음을 터뜨렸다. 곧 쉰은 된 것 같은 사내가 조심스레 나무 곁으로 가더니 한보와 막당을 돌아보며 말했다.

"아무래도 그 나무 같군요. 도끼날을 상하게 하는 나무가 하나 있습니다, 협사님."

"도끼날을 상하게 하는 나무요? 그런 게 있어요? 아니, 이놈이라면 그러고도 남겠다. 아이고, 어깨야."

"음. 이 나무가 맞는 것 같습니다. 워낙 평범하게 생긴 나무인 데다 수시로 자리를 옮겨서 저희도 알아보기 어렵습죠."

“……."

한보는 멀뚱하니 사내를 응시하다가 나무를 돌아본 뒤 그 동작을 서너 번 반복했다. 그리고 주변 사람들도 일일이 훑어보며 여기 멀쩡해 보이는 이 사내가 사실은 정신적인 고충이 커서 가끔 머리에 꽃도 달고 바람처럼 하늘거리며 돌아다닌다는 말을 해줄 사람을 찾아보았다. 아쉽게도 주변 사내들 중 누구도 그런 말을 해주지 않았다. 한보가 쓰게 웃을 때, 녹지현이 대신 질문했다.

“나무가… 돌아다닌다고?”

“예. 이 나무는 포기하심이 좋을 겁니다. 신령님이 보살피는 나무신지라……."

“혹시 청성산 도사들에게 그런 말을 했다가 그 꼴 난 거 아니슈?”

“아닙니다.”

사내가 녹지현을 향해 정색할 때였다.

“천년강목(千年鋼木)이군요.”

갑작스러운 전음에 녹지현이 깜짝 놀라며 주변을 돌아봤다. 곧 한보와 막당도 고개를 좌우로 돌리며 전음을 보낸 자를 찾기 시작했다. 주변에 아무도 보이지 않자, 녹지현은 겁에 질려 한보의 옷자락을 붙들었다. 반면 한보는 허공을 향해 포권하며 외쳤다.

“신성육장의 다섯째 한보라고 합니다! 선배님을 뵙고 싶습니다!"

"지금 가고 있는 중입니다."

젊은 여인의 음성이 비탈 아래서 들렸다. 한보와 막당 등, 나무 주변의 모든 사람들이 그곳으로 시선을 던졌다. 법의를 입은 세 명의 비구니가 올라오는 중이었다.

"인사드립니다. 빈승은 화명."

"화화(化和)입니다. 그리고 여기 계신 분은 아미파의 주지이신 명량 스님이십니다."

막당을 제외한 모두가 창백한 얼굴로 노비구니를 응시했다. 고운 자태로 합장하는 비구니의 모습은 마을에서 거적에 누워 있는 모든 환자들보다 더 아파 보였다. 명량 신니는 좌우 비구니들의 부축을 받고 몇 걸음 나서더니 막당과 한보가 후려쳤던 나무를 매만졌다.

"이 나무는 신물이니 다른 나무를 구하심이 좋겠습니다."

명량 신니의 전음에 막당이 고개를 끄덕였다. 한보는 명량 신니가 막당에게 전음을 던졌음을 알고 고개를 기울였다.

"왜 전음을 하세요? 다른 사람이 들으면 안 될 내용이라도 있는 건가요?"

기다렸다는 듯 화화가 말했다.

"주지 스님께서는 선천적으로 말씀을 못하십니다."

"죄, 죄송해요!"

한보가 얼굴을 붉히며 사과했지만, 명량 신니는 그럴 필

요가 없다는 듯 미소로 받았다. 얼굴이 길쭉하고 천령개가
혹처럼 솟구친 화화라는 여승이 막당에게로 한 걸음 다가갔
다.

"나무아미타불. 혹시 신룡대협이십니까?"

"예! 제가 신룡대협입니다!"

막당이 호쾌하게 답했다가 한보에게 꼬집혔다. 한보는 막
당의 곁에 바짝 붙어서 속삭이는 목소리로 '그럴 때는 제게
과분한 별호입니다라고 겸손을 떨어야지' 라고 중얼거렸다.
녹지현도 같이 구박해 주려고 했으나 불가능했다. 아미파의
주지 명량 신니의 좌우에 있던 두 여승이 뜻밖의 행동을 취
했기 때문이다. 화명과 화화는 막당을 향해 합장하며 허리를
숙이더니, 합장한 두 손을 곱게 펼쳐 입을 가리는 동작을 취
했다. 그 동작이 어찌 보면 음식을 먹는 흉내를 내는 듯했다.
한눈에도 아미파의 고승임을 짐작케 하는 이 두 여승은 그러
한 동작과 함께 막당에게 무릎을 꿇어서 주변 사람 모두를
경악하게 만들었다. 명량 신니는 입가에 미소를 머금은 채
막당에게 다가가 두 손을 뻗어 어깨를 두드렸다. 무릎을 꿇
은 두 여승을 제외한 모두의 시선이 막당과 명량 신니에게
머물렀다.

슥.

막당의 어깨에 올려졌던 명량 신니의 두 손이 고운 선을 그
리며 솟구치더니 이번에는 뺨을 쓰다듬는다. 용문으로 인해

굴곡진 막당의 뺨을 여러 번 매만지던 명량 신니는 갑자기 눈물을 흘렸다.

"나무아미타불."

"나무아미타불."

화명과 화화가 낮게 중얼거리는 순간, 명량 신니는 손을 거두어 자신의 품에 넣었다. 명량 신니가 승복 안에서 꺼낸 것은 만두였다. 마치 부처를 앞에 둔 사람처럼 공손한 동작으로 만두를 한입 물었던 명량 신니는 막당을 향해 눈물 젖은 얼굴을 보이며 소리없이―그러나 호탕한 모습으로―웃었다. 명량 신니는 자신이 한입 베어 문 만두를 막당의 손에 쥐어주었다. 막당이 기뻐하며 물었다.

"절 주시는 겁니까?"

명량 신니가 고개를 끄덕였다. 막당은 마침 배가 고팠다며 기뻐하더니 만두를 여러 조각으로 부수었다. 그리 크지 않은 만두였는데 막당은 그것을 모두 조각내어 주변 사람들에게 돌리기 시작한다. 마을 사내들은 그 꼴이 우스워 낮게 웃었고, 녹지현과 한보는 쓴웃음을 지으며 만두 조각을 받았다. 하지만 막당의 이 행동에 화명과 화화는 더 깊게 합장하며 머리를 조아렸다. 명량 신니도 두 여승과 다를 것 없이 깊게 합장했다.

"아!"

한보는 낮게 탄성을 질렀다. 아미파의 주지 스님과 두 고승이 무슨 뜻으로 막당을 대하고 있는지를 깨달았던 이유다. 유법 스님과의 일이 아직도 여운되어 남아 있구나. 한보는 괜스레 흐뭇하여 막당을 향해 눈웃음 지었다.

27장

천하전음(天下全音)

천하전음(天下全音)

한보와 녹지현의 애초 예상과 다르게 일행은 좀 더 빨리 아미산을 향할 수 있었다. 명량 신니가 전음을 사용했기 때문에 어떤 방법으로 설득했는지 알 수는 없었지만, 막당은 순순히 마을을 떠나 비구니들의 뒤를 따랐다. 마을과 아미산은 거리가 가까워서 명량 신니의 느릿한 걸음에도 불구하고 반나절을 지나기 전에 초입에 들어설 수 있었다. 아미파의 보국사에 이르자마자 비구 한 명이 득달같이 달려와 일행을 반겼다. 유법은 막당을 보자마자 눈물을 흘렸다.

"사부께서 큰 인물이 되실 줄 진작에 알았습니다!"

막당도 유법을 알아보고 한보에게 '제자 스님'이라며 소개했다. 한보는 웃음을 터뜨리며 '네가 일으켜 주지 않으면 유법 스님은 평생 무릎을 꿇고 계실 거야'라고 말했다. 막당이 놀라며 유법을 일으킬 때, 그 뒤로 익숙한 비구니들이 모습을 드러냈다.

"막 시주를 다시 뵙게 되어 기쁩니다."

"한 시주께서도 오셨군요."

각각의 비구니들이 기쁨을 담은 채 손님을 맞이했다. 놀랍게도 초구를 제일 반가워하는 비구니도 있었다. 혜정은 초구의 머리를 쓰다듬으며 '살아 있으니 반갑다'고 말했다. 초구도 콧김을 뿜으며 기뻐했다. 일행은 안내를 받으며 오랜 시간 산행했다. 여러 사찰들이 손님을 맞이했고 다른 사찰로 걷는 뒷모습을 지켜보았다. 산행의 끝자락은 좀처럼 보이지 않았다. 일행이 걸음을 멈춘 곳은 한 시진을 훨씬 넘긴 뒤였다. 아미파가 손님을 받아들인 곳은 만년사였다.

"일단 여정을 푸시고 다시 뵙지요."

유법의 말에 일행이 흩어졌다. 막당과 초구는 혜정의 안내를 받았고, 한보는 혜량의, 녹지현은 혜진의 안내를 받아 각자가 묵을 곳으로 들어갔다. 일행이 아미산에 오기 전부터 유법이 유난을 떨었던 탓에 제법 많은 준비가 갖춰져 있었다. 한보는 방 안에 들어서자마자 그윽한 향에 취한 채, 미리 준비된 따뜻한 물로 몸을 씻었다. 막당 또한 방에 들어가자마자 고운 짚을 깔아둔 초구의 우리를 보고 환호성을 터뜨렸다. 얼마 지나지 않아서 유법이 일행을 불러들였다.

"저녁을 드실 때가 되었습니다."

"밥이랑 술 먹자, 보아야!"

밖에서 유법과 막당의 목소리가 들렸을 때 한보는 옷을 입던 중이었다. 당황한 한보는 아직 해가 중천인데 벌써 저녁을 먹냐며 불평했다. 대답은 간단했다. 막당, 한보, 녹지현을 위해서 아미파 외지에 술상을 보았다는 얘기였다. 옷을 입을 시간을 벌 요량으로 한보는 술을 어디서 구했냐고 물었다. 그 말에 유법이 아미파가 술을 보관하고 있지 않음을 설명할 요량으로 '들어가도 되겠습니까?' 는 질문을 했다. 물론 한보는 신형을 날려 문을 잠그고 솔직하게 말했다.

"사실은 아직 옷을 입지 못했어요! 기다려 주세요!"

이에 막당도 솔직하게 대답했다.

"웅! 방금 알았어. 문에 보아 몸이 비쳐."

"죽인다! 고개 돌려! 그쪽에 계신 분들도요!"

"버버버버, 벌써 몸을 돌렸습니다."

막당을 제외하고 모두 빨개진 얼굴로 등산했다. 예전 청성파에서 장악진을 만날 때처럼 이번에도 저녁 식사를 위해 산을 올라가야 했다. 다른 점이 있다면 청성산보다 아미산의 전경이 몇 배는 더 수려했다는 것이었다. 비구니들을 흘겨보느라 정신이 없었던 녹지현도 산 위로 오를수록 정경에 혼이 빠져 감탄만을 뱉었다.

"아미천하수(峨嵋天下秀)라더니, 정녕 명불허전입니다! 빈도 생전 이토록 좋은 경치를 볼 수 있다는 게 꿈만 같습니다. 아미파에서 살면 안 되겠습니까?"

"도사의 길을 거두시고 비구가 되시겠다는 뜻입니까?"

"그, 그건 안 되겠지요. 사실은 도사도 싫……."

답하던 녹지현은 한보가 퀭한 눈으로 자신을 응시하자 입을 다물었다.

오 호이어.

산이 외친다. 겨울이 가득한 아미산은 주변 경관을 천계(天界)처럼 채색했다. 눈을 입어 연보랏빛으로 희미하게 세워진 산들은 병풍에 그려진 화폭처럼 고요했다. 그 앞에 흐르는 색색의 구름들이 '허어' 하고 노래를 흥얼거리는 듯했으며, 겨울바람에 옷을 빼앗긴 나무들은 '타호!' 하며 구름의 흥얼거림에 장단을 맞췄다. 어떤 새가 부리를 여는지 그 우렁찬 지저귐에 골바람이 잠을 깼다.

오 호어이어.

신선이 노래를 부르듯 사방 떠도는 산바람 소리가 시원하다. 시원한 장단에 눌려 아미산의 추위가 범접하지 못했다. 모든 손님들이 목적지에 도착했다. 그곳에서는 다섯 명의 비구니들과 일곱 마리의 원숭이들이 싸움을 벌이고 있었다. 비구니들은 음식을 차리고 원숭이들을 쫓느라 정신이 없었고, 원숭이들은 감히 아미파의 무공을 우습게보며 먹을 것 탈취에 열정을 보였다. 예상치 못한 상황에 유법이 당황하여 철장을 치켜들었다.

"원숭이들이 손님에 대한 예를 모르는구나!"

쿠웅!

유법은 철장을 크게 휘둘러 풍압으로 원숭이들을 위협했다. 곧 겁에 질린 원숭이들이 산 아래 수풀로 몸을 감췄는데, 일행이 자리 잡을 틈도 없이 다시 나타났다. 유법이 한숨을 뱉을 때, 손님 중 하나가 원숭이들을 맡겠다고 나섰다.

크홍! 콰콰콰콰콰!

신이 난 초구가 원숭이들 무리를 향해 질주했다. 원숭이가 비명을 지르며 도주하기 시작했다. 원숭이들은 초구를 조롱하듯 수풀 속 나무 위로 몸을 날렸다. 나무 위에 매달려 욕설을 뱉듯 끼긱거리던 원숭이들이 가래침 끓는 소리로 괴성을 터뜨렸다. 초구가 땅을 달리듯 나무 기둥을 수직으로 달리며 접근했기 때문이다. 원숭이들은 다른 나무로 몸을 날려 도망갔고, 초구도 비슷하게 몸을 날려 쫓아갔다. 수풀로 사라진 동물들을 응시하던 사람들이 마른침을 삼켰다.

끼에에에에에에!

수풀 속에서 원숭이의 처절한 비명이 울려 퍼졌다.

"초구야, 살살해!"

막당이 외치고서야 사람들은 정신을 수습했다. 녹지현이 고개를 설레설레 저으며 '살다 보니 돼지가 하늘도 나는구나' 라고 혼잣말했다. 그때에 맞춰 여인의 비명이 몇 번 터져 나오더니 수풀 속에서 명량 신니를 비롯한 다섯 명의 비구니가 모습을 드러냈다.

"돼지를 보셨군요."

차려진 음식 주변을 둘러싼 인물들이 농담을 던지며 웃었다. 그러자 명량 신니의 곁에 있던 화화가 말했다.

"예, 갑자기 땅속에서 튀어나와서 놀랐습니다."

"……."

"어디서 나와요?"

"천 년 묵은 두더지인 줄 알았습니다. 나무아미타불."

모두 웃음을 멈춘 채 한동안 입을 벌렸다. 덕분에 해가 질 때까지 열일곱 명의 사람들은 초구 이야기로 겨울 꽃을 피웠다. 그중 한 명이 표정을 굳힌 것은 음식의 절반이 사라졌을 즈음이었다.

"화명 스님께 몇 가지 얘기를 들었어요. 아미파에서도 청성파의 소식을 알고 있다고요?"

"그렇습니다."

한보의 물음에 답한 사람은 명량 신니의 곁에 있던 비구니였다. 명량 신니만큼이나 나이가 많았으며 다소 남성적인 이목구비가 인상적이었다. 통성명을 하지 못한 인물이기에 한보가 조심스레 화명의 눈치를 보았다. 화명이 합장하며 비구니를 소개했다.

“화법 스님이십니다. 아미파의 할 일을 미리 찾아 준비하
는 일을 맡고 계시지요.”

그 말에 한보가 머리부터 숙였다. ‘할 일을 미리 찾아 준비
하는 일’ 이라는 것은 아미파의 정책을 꾸리는 자라는 소리가
아닌가. 화법이라는 법명도 어디선가 많이 들은 듯하여 한보
는 오른손을 뻗었다. 오른손이 막당의 뒤통수를 눌러 인사시
킨다. 그 모습을 보고 화법이 ‘훅’ 하고 웃음 바람을 뿜었다.

“어느 정도 아십니까? 청성파의 내분이 심상치 않다고 합
니다.”

녹지현이 입을 열어 한보를 경악하게 만들었다. 신성육장
의 맏형은 굳은 표정으로 명량 신니를 응시하고 있었다. 명량
신니는 미소와 손짓으로 녹지현이 말을 이을 것을 재촉했다.

“제 사형께서 이번 내분으로 큰 부상을 입으셨습니다. 또
한 제 사부님도 좋지 않은 일을 당하셨다 하니 현 청성파는
빌어먹을 것들이 장악하고 있는 것이 틀림없습니다.”

이번에도 명량 신니 대신 화법이 말을 받았다.

“현재 청성파는 장문인이 자리를 유지하고 있습니다. 말씀
하신 건곤자께서는 구금된 상태지요.”

“그렇다면 장문인이 수상합니다!”

녹지현이 벌떡 일어나며 고함쳤다. 자신의 사부를 믿기 때
문이었다. 장문인이 자리를 유지하고 건곤자가 구금되었다
면, 누가 봐도 내분의 주모자가 건곤자라고 여길 것이 아닌

가. 녹지현은 사부가 결코 그럴 인물이 아니라 여겼고, 장문인에 대해서는 이전부터 좋지 않은 감정을 가지고 있었다.

"함부로 결론을 내리지 마세요!"

녹지현에 맞춰 화법도 벌떡 일어났다. 그 모습이 화를 내는 듯하여 녹지현은 주눅이 들고 말았다. 녹지현은 속으로 '둘이 사귀십니까? 왜 장문인 편을 드시죠?' 라고 묻고 싶었지만, 화법이 먼저 답을 보냈다.

"제 오라버니께서 왜 내분을 일으킨단 말입니까!"

"어헉!"

그제야 녹지현은, 그리고 한보도 화법의 법명을 어디서 들었는지 생각해 낼 수 있었다. 녹지현은 손우강을 통해 화법의 이야기를 들은 적이 있었고, 한보는 청성의 장문인이 일심 법사의 이야기를 할 때 화법이라는 법명을 귀에 담았었다. 명량 신니의 제일제자인 화법이 바로 청성의 장문인 장악진의 여동생이 아닌가. 녹지현이 '죄송합니다' 라고 중얼거리며 자리에 앉자, 화법도 흥분했던 것을 가라앉히며 합장으로 사죄한 뒤 앉았다. 한보는 먼저 고개부터 숙여 실례의 뜻을 밝히곤 말했다.

"아무튼 이상해요. 청성파는 왜 귀암곡과 싸우죠? 원래 청성파가 그런 성향이 아니라고 들었어요. 제가 중경에서 종리 도사님께 들은 얘기가 있어요. 청성 내 내분 얘기야 다 아시고, 건곤자께서 구금당하신 것도 다 아시고… 청성오악……"

“그것도 다 압니다. 두 분이 중상을 입으셨지요.”

말을 끊는 화법의 목소리는 냉랭했다. 그 차가운 음성과 명량 신니의 미소가 어울리지 않아서 한보는 둘을 번갈아 보는 것이 곤혹스러웠다. 한보는 잠시 명량 신니를 외면하기로 마음먹고 화법과 눈싸움을 시작했다.

“궁금하지 않으세요? 어떤 세력 내에서 내분이 있었다면 그게 끝났을 때 수습부터 해야 정상이잖아요. 그런데 청성파는 내분이 수습되자마자 귀암곡과 싸우기 시작했어요. 도대체……”

“전 무슨 말인지 모르겠으니 초구를 보고 오겠습니다.”

“초구가 왜 그랬을… 가려면 빨리 가! 헷갈리잖아! 죄송해요, 화법 스님. 도대체 청성파가 왜 그랬을까요?”

“지금부터 그것을 알아내야 할 겁니다. 제가 몇몇 아이를 청성파에 보낼 생각이니, 그곳의 속사정을 알 때까지 아미파에 계시는 것은 어떻습니까?”

“그건 안 됩니다. 우리 사부님께서……”

녹지현이 고집적으로 입을 열었을 때, 막당은 슬그머니 몸을 일으켰다. 그때까지 미소만 지으며 꼼짝 않던 명량 신니가 살며시 눈을 들어 막당을 바라보았다. 막당은 모여 있던 모든 사람들에게 고개 숙여 인사한 뒤 슬그머니 뒤로 빠져나왔다. 유법이 막당의 뒤를 따를지, 이들과 좀 더 이야기를 나눠야 할지 고민하는 모습을 보였다. 명량 신니가 유법을 돌아보자

고민의 몸짓이 멎는다. 명량 신니에게서 이 자리에 남아 있으라는 전음을 받은 것이 분명했다.

"초구야!"

언덕 아래 나무들 가득한 곳에서 막당의 목소리가 울린다. 화법과 녹지현의 대치 덕에 냉랭한 기운이 감도는 자리였지만, 막당의 목소리가 너무 맑아서 모두의 표정이 누그러지고 있었다. 한보가 '근데 대체 청성파는 왜 귀암곡과 싸움을 벌이는 걸까요?' 라고 말했을 때, 막당의 목소리는 더 이상 들리지 않았다.

"뭐 해, 초구야?"

막당이 초구를 발견했을 때, 다섯 마리의 원숭이가 사람처럼 절을 하고 있었다. 우측의 한 마리가 절을 하던 자세에서 도망칠 듯 움찔하자, 초구는 우측 앞다리를 튕기며 놈에게 흙을 뿌렸다. 놈이 땅바닥에 더욱 바짝 엎드려 떨었다. 막당은 원숭이들이 불쌍하여 초구에게 명령했다.

"이제 그만 놓아줘."

그러자 초구는 막당을 돌아보며 콧김을 뿜더니 고개를 격하게 흔들었다. 막당은 초구의 뜻을 알았다.

"내가 왜 쟤들 옆에서 절해야 해?"

초구의 고개가 다시 흔들린다. 막당은 이번에도 뜻을 알았다.

“그냥 재미로? 난 싫어. 돌아다닐래. 이 산은 낙화동보다 경치가 좋아.”

막당이 외면한 채 걷기 시작했다. 그제야 초구도 원숭이들을 놓아주고 막당의 뒤를 따랐다. 산이 노래하는 소리가 끝없이 들렸다. 사람들이 불쾌하여 시비를 가리는 소리보다 몇천 배는 듣기 좋았다. 갑자기 달리고 싶어진 막당은 비탈이 심한 곳을 향해 신형을 날렸다. 초구가 깜짝 놀라며 급히 달린다. 경사는 심했으나 낙화동의 연무장을 달리는 기분과 다르지 않아 상쾌했다. 갑자기 옆에서 제갈당숙이 나타나 같이 달릴 것만 같은 기분이 느껴진다. 막당은 즐거움을 더 크게 만끽하고 싶었다.

“좋다, 초구야.”

눈을 감았다. 달음질은 멈추지 않았고 경사는 점점 더 급격해졌다. 산 소리에 장단을 맞추어 가지들이 ‘딱딱딱딱’ 부딪쳤다. 한참을 달렸을까? 막당이 갑작스레 멈췄다. 그리고 눈을 떴다.

“와!”

막당은 외쳤다. 달음질을 멈춘 곳. 그 한 치 앞은 깎아지른 절벽이었다. 어떻게 알고 멈췄을까. 막당은 우연이라고 생각했다. 그저 다행이라고만 여겼다. 하지만 섣부른 판단이었다. 막당이 다리에 힘을 주며 비명을 질렀다.

“너도 멈춰야지!”

퍽!

"악! 윽! 학!"

뒤에서 초구가 들이받은 충격이 너무 강하여 막당의 상체가 앞으로 크게 기울어졌다. 팔을 휘저어 잡을 것을 찾았지만, 허공에 그런 것이 있을 턱이 없다. 순간 막당은 허리를 굽혔다. 그리고 두 팔을 힘껏 내려쳤다. 눈에 익숙한 동작이었으나 한 번도 자신이 펼쳐 보지는 못했던 행위였다. 그 결과는 뜻밖이었다.

펑!

초구가 막당의 등에 올라탄 채 '끽' 하며 놀란 소리를 냈다. 막당의 쌍장이 허공을 내치며 몸 전체를 뒤로 흘려보냈기 때문이다. 절벽에 무형의 충격이 가해지더니 작은 돌들이 까마득한 저 아래로 우수수 떨어졌다. 막당은 초구와 함께 뒤로 나자빠지며 안도의 숨을 쉬었다.

"떨어질 뻔했잖아."

자신이 무슨 행동을 했는지 고민하는 것보다는 일단 살아났다는 게 우선이었다. 막당은 자신이 장력을 쏟은 것이 당연하다고 여겼다. 제갈당숙도 널을 뛰면서 그리했기 때문이다. 강한 장력은 아니었으나, 막당이 쏟은 그것은 제갈당숙의 것과 큰 차이가 있었다. 공작왕의 무공을 배운 제갈당숙의 내력은 공작천의 성향으로 확연히 기울어진 것이었지만, 막당의 내력은 성향 자체가 없었다. 있다면 막당의 성향이라고 해야 옳았다. 온고조식으로 무성향의 기를 익힌 막당이었기에 그 것이 어느 쪽 성향으로 가느냐에 따라 위력이 달라질 게 분명하다.

"사부님!"

어디선가 유법의 외침이 들렸다. 막당은 등에 힘을 주어 초 구의 푹신한 몸을 눌렀다. 그 반동으로 몸을 일으킨 뒤 힘껏 고함쳐 답하니, 산이 여러 번 반복하여 막당의 대답을 들려줬다.

"예! 지금 가겠습니다!"

일행이 모인 곳으로 돌아가니 모두의 얼굴이 한결 누그러져 있었다. 화법은 막당이 도착하자마자 천진난만한 어린 손님을 배려하듯 결론을 다시 말했다.

"출발 일은 내일 아침으로 하겠습니다. 제가 직접 찾아가는 것이니만큼 청성의 모든 사항을 명확히 알아서 돌아오지요."

짙은 눈썹에 힘을 주어 말하는 화법을 향해 녹지현은 연신 고개를 끄덕였다. 사실 녹지현도 사부가 걱정되어 가려는 것일 뿐, 그 위험 지역으로 추정되는 곳에 애써서 가고 싶은 마음은 없었던 것이다.

모두가 음식을 먹기 시작했다. 대화하느라 시간이 제법 지체되었지만, 차가운 겨울바람이 음식 맛을 앗아갈 염려는 하지 않아도 되었다. 불로 요리한 음식은 하나도 없었기 때문이다. 오히려 차가워진 음식과 손님을 위해 자리에서 직접 데운 술이 어우러져 맛이 일품이었다.

"어디 갔었어?"

음식에 흥을 잃을 즈음 한보가 막당에게 넌지시 물었다. 대화가 무거워 막당이 자리를 피한 것은 고마웠으나, 한편으로는 미안한 마음도 들었기에 일부러 건 말이었다. 막당은 입에 담겨진 음식을 모두 목구멍으로 넘긴 뒤 답했다.

"어디 갔었어."

"아미파 왔다고 선문답이냐!"

둘의 대화에 주변 사람들이 일시에 웃음을 터뜨렸다. 그 웃음이 즐거웠는지 막당도 웃었고, 그 때문에 한보는 더 이상 말을 걸지 못했다. 식사가 끝나고 자리를 정리할 때도 말을 걸 수 없었는데, 그 이유는 주변 비구니들이 한보에게 연신 말을 걸었기 때문이다. 손님 중 유일한 여자인지라 속세의 여인에게 관심이 많은 비구니들은 한보에게서 원하는 대화를 이끌려고 노력했다. 하지만 한보의 답이 속세의 여인에게서 들을 수 있는 것과 상당히 동떨어진 것들이었다.

"남자들에게 관심을 많이 받을 것 같다고요? 그런 남자는 다 저기 녹 오빠 같던데요? 대부분 주먹으로 몇 대 쳐서 관심 끊어드렸어요."

"예쁜 옷은 잘 모르겠고 이 옷 참 편해요! 이것 봐요. 분리

되죠? 여기 다리도 허벅지까지… 에? 왜 말려요?”

“싸울 때 누구 좋으라고 귀고리를 달고 다녀요? 그냥 지나가는 계집애들이 그런 거 하는 꼴 보면 확 잡아뜯고 싶더만.”

“아, 항상 갖고 다녀요. 이 숯 얘기 하시는 거죠? 그런데 야습할 일이 없어서 바른 적이 없네요. 아아아! 그거요? 화장품은 귀찮아서…….”

젊은 비구니들이 더 이상 한보에게 질문하지 않겠다고 마음먹었을 때가 마침 식사를 끝냈을 때였다. 스님들이 자리를 정돈하는 동안 유법은 명량 신니의 곁에 잠시 머물러 있었다. 그리고 한보에게 다가가 명량 신니에게 들은 전음의 내용을 알렸다.

“주지 스님께서 한 시주와 사부님을 따로 뵙고 싶어하십니다.”

“예, 데려갈게요. 그런데 부담스러워요. 계속 당아를 사부님이라고 부르실 거예요? 주지 스님께서 괜찮으시대요? 유법 스님의 사부님은 주지 스님이시잖아요.”

“한 사부가 한 제자를, 그리고 한 제자가 한 사부만을 섬기는 것 또한 욕심에서 비롯된 것입니다. 존경하여 사부로 모시는 것이지, 그 속에 ‘소유’를 담을 수는 없는 일이죠, 하하하. 패악한 제가 이런 말을 하는 것이 부끄러워 더는 말하지 않겠습니다.”

유법의 말이 유법의 뜻에서 비롯되었을 리 없다. 제자 입장에서는 여러 스승을 모시는 게 이득이 될 수 있기 때문이다. 저런 말을 꺼낼 수 있는 이유는 사부의 가치관이 똑같음을 알아서일 게 분명하다. 한보는 명량 신니가 강호에 떠도는 소문만큼이나 마음이 넓은 분이라고 판단했다. 덕분에 기분이 좋아진 한보는 식사 내내 보여주었던 명량 신니의 미소를 다시 확인하기 위해 시선을 돌렸다. 그러나 이미 명량 신니의 모습은 없었다.

유법이 한보와 막당을 안내하는 곳은 예상외로 외진 지역이었다. 초구가 뒤를 따르려고 했지만 혜정이 이를 막았다. 초구가 저들을 방해할까 우려하여 막은 것이 아니었다. 혜정 스스로가 동물을 좋아하여 같이 놀자고 졸랐던 것이고, 초구는 기꺼이 응했다. 막당과 한보는 유법의 뒤를 따라 산행했다. 밤새가 울기 시작했지만, 천지봉을 좌측에 두고 일행은 오랜 시간 걸었다. 한보가 목적지를 물으니 유법은 작은 절이라고만 말할 뿐 구체적으로 설명하지 않았다. 한보가 보기에 유법도 그 절에 대해 자세히 몰라서 설명하지 못한 듯했다.
"여기입니다."
유법이 멈춘 곳은 대숭사 부근의 작은 절이었다. 한보와 막당뿐 아니라 길 안내를 한 유법조차 땀에 젖어 숨찬 소리를 냈다. 유법은 가벼운 손짓으로 소청의 설주를 두 번 두드렸다. 곧 문이 열리며 명량 신니가 모습을 드러냈다. 절 안의 명량 신니는 법의를 입고 고운 자태로 정좌하고 있었다.

"들어오세요."

명량 신니의 전음을 듣고 한보와 막당이 안으로 들어갔다. 한보는 절 안으로 들어가면서 막당을 돌아보고 깜짝 놀랐다. 막당이 자신과 동시에 걸음했기 때문이었다. 변화없는 명량 신니의 미소를 보며 한보는 생각했다.

'상당히 고강한 내공을 지니고 계시구나. 전음을 보내는 속도가 빨라서 마치 두 사람에게 동시에 전음을 보내시는 것 같아.'

막당과 한보가 명량 신니의 앞에 자리를 잡고 앉았다. 명량 신니는 막당을 향해 먼저 웃음 짓고, 그 다음에는 한보를 향해 고개를 숙였다. 그 뜻을 몰라도 명량 신니가 둘에게 예를 갖추는 것임은 알 수 있었다. 한보 또한 미소를 지으며 고개를 숙였다. 그것을 보고 막당도 급히 고개를 숙였다.

"어쩐 일로 부르셨어요?"

한보가 물었다. 절 안은 희미한 호롱불만 밝혀진 채여서 서로의 얼굴을 확인하는 것도 쉽지 않았다. 명량 신니는 곁에 있던 차를 내었다. 그때 밖에서 유법이 '이만 가보겠습니다' 라고 말하며 뭔가를 세 번 치는 소리를 냈다. 곧 유법의 발수리가 희미해졌다. 한보는 유법이 두드렸던 소리가 신경 쓰여 명량 신니에게 의미를 물었다.

"제가 듣지를 못하니 저리 하는 거예요."

“아.”

한보가 낮게 탄성을 터뜨렸다.

“설마… 듣지도 못하시는 거예요?”

“예. 하나 가까이 있을 때는 입술이 흩어놓는 바람을 느껴 들을 수 있지요.”

한보는 기가 막혀 아무 말도 못했다. 명량 신니의 무공 수위가 동방량과 비교해도 뒤지지 않을 것 같다는 생각마저 들었다.

“무공이란 편리하지요?”

명량 신니의 물음에 막당과 한보가 동시에 고개를 끄덕였다. 그 순간 한보가 외쳤다.

“설마 두 사람에게 동시에 전음을 보낼 수도 있는 거예요?”

“예. 이 늙은이는 공기를 느끼는 것과 전음을 보내는 무공에 큰 정진을 했어요. 그것이 같은 수련임을 알게 된 것은 얼마 전의 일입니다. 그토록 수련하고도 십 년 전에야 서로가 같은 무공임을 알았지요.”

한보는 흥분하여 외쳤다.

“무공이 그리 쓰일 수 있다는 게 정말 좋아요. 예전에 금사희 맹주께서 제가 아는 분께 전한 무공이 있었는데 그때만큼이나 기분 좋은 무공이에요.”

“그것이 무슨 무공이죠?”

"사 감으로 나머지 일 감을 얻는 무공이라 하셨어요."

"옳거니! 금 시주께서 언제고 그러한 무공을 창안하리라 짐작했어요."

명량 신니가 호쾌하게 웃는 모습을 보였다. 소리는 나지 않았으나 방 안 가득 명량 신니의 웃음소리가 들리는 듯했다. 덕분에 막당이 그 얼굴을 보고 '에헷!' 하며 웃는 소리를 냈다. 명량 신니가 막당을 돌아봤다.

"방이 따스하군요. 막 시주의 용문에 맺힌 덕이 훈훈하여 이 늙은이의 시린 가슴이 녹았어요. 막 시주께서는 어찌하여 만두를 드셨을까요?"

"만두가 맛있습니다!"

막당이 고민 끝에 꺼낸 답변이었다. 그리고 다시 고민을 시작하더니 '용문을 지우고 싶습니다!' 라고 말하여 두 사람을 놀라게 만들었다. 한보는 예전에 청성파에서 유법을 통해 막당의 선행을 들은 바 있었다. 명량 신니가 무슨 뜻으로 그런 말을 했는지 알아듣고 있었던 것이다. 물론 저 어려운 말을 막당이 알아들을 수 있으리라고는 기대하지 않았다. 하지만 막당이 용문을 지우고 싶다는 말을 꺼내리라고는 상상하지 못했다. 우연일지라도 그 말이 명량 신니의 기쁨을 반감시킬 수 있었기 때문이다. 하지만 명량 신니는 미소를 지우지 않았다.

"어째서 용문을 지우고 싶다 하시나요?"

"용문이 지워져야 집에 돌아갈 수 있습니다. 아버님, 어머님과 누님을 보려면 용문이 지워져야 합니다."

막당이 망설이지 않고 대답했다. 한보가 참다못해 막당을 돌아봤다.

"그건 그냥 십 년의 기한을 채우면 되는 거 아니었어? 게다가 이제 그 기한도 필요없다고."

"린 사저가 용문이 지워질 때까지 집에 가지 말라고 했어. 내가 약속했어, 보아야."

한보의 눈은 표독스러워졌고 명량 신니의 눈은 초승달처럼 곱게 구부러졌다.

"은혜와 약속을 중히 여기시는 분이 천하를 보살피면 얼마나 좋을까."

한보의 눈에 들어간 힘이 풀렸다. 한보는 자신이 칭찬을 받기라도 한 듯 즐거운 얼굴로 명량 신니를 응시했다. 명량 신니는 손을 뻗어 한보의 두 손을 쥐었다.

"그 속에 한 시주의 눈물마저 깃들면 얼마나 좋을까요."

한보는 명량 신니의 뜻을 이해하지 못하고 '예?' 하며 반문했다. 명량 신니는 둘이 똑같다며 또다시 웃는 표정을 지었다. 한보가 궁금증을 참지 못하여 뜻을 물었다.

"성도에서 한 시주는 눈물을 흘리셨어요. 패악한 이들에게 품에 있는 그 매서운 철권을 날리시며 눈물을 흘리셨죠."

"아, 아녜요! 누, 누가 그래요? 잘못 봤을 거라고요. 와, 아

욱. 제가 누굴 때리면서 눈물을 흘렸다고요? 전 원래 잘 안 울어요. 할머니가 사람 잡으시네?'

"막 시주께서 용문의 의미를 모르시고 만두의 의미를 모르시듯, 한 시주께서도 그저 모르실 뿐이에요. 알고 행한 것이 아니고 가슴에 행(行)이 깃들었기에 의식할 수 없었지요. 이러니 둘이 다르다 할 수 없잖겠어요?'

"아니, 그러니까…… 으어. 얼굴 뜨겁다."

"두 분과 밤새 이야기를 하고 싶어서 이 늙은이가 욕심을 부렸어요. 세상천지에 큰 힘이 드리워져 있으나, 어찌 시간의 힘을 감당할 수 있겠어요. 이 늙은이는 곧 세상이 젊은 세대의 것이 되리라 여깁니다. 그 속에 두 분의 가슴에 맺힌 행이 하늘을 덮어 강호를 바르게 이끌었으면 좋겠어요."

한보가 얼굴을 굳혔다. 명량 신니의 미소뿐 아니라 밖에서 들리는 밤새와 여우의 잔소리도 부담스러울 지경이었다.

"아무리 마음에 든다 하더라도 작은 행동일 뿐이에요. 그렇게 거창하게 확장시키면 우리 인생이 우리 인생 같지 않을 거예요. 당아와 전 결국 강호를 떠나서 대설산맥에 적을 둘 거라고요."

"혼인하실 건가요?"

"와! 에! 와!"

한보가 당황하여 손을 휘젓는 동안 막당은 둘의 대화가 지루한지 하품했다. 명량 신니는 하품하는 모습을 보자마자 천천히 몸을 일으키더니 둘의 시선을 받으며 막당 뒤로 걸었다. 막당이 제자리에 앉은 채 고개만 뒤로 꺾어 명량 신니를 올려다봤다. 명량 신니는 막당의 뒤통수를 살짝 밀치며 바로잡았다. 그리고 막당의 어깨를 주무르기 시작했다. 한보는 멍한 표정을 지었고, 막당이 큰 소리로 감탄했다.

"우와! 어깨가 편해집니다!"

"기이한 무공을 배우셨군요! 이런 운기조식법이 존재하다니! 이건 아미파의 조식법… 이 아니군요! 소림사의 조식… 법도 아니군요! 대체 무엇일까요?"

"동월공의 온고조식입니다, 할머니 스님."

"막 시주의 사부님이 누구일지 궁금하네요. 하지만 스스로의 정진을 슬퍼하시는 듯하여 마음이 아파요."

명량 신니는 막당의 피로를 지운 뒤 한보의 어깨도 몇 번 주물러 주고 자리에 앉았다. 한보가 부담을 이기지 못하여 명량 신니에게 '어깨 좀 주물러 드릴까요?' 라고 물었다. 하지만 명량 신니는 가볍게 고개를 저어 거절했다.

후두둑. 툭.

바깥이 잠깐 소란스러웠다. 곧 조용해졌으나, 명량 신니는 손님이 끝없이 오신다며 우수를 저었다. 한보의 얼굴을 스치는 부드러운 바람과 함께 문이 열렸다. 곧 호롱불이 흔들리며 차가운 바람이 들어섰다.

"눈이다!"

막당이 외쳤다. 소청의 끄트머리에 하늘에서 찾아온 얼음 알갱이가 바람 따라 구르고 있었다. 싸락눈의 짧은 방문 후 기분 좋게 쏟아지는 아미산의 눈송이가 십이월을 장식했다. 눈이 쏟아지건만 하늘에 여전히 별이 있으니 세 사람이 그림 속에 담긴 듯했다. 막당과 한보는 사각의 화폭 너머에서 끝없이 움직이는 산수에 취해 명량 신니를 오랫동안 보지 못했다.

"이 늙은이는 부모에게 버려졌어요. 부모가 누군지 모르지요."

명량 신니의 전음을 듣고 막당과 한보가 고개를 돌렸다. 또 하나의 그림이 있었다. 절로 숙연해질 만큼 부드러운 인상의 인물화는 얼굴에 담긴 기이한 미소를 지우지 않고 전음을 이었다.

"말을 할 수도, 들을 수도 없었으니 글이 무엇인지 입술이 왜 움직이는지 오랜 세월 모르고 살았지요. 그래서 무공을 배웠답니다. 이 늙은이의 사부님께서 말을 주랴 하시고 귀를 주랴 하시더니 무공을 가르치셨어요. 명량은 사람과 함께하기 위해 무공을 배웠지요."

한보는 조심스럽게 고개를 끄덕였다. 아득한 옛 기억에서 누군가가 했던 말이 떠올랐다. 너무 어려서 철이 없을 시절에, 자라고 자라면서 남자와 여자 사이에 힘의 차이가 나기 시작했던 그 시절이 기억났다. 불평등을 서러워하며 나무를 치고 받고 몸뚱이만큼이나 커다란 돌을 들어올릴 때 얄미운 자가 말했다.

'네년도 사부를 따라 이기려는 무공을 배우느냐? 너만큼은 어울리는 무공을 배우리라 여겼거늘, 실망이로다.'

한보는 그 말을 한 자가 귀향공이라는 것을 뒤늦게 생각해 냈다. 명량 신니의 이야기에서 귀향공의 옛 질책이 흘러나오는 듯했다. 고개를 살짝 돌리니 눈발이 짙어져 소청의 절반을 하얗게 덮었다. 호롱불이 좀 더 심하게 흔들리며 빛을 잃었으나, 눈 때문에 방 안이 더 밝아진 듯싶었다.

"무공을 배우던 중 소리를 알았지요. 무공을 배우던 중 발음을 알았지요. 그리고 전음을 알게 되어 수다쟁이가 되고 말았어요. 이 늙은이는 수많은 친구들과 시주들을 붙들고 말을 했답니다. 말하고 또 말하여 이 늙은이의 인생이 다할 때까지 말을 쉬지 않으리라 다짐했지요."

"별로 말씀이 없으신 듯했는데 아니군요."

"말 많은 늙은이였어요. 이 소중한 말을 어찌 안 하는지 이해하지도 못했지요. 그리고 세월이 흐르니 말에 세상이 담겨 있음을 알았답니다. 말에 불이 있고, 말에 물이 있으며, 말에 칼이 있고, 말에 정이 있지요. 이 늙은이는 그것을 알았어요."

한보가 인정하듯 고개를 끄덕였다. 막당 또한 놀랍게도 고개를 끄덕거렸다. 한보는 명량 신니의 말을 방해하지 않으려고 조심스레 속삭였다. '알아들은 거니?' 라는 질문에, 막당은 눈치없게도 큰 목소리로 '말할 줄 알아!' 라고 답했다. 한

보의 주먹이 막당의 머리통 위에서 떨고 있는 동안 명량 신니
가 전했다.

"남들이 말을 두려워할 즈음이 되어서야 이 늙은이는 말을
가리기 시작했어요. 그리고 한참이 지나서야 말을 두려워하
기 시작했지요. 또한 듣는 것도 두려워하여 이 늙은이를 다스
리느라 큰 시간을 들였어요. 스님이 고기와 술과 이성을 멀리
하듯 이 늙은이는 말을 멀리하고 듣는 것을 멀리했답니다. 그
러다 보니 큰 고민에 빠졌지요."

"무슨 고민이요?"

"이 늙은이는 어째서 말을 배웠을까요? 이 늙은이는 어째
서 듣는 법을 배웠을까요? 이 늙은이는 어째서 무공을 배웠을
까요?"

"그건……."

"중생에게 자비를 베푸는 것은 눈물이면 돼요. 은혜 갚음
은 용문이면 될 것이며, 중생에게 깨달음을 전하는 것은 만두
를 먹는 것이면 되는 일이지요. 언(言)은 행을 따를 수 없으니
이는 행이 곧 언을 담고 있어서예요. 그런데 어찌하여 이 늙
은이는 말을 익혔을까요? 왜 그 고된 수련을 하고 또 하여 말
을 배우고 소리를 들으려 했을까요."

한보는 잠시 침묵한 채 명량 신니의 미소를 응시하고만 있
었다. 찬바람이 등을 쳤으나 방 안에 묘한 훈기가 감돌아 신
경 쓰이지 않았다. 막당은 '만두… 만두……' 하고 중얼거리

며 자신의 굴곡 진 뺨을 쓰다듬었다. 한보는 갑자기 명량 신니가 자신과 막당을 부른 이유가 궁금해졌다. 그것을 묻기 전에 명량 신니가 먼저 전음을 보냈다. 한보와 막당의 등 뒤에 걸린 설야의 풍경화를 응시하는 미소에 깊은 물음이 담겨져 있었다.

"이 늙은이는 이제 말을 곁에 두고 소리를 곁에 두어도 흔들림이 없어요. 깨달음을 얻은 고승이 고기와 술을 곁에 두고도, 또는 그것을 취하고도 그 속에 담긴 쾌락과 욕심을 저버릴 수 있는 것과는 다르지요. 그저 늙었으니 관심이 없을 뿐이에요. 세월의 끝 문이 크게 보이니 주변 가득한 잡물에 흔들릴 여력이 없지요. 하지만 이 늙은 계집도 어쩔 수 없는 것이 있군요. 인생의 첫 문을 보고 싶어서 안달을 한답니다. 지금껏 살아온 이 늙은이의 길이 옳았을지를 알고 싶었던 거예요."

"신니께서는!"

한보는 자신도 모르게 명량 신니를 '신니'라 불렀다. 입술과 목구멍이 먼저 노승에 대한 존경을 담고 말았던 것이다.

"옳았어요. 그리고 오래 사실 거예요. 벌써부터 죽는 얘기는 하지 말아주세요."

한보의 말끝이 흐려졌다.

"우울해지잖아요."

"두 분을 여기 모신 이유를 이제 아시겠어요?"

명량 신니의 전음에 묘한 운이 담겼다. 마치 노래를 흥얼거리듯, 바깥 눈발의 흔들림에 맞춰 음이 춤을 추듯 받는 자의 기분이 좋아졌다. 한보는 명량 신니가 짓고 있는 미소를 멍하게 보았다.

"꼭 좀 찾아주세요. 이 늙은이가 죽어도 여한이 없을 거예요. 두 분이 행으로 강호를 이끄셔서 말과 소리의 의미를 찾아주시는 게 이 늙은이의 바람이에요. 이제 전음을 가지고 있어도 쓸 필요가 없는 늙은이가 왜 전음을 수련했는지 그 이유를 꼭 좀 찾아주세요."

"예, 알게 되면… 아니, 제 행동의 소문만으로 그 뜻을 꼭 전하게 될 거예요!"

한보는 힘차게 가슴을 두드렸다. 여전히 막당은 둘의 대화를 이해하지 못했다. 명량 신니가 고맙다는 전음을 보내며 막당에게 미소를 지었을 때도, 그저 고개만 옆으로 기울이는 십오 세 소년의 모습만 있을 뿐이었다. 명량 신니는 고개를 반쯤 쳐들고 산수화를 보았다.

딱! 딱!

멀리서 대답이 들렸다. 그리고 유법이 눈발 속을 헤치고 나타나 합장했다. 한보는 명량 신니의 전음이 먼 거리에도 미친다는 것이 신기하여 입을 벌렸다. 유법의 뒤를 따르는 두 사람에게 명량 신니가 곱게 합장한다. 짙어지는 눈발이 명량 신니의 고운 자태와 사찰의 모습을 지웠다.

"사부님께 드릴 말씀이 있습니다."

세 사람이 사라진 지 얼마 되지 않아서 명량 신니를 부르는 목소리가 있었다. 명량 신니는 조금도 놀라지 않은 듯 미소를 지우지 않은 채로 고개를 돌렸다. 아직 닫히지 않은 문의 우측에서 누군가 모습을 드러냈다. 어깨에 눈을 지운 비구니였다. 명량 신니는 손을 까닥하여 들어오라 했다. 곧 화법이 합장한 채 방으로 들어왔다.

"저 두 분 손님과 얘기를 나누시는 모습이 좋아 보였습니다. 이렇게 말씀을 즐기시는 모습을 본 것이 얼마만인지 모르겠어요, 언니."

명량 신니를 '언니'라 부르는 화법의 말끝이 흐려졌다. 명량 신니는 입가에 힘을 주어 짙은 미소를 보였다. 오랜 세월을 같이 지내왔던 두 사람은 언제부터인가 언니와 동생의 호칭을 달았다. 하지만 명량 신니가 화법의 사부였기 때문에 어느 누구도 그런 호칭 관계를 알지 못했다. 명량 신니는 화법을 제자로 받아들이기는 했지만, 나이 차가 적은 제자에게서 격식없는 친구의 정을 더 많이 느꼈다.

"청성파와 관련된 이야기를 하고 계셨던 거예요?"

명량 신니는 고개를 저었다. 소매에 들어 있던 차가운 만두가 화법에게 내밀어졌다. 화법이 '아' 하고 탄성을 뱉으며 주름진 얼굴로 미소 지었다. 그 미소가 명량 신니의 것과 비슷하여 쌍둥이 자매처럼 느껴졌다. 화법은 명량 신니에게 바짝 다가가며 말했다.

"정말 제 오라버니가 청성이 아닌 다른 세력의 사주를 받고 배신했으리라 여기시나요? 언니의 생각을 묻고 싶어요."

명량 신니는 고개를 저었다. 그리고 측은한 눈매로 오랜 제자이자 친구이자 동생을 바라보았다. 화법은 명량 신니의 가슴에 얼굴을 묻으며 눈매 주변에 가득한 주름을 적셨다.

"믿을 수 없어요. 두 분 오라버니가 도가에 귀의하고 제가 불가에 귀의할 때 약속한 것이 있어요. 다시는 아버지와 같은 실수를 저지르지 않을 거라고요. 강호에 의해 우리들의 인생이 흔들려 고통받지 않길 원했어요. 그런데 오라버니께서 직접 강호의 또 다른 수작에 관여하시리라고는……."

명량 신니는 두 손으로 화법의 어깨를 움켜쥐며 자신과 마주하게 했다. 어깨를 쥔 손에 들어간 힘은 '장악진이 절대 그럴 사람이 아니니 걱정하지 말아라'는 의도로 느껴졌다. 화법은 그것이 고마운지 눈물과 미소를 버무려 명량 신니에게 보였다. 화법은 다시 한 번 명량 신니의 품에 안겼다.

"맞아요. 제 오라버니는… 그리고 저는……."

푹.

"강호의 싸움이 빨리 끝났으면 좋겠어요."

명량 신니의 입에서 선혈이 흘렀다. 화법은 명량 신니의 가슴에 박힌 비수를 놓고 싸늘한 표정으로 몸을 일으켰다. 화법은 말했다.

"미안해요. 아직 아미파는 청성파의 일에 관여해선 안 돼요, 언니. 이미 무림이 갈 길은 정해졌으며, 그 길에 얼마나 빨리 닿느냐가 문제예요."

"그렇구나……."

명량 신니가 힘겹게 전음을 보냈다. 몸이 절로 비틀거렸지만, 명량 신니는 피 맺힌 손바닥으로 바닥을 짚으며 자세를 바로잡았다. 명량 신니의 얼굴이 마치 웃는 듯했다.

"큰 오라버니와 저는 작은 오라버니와 같은 뜻을 가지고 있어요. 하지만 작은 오라버니는 아버님을 증오해요. 그래서 행동을 같이할 수 없었죠. 곧 전쟁이 끝날 거예요. 천외천에 의해. 언니, 미안해요. 청성파는 계속 귀암곡과 싸워야 해요. 그래야 금사회가 표면에 나서서 동방량과 맞설 테니까요. 저들의 승자가 천외천에게 죽임을 당하는 순간 무림은 평안을 되찾을 수 있을 거예요."

"그렇구나… 알았어."

명량 신니의 전음이 좀 더 불안정해졌다. 화법이 스스로를 변명할 말을 찾기 위해 입술을 비틀었다. 뭐라고 말을 하면 할수록 몸이 떨렸다. 명량 신니의 얼굴은 화법 뒤의 문을 통한 설원의 빛을 받아서 하얗게 빛났다. 입가의 선혈은 더욱 뚜렷했고, 법의를 적시는 피의 흔적 또한 뚜렷했다. 화법은 화가 났다. 명량 신니가 빨리 눈을 감길 바랐기 때문이다. 단검에 발라놓은 독은 세 걸음을 걷기 전에 즉사한다는 맹독 중의 맹독이다. 하지만 명량 신니는 열 걸음을 걸을 시간이 지나도 눈을 감으려 하지 않고 자신을 향해 미소 짓고 있었다. 화법이 떨리는 손을 뻗으며 명량 신니의 가슴에 박힌 단검을 쥐려 했다. 다시 한 번 찔러야겠다고 마음먹었던 것이다. 그것이 싫어서 빨리 눈을 감기를 바랐는데, 원망스러운 언니는 여전히 희미하게 웃는다.

"제발……."

화법이 단검의 손잡이를 쥐며 흐느끼듯 중얼거렸다. 그 순간, 명량 신니의 눈썹이 꿈틀거렸다. 화법이 손을 움찔하며 뒤로 당기는 순간, 명량 신니는 크게 입을 벌렸다. 마치 고함을 지르는 것처럼. 그리고 그 모습과 어울릴 강한 전음이 화법의 전신을 휘감았다.

"알았다, 알았어! 내가 너를 말하지 않으려고 전음을 배웠구나! 하하하!"

화법은 전음의 위세에 놀라 한 걸음 물러섰다. 머릿속을 온통 휘젓는 공기의 진동이었다. 차가운 전율이 전신을 감싼다. 정말 독이 묻은 단검에 심장을 찔린 이가 맞는가! 화법이 다시 입술을 악물고 단검을 쥔 손에 공력을 실었을 때였다.

"언니?"

조용한 폭풍이었다. 급작스레 몰아친 방 안의 정적에 숨이 멎을 것만 같다. 명량 신니는 고개를 반쯤 숙인 채 미동도 하지 않았다. 그 모습에 깃든 죽음의 기운이 소름 끼쳤다. 화법

은 품에서 천을 꺼내어 단검을 감싼 뒤 장삼 소매 속에 넣었
다. 그리고 명량 신니의 목으로 떨리는 검지를 뻗었다.

"……."

죽었다. 명량의 목은 신니의 죽음을 확신시켰다. 순간 화
법은 왈칵 눈물이 솟았다. 그러나 침착한 동작으로 뒷걸음질
을 하며 방을 나온다. 쉬지 않고 쏟아지는 눈은 화법의 발자
국을 모두 지운 상태였다.

휘이익!

화법은 신형을 날려 사찰 가까이 있는 나뭇가지로 도약했
다. 그것을 딛고 또다시 도약하여 발자국을 남기지 않은 채
벗어나는 데 성공했다. 화법은 지금 자신이 있어야 할 곳으로
달렸다. 그곳이 어디인지 명량 신니를 죽이려고 마음먹었던
순간부터 계획으로 잡아놓았는데, 눈발을 헤치며 달리는 지
금은 혼란스럽기만 했다. 내가 있어야 할 곳이 어디지? 화법
은 경신술을 펼치는 자신의 다리에 모든 것을 내맡긴 채 눈물
덮인 볼만 닦았다.

"눈이 많이 오니 내일 여정에 힘이 들겠구나."

만년사에 이르러 화법은 짐짓 산책하는 모습으로 중얼거
렸다. 하늘을 채운 눈발을 얼굴에 받으며 눈물의 흔적을 지웠
다. 화법은 깊은 밤의 사찰을 거닐며 두근거리는 가슴을 진정
시키는 데 힘썼다. 이상하게도 야밤인데 많은 스님들이 사찰
주변을 돌아다니고 있었다. 화법은 그 틈새에 들어서며 비구

니 한 명을 붙잡았다.

"오늘따라 밤을 노니는 스님이 왜 이리 많으냐?"

그러자 앳된 티를 갓 벗어난 비구니는 황급히 합장하며 말했다.

"스님께서는 듣지 못하셨습니까? 주지 스님께서 저희에게 이상한 전음을 남기셨습니다."

"뭐라고?"

"지금 모든 스님들이 주지 스님의 전음에 당황하여 만년사로 몰려오는 중입니다. 저도 이불각의 산길을 걷다가 놀라서 이곳에 왔습니다. 손님들은 유법 스님과 함께 주지 스님을 마지막으로 보았던 곳으로 떠나셨다 합니다."

"주지 스님이 어떤 전음을 남기셨단 말이냐?"

"누구를 말하지 않으려고 전음을 배웠다 하셨습니다. 그리고 크게 웃으셨습니다."

화법이 애써 자신의 창백한 얼굴을 감췄다. 화법은 침착함을 가장한 채 '나도 가봐야겠구나'라고 말하며 몸을 돌렸다. 산길을 따라서 신형을 날리는 동안 화법의 심장이 미친 듯 두근거렸다. 설마 그때의 전음이…….

'너를 말하지 않으려고 전음을 배웠구나!'

아미산 전체에 퍼졌단 말인가! 보폭이 불안정하여 화법의 숨이 턱에 차 올랐다. 고개를 들어 눈발의 도움으로 눈물을 감춰야 했다. 모두에게 홍수를 알릴 수 있었으면서 하지 않았다고? 화법은 길 저편으로 보이는 한 무리에 놀라 신형을 세웠다.

"거, 거기 무슨 일입니까!"

"화법 스님! 주지 스님의 전음을 듣고 오는 길이십니까!"

유법의 외침이 들린다. 화법은 그렇다고 답하며 명량 신니가 어디에 계시냐 물었다. 유법이 좀 더 빠르게 신형을 날리며 따라오라고 했다. 신성육장의 삼 인을 포함해 십수 명에 이르는 사람들이 절간에 도달했다. 그리고 덜컥거리는 문 너머에서 고개를 숙인 채 정좌한 보살을 보았다.

"주지 스님!"

유법이 악을 쓰며 몸을 날렸다. 이미 차갑게 굳은 명량 신니의 몸을 부여잡고 몇몇이 울음을 터뜨렸다. 그 순간 명량 신니의 고개가 들렸다. 모두 놀라움과 기대감으로 명량 신니를 응시했는데, 그저 그뿐이었다. 죽은 자의 몸은 더 이상의 변화를 보여주지 않았다. 갑자기 누군가가 소청 앞에서 낮게 염불했다.

"나무아미타불."

명량 신니를 부여잡은 이들은 뒤늦게 정신을 차렸다. 자신들이 부여잡고 있는 몸뚱이가 어떤 형상을 취하고 있는지 알게 된 것이다. 불좌한 노승의 모습은 만년사에 있는 누군가의 모습과 비슷했다. 만약 노승이 앉은 곳이 허름한 절방이 아닌 코끼리의 등이었다면 누구도 예외없이 그 모습을 보현 보살로 착각했을 것이다. 스님들은 합장하며 염불 속에서 통곡의 운을 담았고, 세 명의 신성육장은 땅을 치며 울었다. 화법은 눈물을 훔치며 염불을 이용해 거짓 설움을 뱉었다. 그리고 비틀거리는 몸짓으로 걷기 시작했다.

"어디로 가십니까, 화법 스님!"

유법이 불안하여 물었다. 화법은 마음이 흐트러졌으니 다스리고 오겠다는 말을 했다. 그리고 녹지현을 돌아보며 오늘 아침 청성파로 가는 것은 미루어야겠다는 뜻을 밝혔다. 녹지현이 당연하다는 듯 고개를 끄덕였다.

"전음을 들었습니다. 해결됐습니까?"

한참을 걸어 대승사를 지났을 때, 누군가가 전음을 보냈다. 화법은 넋 나간 얼굴로 끄덕거렸다.

"수고하셨습니다. 이 일을 그에게 알리기 위해 먼저 떠나겠습니다. 이쪽의 일이 해결된 만큼 좀 더 수월하게 일이 진척될 것입니다. 주군께서 분명 큰 치하를 하시리라 믿습니다."

화법은 귀찮은 듯 손을 저었다. 아무 말도 하기 싫었다. 눈발이 거세지며 예전에 눈이 쌓였던 곳과 겹치니 무릎까지 빠지는 곳도 있었다. 그럴 때마다 비틀거리고 땅에 손을 짚을 만큼 중심을 잃었다. 화법은 그래도 걸음을 쉬지 않았다. 모든 별들이 구름에 가려지고 눈송이가 별을 대신하면 이따금 거대한 달이 나타나 길을 밝혔다. 여우의 울음소리와 아미파의 법고가 귀를 찢었다. 아미산의 모든 소리가 통곡처럼 들렸다.

"내가 무엇을 한 거냐."

화법이 낮게 중얼거렸다. 저편에 보이는 접인전의 사찰들이 갑자기 두려워졌다. 길을 따르지 않았기에 저곳에서 만년사로 떠난 스님들과 마주치는 일은 없었다. 화법은 몸을 움츠리며 접인전과의 거리를 벌렸다. 길이 아닌 곳을 밟고 밟아서, 때로는 아미파에서 배우지 않았던 숨겨진 경공술을 펼쳐서 산행했다. 접인전이 등 뒤에서 멀어지고 있었다. 눈이 갑자기 멈췄다. 세상이 고요해졌다. 길을 헤매다 저승에 들어선 기분이 들어 화법은 가슴이 내려앉았다. 화법은 주변을 둘러보다가 하늘에서 모습을 드러내는 별을 만났다. 흩어지는 구름은 산봉우리를 스치고 산허리를 안개처럼 지나치며 수풀이 되었다. 새벽이 조금씩 다가오는 세상은 너무도 고요하여 노승을 미치게 했다. 화법은 하늘에 숨겨진 천둥벼락을 그리듯 필사적으로 사지를 휘저었다.

"으아아아아!"

와운암이 보이고 절벽이 보인다. 화법은 절벽으로 신형을 날렸다. 가까스로 눈덩이 속에 감춰진 덩굴을 잡아챘다. 자연의 위태한 위용 속으로 거침없이 몸을 던졌다. 천 길 절벽보다 불상이 더 두려웠으며 사찰의 모습이 불벼락을 쥔 십이지 천왕처럼 보였다. 밝아지는 하늘을 떠도는 법고가 만불의 호령으로 들렸다. 화법은 '틀리지 않았어!' 라 외치며 원숭이처럼 나무와 나무 사이를 날았다. 두 번이나 떨어지며 법의를 찢기고 살을 찢겼으나 속도는 전혀 줄어들지 않았다.

턱.

"아아."

화법이 발이 멈췄다. 금정에 이르러 더 이상 갈 곳이 없어졌다. 천불 만불이 사방에 가득하고 아미산의 천하가 온통 사찰에 뒤덮여 있었다. 나무가 사찰로 보였으며 눈이 가린 저 아래 불상이 숨 쉬는 듯했다. 저편에 연보랏빛으로 숨 쉬는 봉우리가 흐릿한 절 탑처럼 보이니 어디로 발끝을 돌려야 할지 알 수 없었다. 화법은 무릎을 꿇었다. 명량 신니가 하늘에서 자신을 향해 미소 짓고 있었다.

"언니."

화법의 얼굴을 흐르던 눈물이 콧잔등에 머물다 눈밭을 적셨다. 밤새 눈이 내렸건만 구름은 산허리에 맺혔을 뿐 더 이상 하늘을 떠돌지 않았다. 맑은 하늘은 새벽을 불렀으며, 새벽은 화법이 아미파에서 살아오는 동안 단 세 번 보았던 그것을 꺼내었다.

"용서하세요. 나무아미타불! 나무아미타불!"

화법이 명량 신니의 미소를 향해 고함쳤다. 찬란한 광채가 화법의 얼굴을 밝혔다. 명량 신니의 미소 뒤로 거대한 광륜(光輪)이 천하를 덮었다. 불광(佛光)에 온몸을 내맡긴 채 오열하던 화법은 그것을 향해 일만 배(一萬拜)를 시작했다.

"나무아미타불!"

곧 광륜은 희미해졌으나 일만 배를 하는 노비구니의 염불은 멈추지 않았다. 아침을 지나 점심때가 되었을 때, 몇몇 스님들이 화법의 모습을 보았다. 다섯 스님이 그 뒤에서 합장하며 화법의 일만 배를 지켰다.

다음날 막당과 한보가 화법을 찾아왔다. 열여섯 명의 스님이 화법의 뒤를 지키고 있었다. 한보는 화법과 함께 청성파로 갈 것을 포기하고 산을 내려갔다. 명량 신니의 화장이 끝나고 일행이 청성파로 향하게 된 때는 무려 팔 일이나 지난 뒤였다. 녹지현은 바깥 세상의 일을 듣고 크게 한탄했다.

"우리가 너무 늦었다."

동행한 유법도 고개를 끄덕이며 탄식했다. 며칠 전 청성파는 귀암곡 초입에서 팔십을 살생했다. 또한 사도맹에 적을 두고 있던 유상비도파(流上飛刀派)를 급습하여 삼십에 이르는 인명을 모두 죽였다. 이에 공작왕 금사희가 노하여 사도 십삼문 이십파 이곡의 수뇌부에게 대집합령을 내렸다. 막당 일행이 청성산에 도착했을 무렵에는 정도맹의 세력도 큰 무리를 이끌고 사도맹 중에서 가장 큰 문파 중 하나인 강북치세가(江北治世家)를 공격하고 있었다. 막당 일행이 너무 늦은 탓인지, 주향상이 이미 청성파에 머물러 있었다. 주향상은 다른 두 명의 도사와 함께 막당 일행을 맞이하며 탄식하듯 말했다.

"공작왕이 직접 군을 모아 정도맹을 치겠다는 소문이 있더군요."

28장

친족상잔(親族相殘)

친족상잔(親族相殘)

　하늘을 찢는 나뭇가지들이 모두 눈에 덮였으니 그 색이 하얗고 하늘 또한 흰 구름이 가득하여 둘을 구분하기 어려웠다. 한보와 주향상은 똑같이 하늘을 보며 한탄했고, 막당과 초구는 땅을 보며 한숨을—물론 곁의 두 사람을 따라 한 것에 불과하지만—쉬었다. 장문인에게 안내하는 젊은 도사들은 청성파 내에서 내분이 있었다는 사실조차 모르는 초년 도사들이었다. 일행이 할 수 있는 일은 산행을 서두르는 것뿐이었다.

　푸득! 푸드드!

　아미산에 원숭이들이 많다면, 청성산에는 새가 많았다. 특히 겨울을 견디는 새들이 자주 노닐며 청성파의 음식을 훔쳐

먹을 때가 많았다. 가지를 후려치며 눈덩이를 떨굴 때마다 일행은 새 탓을 했다. 그중 녹지현이 제법 큰 눈덩이를 목덜미에 얻어맞았다. 녹지현은 하늘을 바라보며 호통쳤다.

"내 손에 잡히면 다리를 분질러 버릴 테다!"

"하하하!"

한보가 녹지현의 꼴을 보고 크게 웃었다. 막당은 초구가 낮은 가지 위의 새를 유심히 노려보는 것이 불안하여 머리를 쓰다듬는 척 새 사냥을 막는 중이었다. 녹지현이 갑자기 생각난 듯 주향상을 돌아봤다.

"그런데 사숙께서는 여길 도망쳐 나오신 게 아니었습니까?"

"내 생이 청성에 있는데 언제까지 도망칠 수는 없는 일 아니냐. 그리고 네가 이미 도착한 줄 알고 있었다. 혼자뿐이라 걱정했는데 이틀간 별일없었다."

"장문인은 만나보셨습니까?"

"아니, 내가 피했다. 그러고 보니 나도 겁이 많구나. 헛허."

녹지현은 주향상의 너털웃음을 들으며 내심 안도했다. 내분 때 종리춘과 함께 청성을 빠져나왔던 주향상이 이곳에서 이틀을 묵었으면서도 별일없다면 자신에게도 해가 될 일이 없을 것이다. 어쩌면 손우강도 이미 구금에서 풀려났을지도 모른다. 녹지현이 손우강의 일을 물었으나, 주향상은 누구도 알려주지 않았다며 또다시 한숨을 쉬었다. 한보도 따라서 한숨을 쉬고 싶었지만, 그전에 먼저 막당과 초구가 땅을 보며 한숨을 쉬는 바람에 '그런 거 따라 하지 마!' 라고 구박하는 일에 집중했다.

"클클클. 어서 오시게."

장악진의 얼굴은 예전보다 더 늙어 보였다. 청성파의 내분에 시달림을 당한 듯 얼굴 주름이 크게 늘고 허리가 좀 더 굽어져 있었다. 하지만 장악진은 묘한 웃음으로 정정함을 알렸다.

"예쁜 아가씨를 다시 보는구먼. 컬컬컬."

"안녕하세요?"

한보는 포권으로도 부족하여 머리까지 깊게 숙이며 예를 보였다. 장악진은 '오이, 오이' 하며 손님의 방문을 기뻐했다. 한보가 곁을 보니 장악진을 수행하는 자가 한 명뿐이었다. 눈에 익은 얼굴이다. 덕분에 한보는 당황하고 말았다. 예전에 호웅정에서 자신을 맞아 싸움을 벌였던 구방이 틀림없는데, 그때와 달리 지금은 왼팔이 보이지 않았다. 한보는 청성의 내분이 심했음을 짐작하며 눈살을 찌푸렸다.

"손 사숙께서는 어찌 되셨습니까?"

모두가 자리에 앉자 주향상이 조심스레 입을 열었다. 장악진은 '아직 갇혔어' 라고 짤막하게 말한 뒤 입맛을 다셨다. 주향상이 그에 대해 뭐라 말하려 했지만 장악진이 먼저 선수

쳤다.

"마침 잘됐어. 상이한테 말할 것도 있고, 저기 있는 예쁜 아가씨와 돼지 청년한테도 긴히 할 말이 있었지. 컬컬컬. 잘됐어, 정말 운이 좋아."

"말씀해 주십시오."

"여기서는 곤란하지. 늙은이는 비밀이 많은 법이야. 이따 얘기할게. 우선 술이나 마시자고."

장악진은 구방이 한 손에 들고 온 다과에 손을 뻗으며 웃었다. 장악진의 웃음과 손짓을 보면 청성파에서 벌어진 일이 대수롭지 않을 것 같은 기분마저 들었다. 유법은 장악진이 권하는 술을 받으며 물었다.

"청성파가 어째서 귀암곡에게, 그리고 유상비도파에게 검을 들었는지 여쭤도 되겠습니까?"

"이놈의 전쟁을 빨리 끝내야지. 컬컬컬."

그러자 유법이 한숨을 뱉으며 고개를 저었다.

"장 시주께서는 그것이 전쟁을 빨리 끝내는 길이라고 생각하십니까? 빈승은 그렇게 여기기 어렵습니다."

"크흘. 어째서?"

"이로써 전쟁은 극화되었습니다. 어떠한 변명이 있더라도 작금의 상황을 이끈 세력은 청성파입니다. 장문께서 빈승을 이끌어주십시오. 무려 백 년에 가까운 세월 동안 피를 멀리하려고 노력하던 청성의 검이 왜 갑자기 스스로 나서서 혈풍을 불러일으키는 것입니까?"

"건곤자 그 늙은이가 젊을 때 망령이 나서 다른 사람을 모셨어."

"예?"

녹지현이 경악하며 반문했다. 뒤이어 주향상이 외쳤다.

"그럴 리가 없습니다!"

평소 손우강을 존경했던 주향상이었다. 주향상은 놀란 눈을 감추지 않은 채 입술을 떨며 장악진의 다음 말을 기다렸다.

"뭐… 여기에 있는 사람들이 다 믿을 만하니까 말할게. 컬컬컬. 강호라는 게 생각보다 넓어. 그래서 하늘 위에 또 다른 하늘이 있고, 그 하늘이 스스로 무너져 기우(杞憂)를 현실로 바꿀 때도 있지. 에잉. 무서워라."

"손 사숙께서 다른 세력의 첩자라는 말씀을 하시는 것입니까?"

"천외천이라는 놈이 있어."

"으윽. 또 천외천……."

한보가 신음했다. 방에 있던 모두가 이리저리 눈을 돌리며 서로의 시선을 교차했다. 지독한 침묵이 오래 지속되자 막당이 참지 못하고 '나가 봐도 되겠습니까?'라고 물었다가, 한보에게 옆구리를 찔렸다. 장악진은 그 꼴이 우스웠는지 가래 끓는 웃음을 터뜨리고는 잔을 들었다.

“강호에 숨겨진 괴물이지. 컬컬컬. 어쩌면 정도맹주 동방 늙은이조차 감당 못할 고수일지도 몰라. 이 늙은이가 오죽하면 하나뿐인 친구를 옥에 가뒀을까.”

“그럼…….”

“귀암곡은 천외천의 직계 세력이며 사도맹 내에서 전쟁을 부추기는 놈들이야. 마침 가까웠으니 잘됐지. 저놈들 목표는 무림의 전쟁을 오래 끌면서 피가 피를 낳는 혈천지를 만드는 거야. 클클. 미친놈들. 유상비도파는 인원이 많지 않지만, 그 또한 천외천의 세력인지라 사전에 싹을 밟겠다는 의미에서 손을 썼어. 당장은 청성이 부르는 피가 욕을 먹더라도 앞날에 불어닥칠 커다란 혈풍을 잠재우기 위해서는 이 방법밖에 없지. 그래서 이 늙은이가 혈마가 되기로 작정했어. 컬컬컬.”

무거운 공기에 방을 떠돌던 향이 가라앉았다. 주향상은 노래를 흥얼거리듯 탄식했다. 녹지현은 손우강의 이야기를 들었던 순간부터 입을 벌린 채 석상처럼 굳어 있었다. 장악진에게 말을 거는 자는 오직 유법뿐이었다.

“그렇다면 청성파는 사도맹을 친 것이 아니라 천외천의 세력을 쳤다는 말씀이신가요?”

“오이.”

“청성파에서 벌어진 내분도 천외천의 세력이…….”

“아이, 아야. 컬컬컬. 아니지. 그것은 이 늙은이가 벌인 일이야. 상아가 내 동생이 일러준 정보를 전해줬을 때 수상히 여겼던 일들을 살펴봤거든. 따지고 보면 여기서 벌어진 난리의 시작은 상아 저놈 때문이야.”

“쿨럭.”

탄식하던 주향상이 앞으로 고꾸라졌다. 주향상은 괴로움을 이기지 못해 얼굴을 들지 못했고, 이제껏 석상이었던 녹지현이 ‘괜찮습니다, 사숙’ 이라며 등을 두드려 줬다. 곧 녹지현의 뒤통수에 불똥이 튀었다. 구방이 버릇없다며 녹지현을 후려갈긴 것이다. 녹지현은 잽싸게 목살을 접으며 입을 다물었다.

“손가 말고도 천외천의 첩자가 많았지. 어쩌면 이 중에 있을지도 모르고 말야. 컬컬컬. 모두를 제압한 것은 아니니 긴장을 풀면 안 돼. 그리고 스님도 조심해. 아미파에도 첩자가 있을지 모르니 우리 화란이와 명량 할멈 좀 잘 지켜줘.”

유법은 혼비백산하여 몸을 펄쩍 뛰었다. 안내하던 자에게 강호의 비사를 들었기 때문에 가장 먼저 꺼내야 할 말을 잊었던 것이다. 유법이 장악진에게 합장하며 목소리에 울음을 섞었다.

“나무아미타불. 이미 늦었습니다. 주지 스님께서 흉수에게 당하여 열반에 드셨습니다.”

“이런이런. 에잉.”

장악진은 혀를 차며 몸을 돌렸다. 방구석을 향해 ‘커허! 칵!’ 하며 탄식하니, 모두가 눈시울을 붉혔다.

"쳐죽일 놈들! 천외천의 세력이 곰팡이처럼 천하를 썩힐 동안 왜 아무도 몰랐단 말입니까! 커흑!"

구방이 하나 남은 주먹을 떨며 고함쳤다. 천외천을 욕하고 강호의 안녕을 걱정하는 대화가 끊이지 않았다. 한참 후 술이 떨어졌을 때 장악진이 몸을 일으켰다.

"자자, 클클클. 이제 긴한 얘기를 할 시간이 됐구먼. 거기 어린 대협이랑 예쁜 아가씨, 그리고 주가 녀석은 이 늙은이 좀 따라와 봐. 어어, 그 돼지는 있고 싶은 데 있고. 꺼헐헐!"

장악진은 뒷짐을 진 채 밖으로 나가며 시중을 드는 구방에게조차 따라오지 말라고 명령했다. 고개를 숙이는 구방에게 장악진은 녹지현을 포함하여 남은 손님을 극진히 대하라는 지시를 덧붙였다.

쩍쩍쩍.

새소리가 시끄러운 곳이다. 나무에서 눈 뭉치가 떨어질 때마다 새가 놀라 '푸드득!' 날아 도망쳤다. 외길을 따라 한참을 걸으니 널찍한 마당이 보였다. 주향상은 자신에게조차 익숙하지 않은 이 길이 조사전으로 향하는 지름길임을 알고 깜짝 놀랐다. 조사전은 주변에 설원이 가득하고 해가 중천에 있었건만, 내부가 극히 어두웠다. 숨소리가 메아리로 돌아올 정도로 정적의 세력이 강하여 들어서자마자 커다란 한기가 느껴졌다. 막당은 어깨를 움츠렸다가 초구를 돌아보며 들어오지 않아도 된다고 말했다. 콧김을 뿜던 초구도 그 말이 반가 웠는지 잽싸게 몸을 돌렸다. 곧 수십 마리의 새가 날개로 바람을 치며 비명을 질렀다.

"하아아."

한보는 두 손에 입김을 뿜으며 조사전 내부를 둘러봤다. 어둠이 가득한 곳에서 갑자기 주홍빛 광채가 일었다. 장악진이 향에 불을 지피고 있었다. 향 내음이 한보와 막당에게 이를 즈음, 주향상이 장문인의 불을 받아서 화로에 가져갔다. 화로에서 잠시 먼지가 일다가 곧 허공으로 불티를 쏟았다. 조금씩 훈기가 돌아 네 명 주변에서 춤을 추었다.

"따뜻해졌구먼. 이제……."

"재미있는 얘기를 해주십시오!"

막당이 화로에 손을 내밀며 외쳤다. 한보가 자지러지듯 웃었다.

"신룡대협……."

주향상이 난색을 표하며 나지막하게 중얼거렸지만, 여전히 막당의 얼굴에선 기대감이 지워지지 않았다. 장악진이 '오호' 하고 외치며 고개를 끄덕거렸다.

"마침 옛이야기를 하려던 참이었어. 컬컬컬! 제일 어린 아이가 어떻게 이런 운치를 알까?"

"사부님께서 화로 앞에 앉으시면 재미있는 얘기를 많이 해주셨습니다. 무서운 얘기를 듣고 싶습니다!"

"호홀! 좋지. 무서운 얘기가 제격이로고!"

"우린 이럴 때가 아냐, 당아야."

한보가 웃음을 멈추고 관자놀이를 짚었다. 그런 한보에게 막당이 '너도 경 사저처럼 무서운 얘기 싫어해?'라고 물어서 한바탕 소란이 일었다. 주향상이 참다못해 조용한 어조로 말했다.

"이쯤 되면 작폐(作弊)입니다!"

덕분에 한보가 안정을 찾고 장악진에게 용서를 빌었다. 장악진이 웃음을 터뜨리며 괜찮다고 손을 저었다. 화로 주변의 불기가 강해져 각각 자리를 물릴 즈음이 되었을 때, 장악진은 이야기를 시작했다.

"오래전에 계집 하나가 있었는데, 집안이 부유하고 금지옥엽으로 자라서 뭐 하나 부러울 게 없었지. 게다가 태어날 때부터 정혼자까지 있었지. 그런데 이 계집애는 정혼자가 있는 게 싫었어. 얼굴도 모르는 남자와 평생을 같이할 생각이 없었던 게지."

"당연하죠! 저도 그런 건 싫어요!"

한보가 동의하며 외쳤다. 곧 한보는 주향상의 한숨 소리를 듣고 '계, 계속 말씀하세요'라고 중얼거린 뒤 입을 다물었다.

"그래서 계집애는 몰래 정혼자의 집을 찾아간 게야. 아, 근데 이게 어쩐 일인가. 그 집에 남자가 둘씩이나 있으니 누가

지 낭군인지를 알 수가 있나. 참다못한 계집이 집으로 뛰어들어 가 소란을 피웠지. 그리고 둘 중에 지 마음에 들었던 남정네가 정혼자라는 걸 알고 기뻐했던 게지."

"웃기는 여자야, 그치?"

속삭이듯 막당의 동조를 얻던 한보는 여전히 주향상의 눈치를 받고 있음을 알았다. 한보가 입술을 삐죽 내밀고 '이 정도는 괜찮다고요!' 라고 주장하는 듯 도전적인 모습을 보였다. 주향상이 인정하듯 고개를 끄덕거렸다. 그동안 막당의 정신은 온통 장악진에게 팔려 있었다.

"재밌습니다! 계속 얘기해 주십시오."

"그때 이후로 계집은 정혼자가 될 남정네에게 헌신했어. 컬컬컬. 집안 살림 다 갖다 바쳐서 종아리를 맞을 만큼 출가외인 짓을 미리 했지. 계집의 아비가 예쁜 옷감을 사주면 그걸 밤새 뜨더귀 하여 못쓰게 만들고 낭군님 되실 분 무공 수련할 때 손발 다치지 않도록 장갑과 버선으로 바꿔놓았지. 그렇게 세월을 보내다 이 계집이 청천벽력 같은 소리를 들었어."

한보가 호기심 어린 표정으로 장악진에게 고개를 내밀었다. 하지만 장악진은 주향상을 노려보고 있었다.

"낭군이 갑자기 형을 따라 도가에 들어가겠다고 선언한 거야. 계집은 졸지에 낭군을 잃고 말았지. 컬컬컬컬컬."

"커헉! 너무해!"

“도가에 들어가면 안 됩니까?”

“결혼 못하잖아, 바보야!”

“아, 맞다, 맞아. 그래서 린 사저가 도가에 들어가면 죽인다고 했으악! 왜 때려, 보아야으악!”

“이것들아, 도사들 앞에서 사랑싸움질 그만 하고 얘기 좀 듣거라. 이 얘기를 꼭 들어야 할 사람은 잠자코 있는데, 너희들이 왜 그리도 말썽이냐!”

장악진의 호통이 있고서야 한보는 확실히 얌전해졌다. 다소곳한 한보의 자세로도 불안했는지 막당은 슬며시 무릎걸음을 하여 주향상의 곁에 바짝 붙었다. 한보의 가슴속에 있던 철권이 바스락거렸던 것을 제외하면 막당을 불안하게 만들 요소는 사라졌다. 장악진은 한보와 막당을 경계하듯 송곳처럼 세운 주둥이와 눈길을 둘 사이로 향했으나, 정작 주향상과 막당에게 자리를 바꾸라고 말하지는 않았다. 덕분에 장악진의 곁에 주향상이 바짝 붙어 있고, 그 옆에 막당이 바짝 붙어 있어서 한보는 동떨어진 밉살박이의 꼴이 되고 말았다.

“놀란 계집이 정혼자를 찾아가서 만류했어. 몇 날 며칠을 울고 불며 도사가 되지 말라고 했던 게지. 그래도 정혼자란 놈은 막무가내였어. 계집은 정혼자가 청성으로 떠나기 전날 밤에 큰 결심을 했지.”

“……”

장악진의 침묵에 모두가 마른침을 삼켰다. 장악진은 막당과 한보 사이에 머물던 눈빛을 주향상에게로 향했다.

"마지막 술을 권하던 그 자리에서 계집은 낭군에게 춘약(春藥)을 먹이고 동침했어."

"어억. 미쳤어, 미쳤어!"

한보가 가슴을 부여잡고 신음했다.

"결국 낭군은 도사가 되기를 포기하고 계집과 혼인했지. 그리고 자식 하나를 낳았던 게야. 일은 그 이후가 더 재미있지. 컬컬컬. 이놈의 낭군이 자식이 걷기도 전에 끝내 도사의 길로 떠나고 말았거든."

"그 집안… 난리도 아니네요."

"난리법석이었지. 컬컬컬. 이 계집은 울고 불며 발광하다가 자기도 불가에 귀의하겠다며 머리를 깎았어. 애도 팽개치고 아미파에 갔으니, 아미파가 미쳤다고 받아주나? 그날로 쫓겨났지. 그래도 계집은 포기하지 않고 세상을 떠돌았어. 예쁜 아가씨 말대로 미친년이지! 컬컬컬컬컬. 그동안 걷지도 못하던 아기를 계집의 동생이 받아 키우기 시작했지. 계집은 정사마의 전쟁이 심화되어 혈천(血川)이 흐르던 무림을 떠돌다가 또 다른 계집 하나를 만났고."

순간 한보와 주향상의 눈에 이채가 어렸다. 단순한 이야기가 아님을 알았기 때문이다. 막당도 눈을 빛내고는 있었으나, 그것은 단지 장악진의 이야기와 화로에 취했기 때문이었다.

장악진의 시선은 이제 주향상에게만 머물러 있었다.

"우연히 만났던 이 계집은 젊은 나이에도 불구하고 무림의 모든 협사들이 두려워할 만큼 고강한 무위를 펼치고 있었지. 미친년처럼 돌아다니던 계집이 무공을 배우기 시작한 것도 그때였던 게야. 그리고 세월이 흘렀을 때, 둘은 혈풍을 타고 강산을 떠돌았어. 클클클. 둘의 무위가 가공하여 결국은 정사 마에서도 공적의 이름을 붙이고 척살금을 걸었을 정도였지. 특히 정혼자가 도가에 바람난 게 화가 났는지, 자기 새끼 버린 계집은 남자만 보면 닥치는 대로 죽였어."

"설마……."

주향상이 짚이는 바가 있어 신음했다. 남자를 보면 가차없이 죽인다는 여인에 대한 이야기를 들은 적이 있었기 때문이다. 그리고 그 여인의 곁에 머문 또 하나의 여인이야말로 강호의 누구도 잊을 수 없는 별호를 가진 존재였다.

"도가에서 수행하던 남편이 그 사실을 알았지. 그래서 직접 검을 들고 나서서 자기 부인과 비무했어."

"……."

"그리고 부인을 죽였지. 곧 남편은 부인의 시신을 묻고 도가를 떠났어. 부인의 동생이 키우던 아기를 빼앗아 청성의 형님에게 넘기고 말야. 컬컬컬컬컬."

주향상의 가슴이 두근거렸다. 장악진의 이야기 속에서 흘러나오는 두려움이 가슴에 맺혔다. 장악진은 싸늘한 눈으로 주향상을 노려보다가 끝내 말했다.

"여인의 이름은 주상향(周香香). 어릴 때는 향향이라 불렸지. 죽기 전에는 마령향(魔靈香)이라 불렸고, 그 사부이자 친구는……."

"마령화(魔靈花) 권가연(權佳蓮)! 구천대제!"

한보가 외쳤다. 장악진의 웃음소리가 달라졌다.

"크크큭. 그래, 예쁜 아가씨가 잘 아는구먼. 그래도 떠들 때가 아니야. 이 늙은이의 재미있는 이야기는 그 다음이거든. 컬컬컬."

불안한 공기가 화로 주변을 맴돌기 시작했다. 한기였다. 조사전의 한기는 점점 기세를 부리며 화로와 향을 짓눌렀다. 주향상이 비틀거리며 입술을 떨었다. 스스로의 몸을 감싼 두 팔에서 김이 흘러나왔다.

"제 어머님… 그러면 제 사부이신 일심 법사님이 제 친부란 말입니까?"

"그런 건 중요하지 않아, 클클클."

"대체……."

"네놈의 외숙부는 현진이 그놈이 핏줄을 다스릴 자격이 없다고 날뛰었어. 그래서 네가 어미의 성을 따르고 있는 게지. 네 어미의 집안이 풍비박산 난 이유도 따지고 보면 네놈 탓이야. 마령화가 네 어미 대신 널 키우겠다며 한발 늦게 찾아왔거든. 다 죽였지. 네 외숙부만 청성파에서 널 돌려달라고 떼

쓰고 있었기 때문에 살아남았어. 그리고 마령화는 이 늙은이의 생가를 찾아갔지. 워낙 성질 급한 여편네라 네놈이 청성파에 있는지를 듣지도 않고 그냥 죽여 버렸던 게야. 이 늙은이의 가문이 천하에 이름 높았던 무가(武家)인지라 마령화도 쉽게 난리 칠 수는 없었어. 컬컬컬. 하지만 삼 일에 걸친 큰 싸움으로 천하장가(天下張家)는 결국 멸문당했지. 컬컬컬컬컬."

한보와 주향상은 이 얘기를 알고 있었다. 정사마조차 감히 세력에 들어오라 말할 수 없었던 외부의 세력 '천하장가'는 동방세가와 함께 무가의 역사를 오랫동안 이끌었던 가문이었다. 그로 인해 수많은 무인들의 부러움을 샀던 가문이지만, 마령화에 의한 삼 일의 참극이 운명을 뒤바꾸고 말았다. 무인들의 존경을 한 몸에 받았던 천하장가의 가주 장도형(張道形)은 '사천대종사(四川大宗師)'라는 별호가 무색하게 타락했다. 스스로의 무능함을 알게 되고 눈앞에서 모든 가족을 잃었을 때 장도형은 미쳐 버렸다. 더 강해지기 위해 숱한 피를 뿌렸으며, 어느 순간 별호는 '사천혈왕(四川血王)'으로 바뀌었던 것이다. 누구도 건드리지 못하던 미친 혈왕은 동방세가에서 나타난 새로운 별에 의해 제압되었다. 청년 동방천은 사천혈왕 장도형을 이기고 '강남일종수'라는 별호를 달았다. 장도형은 그때 싸움에서 도주한 이후로 모습을 드러내지 않았다.

"너무 혼란하여 더는 얘기를 들을 수 없을 듯합니다."

주향상이 비틀거리며 중얼거렸다. 그 순간 장악진이 노성을 터뜨리며 세 사람을 놀라게 만들었다.

"중요한 얘기는 지금부터라고 했거늘!"

"아까도 그러셨습니다."

막당이 주눅 든 소리로 중얼거렸다. 한보가 막당 곁에 다가가 또 한 번 옆구리를 찔렀다. 세 사람 모두 장악진의 위세에 눌려 토끼 눈을 하고 있었다. 장악진은 천천히 몸을 일으켰다.

"내 아버님은 동방천에게 부상을 입고 사경을 헤매다가 그분을 만났다. 컬컬컬. 크. 크커커커커! 아직 살아 계시지. 사천의 혈왕 장도형은 지금 동방뇌주(東方雷主) 조경운(朝竟雲)과 함께 천외천의 좌청룡이 되어 천하를 다스리신다. 크커커커! 이 얘기가 본론인데 듣지 않으면 어쩌자는 게야!"

주향상이 창백한 얼굴로 몸을 일으키는 순간, 사방에서 날카로운 바람 소리가 들려왔다. 화로의 불꽃이 세차게 흔들리며 조사전의 구석 어둠보다 더 짙은 그림자가 공간을 가로질렀다. 한보는 창백한 얼굴로 정신없이 고개를 돌렸다. 매서운 그림자의 줄기들이 조사전 내부를 마구 휘저었다. 대체 몇 명의 인영이 사방을 떠도는 것인지 알기 어려웠다.

콰콰콰콰콰!

조사전 내부의 폭풍, 그중심에 서서 장악진이 두 손을 번쩍 치켜들었다. 조금 전까지 보였던 늙은이의 모습은 온데간데없고 두 눈에 혈광을 담은 사악한 존재가 웃음을 터뜨렸다.

"보거라, 천외천의 힘을! 이 늙은이가 평생에 걸쳐 이룬 것을 하루 만에 뛰어넘는 존재들을! 네놈들의 시간은 이제 없을 것이다. 있다면 그것은 천외천의 시간일 게야! 크커커커커!"

콰아앗!

아홉이었다. 똑같은 체형을 가진 아홉 인영이 세 사람을 둘러싸고 있었다.

주향상은 아직 온전하게 일어서지 못한 상태로 사방을 둘러보는 중이었다. 놈들에게서 느껴지는 기운만으로도 숨이 막힐 지경이었다. 가슴을 짓누르는 살기는 장악진에게서 가장 크게 흘러들어 왔다. 장악진의 따뜻한 웃음은 조사전에 없었다. 주향상은 친아버지에게 배신당한 사람처럼 비틀거리다가 결국 무릎을 꿇었다.

"어째서… 어째서, 이런……."

스륵.

한보가 어깨를 늘어뜨렸다. 옷자락이 힘겹게 늘어지며 짙은 빛 목살을 드러내기 시작했다. 장악진이 그 모습을 보고 턱을 세웠다.

"수작을 부릴 생각 말아라. 너희들과 시간을 끌었던 이유가 무엇이라고 생각하는 거냐?"

"녹 오빠와 유법 스님이 위험해요."

한보의 중얼거림에 주향상이 정신을 차렸다. 주향상은 고개를 몇 번 비틀더니 신음성과 함께 무릎을 펼쳤다.

"결국 귀암곡이나 유상비도파는 아무런 관계가 없었다는 말씀이시군요."

"크커커커커커."

한보의 옷자락이 좀 더 벌어졌다. 이제는 부드럽게 굴곡진 쇄골이 보일 정도였다. 마치 넋 나간 여인처럼 흐트러진 매무새를 하면서도 한보는 꼼짝도 하지 않았다. 막당이 눈치를 보며 몸을 일으키려다가 장악진의 꿈틀거리는 눈썹을 보고 다시 앉았다. 그때 장악진에게서 놀라운 변화가 일었다. 입을 길게 찢듯 웃음을 보였는데, 이빨 하나 없던 잇몸에서 뭔가 자라나고 있었다. 송곳니처럼 끄트머리가 날카로운 이빨들이 잇몸 이곳저곳에서 모습을 드러냈다. 얼굴 주름이 점점 사라지고 있을 때, 장악진이 말했다.

"이번이 사제에게는 마지막 기회다. 사제는 상아뿐 아니라 저기 있는 멍청이까지 처리하지 못했지. 컬컬컬컬. 내가 이렇게까지 기회를 만들어줬는데 처리하지 못한다면 더 이상은 주군의 아량을 기대하지 말아라. 넌 더 이상 이놈의 외숙부가 아니라고 생각해야 한다!"

누군가 한 발 나섰다. 조사전의 어둠과 비슷한 색을 가진 옷이며 그것이 머리와 얼굴을 덮은 자였다. 예전에 양양에서 만났던 인자와 비슷한 복색이라고 할 수도 있었지만, 몸의 동선을 뚜렷하게 드러낸다는 점이 달랐다. 양양에서의 동영인 자들은 옷이 평퍼짐하여 속에 뭔가를 감추고 있을 법한 느낌을 주었다면, 지금 세 사람의 앞으로 다가온 복면인은 벌거벗은 몸에 칠을 한 기분이었다. 상대의 몸에서 유일하게 살을 드러낸 눈 부위는 적의로 불타오르고 있었다. 놈이 말할 때 타오르는 눈이 주향상을 매섭게 주시했다.

“단 한 마디의 기회를 주마. 나는 네 외숙부 주강춘(周鋼春)이다. 나와 네 큰아버지를 따라 천외천의 아래 들어오겠느냐?”

주향상이 대뜸 답했다.

“싫습니다.”

“너를 아끼지만 죽어야겠다.”

주강춘의 어깨가 살짝 흔들렸다. 그 순간 한보의 옷자락이 크게 흐트러지며 가슴속에 담겨진 물건을 떨궜다. 한보는 빠르게 두 손을 휘저어 쌍철권을 끼웠는데, 그와 때를 같이하여 근처에 있던 흑의인의 갈고리가 청명한 소음을 냈다.

카카캉! 쩡!

흑의인은 대경하여 인상을 구겼다.

“고리가 부러지다니!”

한보는 부러진 갈고리의 조각을 힘껏 쳐내며 고함쳤다.

“당아야, 싸워! 도와줘!”

그때까지 바닥에 앉아 있던 막당의 머리로 검선이 그어졌다. 너무도 빠르게 지나친 반월의 선이어서 한보조차 제대로 확인을 못할 정도였다. 하지만 막당의 머리는 그 선에 닿아 있지 않았다. 한보가 싸우라고 외치는 순간부터 막당은 함박웃음을 얼굴에 담았는데, 누구도 그 얼굴을 볼 수 없었다.

찌아아아아아앗!

"이게 뭐야!"

같은 편인 한보가 제일 먼저 비명을 질렀다. 징그러운 이무기 한 마리가 조사전 바닥을 여(呂) 자로 휘젓고 다닌다. 장악진도 대경하여 눈을 홉떴다가 곧 날카로운 이빨을 모두 드러내며 호탕하게 웃었다.

"미꾸라지구나! 우리 아가들이 많이 혼란스러웠겠어!"

"허이아!"

주향상은 자신의 가슴으로 몰아치는 일검에서 물러섬과 동시에 뒤쪽의 살기를 따라 우장을 뻗었다. 스스로의 무공 중 제일 자신있었던 대라산수(大羅山手)의 강맹한 위세로 살기를 물리게 한 뒤, 여전히 다가오던 검세를 마저 피했다. 곧 주강춘의 검세가 뒤집어지며 아슬아슬한 곡선을 그리니 주향상의 물러설 길을 막았다. 유일한 활로에서 흑의인이 우장을 힘껏 뻗는 중이었다. 금강수를 연마한 듯 바람의 압력에서부터 느껴지는 기운이 소름 끼쳤다. 주향상은 자신이 부상 입을 것임을 알았지만, 다른 활로를 찾을 수 없었기에 쇄비천수장으로 놈의 우장에 맞섰다. 흑의인의 장과 충돌하는 순간 고통을 참고 뒤쪽의 검세를 피할 계획이었다.

펑!

콰가각!

매서운 소음이 조사전을 떠돌았다. 둘의 장이 서로 맞부딪치는 것은 주향상의 뜻대로 됐으나, 뒤쪽 검세를 피할 여력은 얻지 못했다. 하지만 주향상은 검에 당하지 않았다. 막당이 먼저 주향상의 다리 주변을 맴돌며 주강춘에게 출수했기 때문이었다. 주강춘은 검을 거둔 채 몇 걸음 물러섰다가 곤혹한 눈으로 막당을 보았다.

"부상어소? 너는 공작천의 사람이냐!"

"아닙니다! 아닙니다! 왜 자꾸들 부상어소라 하십니까!"

막당이 울상 지으며 주강춘에게 달려들었다. 막당의 움직임에 주강춘뿐 아니라 장악진까지 당황해했다. 주강춘은 다른 누구도 아닌 천외천에게 직접 무공을 배운 자였다. 비록 제자가 되어 비공을 전수받은 수준까지는 아니었으나, 고작 일 년가량 무술을 배운 소년 따위조차 감당 못할 만큼 형편없는 수준도 아니었다. 그런 주강춘으로서는 지금의 상황이 기가 막혔다. 사도의 수많은 변초를 견식해 봤지만 이토록 불규칙하고 임기응변이 강한 무공은 처음이었다.

콰콰캇!

"아예 바닥을 닦아라, 컬컬컬!"

장악진은 웃음을 터뜨리며 쌍장을 뻗었다. 땅을 물처럼 헤엄치는 요상한 미꾸라지를 향해 노인의 쌍장은 날파리처럼 접근했다. 떨쳐도 떨쳐도 어느새 다시 눈가에 달라붙는 하루

살이처럼, 장악진의 쌍장은 막당의 괴이한 움직임을 그대로 흉내 내며 뒤쫓아갔다. 그때 사이를 가로막는 것이 있었다.

쾌핵!

강한 힘을 품고 있는 주향상의 우권이었다. 막당의 등을 점하기 직전에 쌍장을 회수한 장악진은 송곳니를 드러내며 으르렁거렸다. 그 대상은 막당도 주향상도 아닌 주강춘이었다.

"똑바로 못하겠어! 요놈 하나 감당 못해 내 덜미를 잡게 만들다니! 부끄럽구나!"

주강춘은 충혈된 눈을 부릅뜨며 짐짓 격한 몸놀림으로 검을 휘둘렀다. 여유를 얻은 장악진이 막당에게 같은 방법으로 공격을 가했는데, 이번에는 쉽지가 않았다. 조금 전 등을 당할 뻔했던 막당이 그 위기를 기억하고 장악진을 집중적으로 상대했기 때문이었다. 장악진은 기가 막혀 웃었다.

"커허헐! 이 어린놈이 겁도 없구나!"

막당이 청성의 장문인에게 공세를 펼치고 있었다. 제압을 하기엔 그것이 오히려 편했다. 그러나 자신이 누군가. 실력만으로 따지면 동방가 삼 형제의 무위가 부럽지 않은 청성 장문인 장악진이다. 예전에 유법에게 들은 바로는 자신의 앞에 있는 꼬마 녀석은 일 년 전에는 무공 자체를 몰랐다고 했다. 한 시진 강아지가 산신령 급 범 무서운 것도 정도가 있다! 기가 막혀서 장악진은 초반에 수세에 몰리는 황당한 경험을 겪고 말았다.

"그래! 어디……."

장악진의 몸이 큰 동작으로 원을 그린다. 공세를 가하는 막당 따위는 안중에도 없다는 듯 몸을 크게 뒤로 젖히며 상체를 휘저었다. 막당은 공격하지 못했다. 춤추는 원을 그리는 장악진의 상체에서 기분 나쁜 위협이 느껴졌기 때문이다. 순간 막당은…….

"아니, 저놈이!"

콰아아앙!

도망갔다. 내력을 모아 매섭게 분출한 장력이 막당의 뒤를 최대한 쫓았으나 이미 거리는 떨어질 대로 떨어진 상태였다. 겁없이 공세를 펼치던 놈이 그렇게 빨리 도망가리라 예상하지 못했던 장악진은 생기 잃은 땅에 쟁기질한 꼴이 되고 말았다. 급히 내력을 수습하여 막당에게로 신형을 날렸는데, 도망가던 녀석이 다시 몸을 돌려 공세를 펼친다. 순간, 장악진은 깨달았다.

"헐. 내가 지금 이놈에게 휘둘렸구나."

지금 싸움에서 제일 중요한 것은 '빠른 제압'이었다. 아직 청성파에는 자신이 천외천의 수하라는 것을 모른 채 청성의 식솔로서 따르는 이들이 많았다. 조사전 내에서 벌어지는 소란이 오래 지속될수록 주변의 눈과 귀가 모여들 것이다. 막당을 제압하는 것은 문제가 되지 않았으나, 저 미꾸라지를 빠른 시간 내에 제압할 자신은 없었다. 장악진은 마음을 가라앉히

고 주변을 살폈다. 무려 일곱 명을 한꺼번에 상대하는 여인이
보였다.

콰르르르르!

"이 자식! 이 빌어먹을 자식들!"

한보의 불꽃성과 거친 고함 소리가 조사전에 쩌렁쩌렁 울
렸다. 모두를 빨리 제압할 요량으로 일곱 명이 선택한 표적인
한보는 쉽사리 제압되지 않았다. 푸른 불꽃이 한보의 주변에
퍼지며 놈들을 당황하게 만들었을 뿐 아니라, 한보를 향한 공
격들이 철권을 감당하지 못했다. 권과 각이 철권에 막힐 때마
다 매서운 반탄력이 일곱 명의 인자를 놀라게 만든다. 장악진
은 첫 단추가 잘못 끼워졌음을 깨달았다.

"수와 힘이 모두 앞서고 있었던 것이 오히려 해가 되었구
나, 커헐헐."

장악진은 쓰게 웃으며 한보에게 신형을 날렸다.

"날이 추우니 이 늙은이가 불 속에 뛰어들런다!"

강맹한 기운은 없었으나 속도가 너무 빨라서 감당하기 어
려웠다. 장악진의 신형은 어느새 한보의 앞에 있었고, 그 둘
을 푸른 불꽃이 감싸는 중이었다. 장악진의 내력이 끝을 알기
어려워 머리카락 한 올조차 불에 타지 않았다. 한보가 당황감
을 감춘 채 우철권을 뻗었지만, 장악진은 가볍게 피하며 한보
의 혈을 점했다. 비틀거리는 한보의 등줄기로 장악진의 검지
가 다시 날아들어 혈을 짚었다. 한보는 고꾸라지듯 조사전 바

닥에 코를 박았다.

"보아야, 졌어?"

저편에서 막당이 웃는 얼굴을 지우지 않은 채 물었다. 장악
진이 '옹야' 하며 마음 편히 막당 쪽으로 신형을 날렸다. 누
군가 한보를 향해 손을 뻗었는데, 동시에 장악진이 호통쳤다.

"그 계집을 건들지 마라! 신물을 가지고 있구나! 커커커!
모두 이쪽으로!"

곧 일곱 명의 흑의인이 장악진의 뒤를 따라 막당에게 달려
들었다. 막당이 마침 주강춘의 왼쪽 다리에 달라붙은 채 가랑
이 사이로 고개를 내밀다가 그 모습을 보고 대경했다. 주강춘
은 자신의 가랑이 사이로 검을 휘두르기 위해 꼴불견의 형세
를 취하던 참이었다. 막당이 '윽!' 하고 신음하더니 힘껏 외
쳤다.

"초구야! 같이 싸우자!"

퍼드드드드드득!

청성산에 있는 모든 새가 하늘로 날아오르는 것이 아닐까
싶을 정도로 엄청난 소리가 들렸다. 장악진과 일곱 흑의인은
그 소리를 무시한 채 막당에게로 달려들었다.

"칠성진(七星陣)의 위치로!"

흑의인들은 장악진의 명령에 따라 급히 바닥을 찼다. 한 명
의 흑의인은 장악진의 뒤를 그대로 따랐고, 또 한 명은 높이
도약하여 주강춘의 머리 위로 추락했다. 나머지 다섯은 칠성

진의 나머지 혈을 점하여 공세를 펼쳤다.

"으악!"

손도 쓸 수 없는 위세에 놀란 막당이 주강춘의 다리에서 멀어짐과 동시에 뱀처럼 기었다. 속도가 너무 빨라서 배에 수백 개의 다리가 달린 지네가 아닐까 의심될 정도였다. 하지만 흑의인 한 명이 막당의 앞길을 막는 것으로 시작하여 모든 공세가 그물처럼 회피자의 전신을 막았다. 막당은 자신에게 몰려들던 공격을 향해 고개를 기울이다가 뒤늦게 생각난 듯 외쳤다.

"제가 졌습니다!"

"멈춰라!"

장악진이 고함쳤다. 동시에 흑의인들이 공세를 회수하며 빠르게 막당의 몸 위를 지나쳤다. 오직 장악진만 막당의 목에 검을 겨누며 물었다.

"방금 졌다고 말했느냐, 아가야? 클클클."

"예, 졌습니다. 여기저기가 막혀서 피할 방법이 없었습니다."

막당이 웃으며 답했다. 장악진은 검을 세우고 다시 물었다.

"그 말은 곧 천외천의 수하로 들어오겠다는 뜻이렷다?"

때마침 초구가 '쾅!' 소리를 내며 조사전으로 들이닥쳤다. 초구는 입 주변에 눈과 흙을 잔뜩 묻힌 채로 콧김을 뿜다가 막당이 누워 있는 모습을 보았다. 마치 성난 황소처럼 앞발을 차는 모습을 보고 막당이 급히 말했다.

"초구야, 네가 너무 늦었어. 나 졌어."

하지만 초구는 앞발을 차는 짓을 멈추지 않았다. 변한 것이 있다면 초구의 코끝이 장악진이 아닌 막당 쪽으로 향했다는 점이다. 막당이 불안한 표정으로 초구를 흘기다가 장악진에게 물었다.

"아까 뭐라고 하셨는지 까먹었습니다."

장악진은 이미 막당에게 대답을 들을 마음이 사라진 상태였다. 장악진의 걸음이 주향상에게로 옮겨졌다. 주향상은 지속되던 내상을 견디지 못하고 한쪽 무릎을 꿇은 상태였다. 코에서부터 흐르는 선혈이 머문 입술이 가늘게 떨렸다.

"당신들의 무위가 이… 정도로……."

"이놈아, 네가 제일 센 놈을 골랐어. 클클클."

장악진은 웃음을 터뜨리며 검끝으로 주향상의 머리를 두드렸다. 그때 초구가 막당에게로 달리기 시작했다. 하지만 막당 주변의 누구도 이를 막지 않자, 초구는 급정지를 하더니 시시하다는 듯 몸을 돌려 조사전을 나갔다. 그제야 막당 주변인들이 대경하며 신형을 날렸다. 장악진은 고함쳤다.

"그놈도 신물이니 사로잡아야 해! 죽일 거면 아예 잡지 마!"

다섯 인영이 바깥으로 나갈 듯했으나, 그중 두 명은 초구가 반쯤 부쉈던 문을 닫는 역할을 맡았다. 조사전의 문이 닫히자 주강춘이 살기를 뿌리며 한보에게로 걸었다. 장악진은 주강춘이 디딜 걸음을 미리 점하며 웃었다.

"이 계집은 죽이지 않을 게다. 가지고 있는 신물이 심상치 않아."

주강춘이 잠깐 눈매를 찌푸렸다. 하지만 장악진의 명령을 따르듯 발길을 돌렸다. 이번에 향한 곳은 주변 눈치를 보며 슬그머니 일어나려던 막당이었다. 주강춘의 살기가 막당을 향했을 때 장악진이 또 한 번 걸음을 미리 막았다. 좀 더 일그러진 눈매가 장악진에게 쏘아졌다. 장악진은 검신으로 자신의 어깨를 두드리며 말했다.

"이 아이와 싸울 때 어떠했지? 컬컬컬."

"뭘 말입니까?"

"네가 감당할 수 있는 놈이냐?"

"물론입니다!"

주강춘은 성난 얼굴을 드러내고 싶었는지 복면을 벗었다. 눈매 주변을 제외한 얼굴 모두에 묵빛 문신이 새겨진 기괴한 용모였다. 주강춘은 막당을 향해 검끝을 내밀며 소리쳤다.

"외공이 특이하여 잠시 당황했을 뿐, 저보다 뛰어난 무위를 가졌다고 할 수 없습니다. 칠성 공력으로도 충분히 제압할 수 있는 자입니다!"

"알긴 아는구나, 컬컬컬."

장악진의 답이 혼란스러워 주강춘이 '부드득!' 하고 이를 갈았다. 장악진은 몇 걸음 걷더니 검신으로 막당의 머리를 다독이듯 두드렸다.

"이 괴이쩍은 무공을 익힌 내력이 궁금하다. 아니지. 그것뿐 아니지. 이놈이 정말 궁금해. 성격을 짐작할 수가 없단 말야. 컬컬컬. 변초에 대한 식견은 나를 따를 자가 세상에 드물어. 그래서 말인데……."

장악진은 멀뚱하게 자신을 바라보는 막당에게로 날카로운 이빨을 들이대며 웃었다.

"컬컬컬컬컬. 아까 네가 쓴 무공은 필시 공작천의 것이렷다? 무성신법과 고도공의 독상일주, 그리고 확실치 않은 잡다한 수작에 응용했던 그것은 분명히 독리다경이었어. 컬컬컬. 부상어소의 변초는……."

"정말 왜들 그러십니까!"

드디어 막당이 화냈다. 당장이라도 울 것 같은 모습이었다. 아니, 잘만하면 장악진의 멱살이라도 잡을 분위기다. 막당은 장악진 앞으로 뻗었던 손을 기울여 조사전 바닥을 '탕탕' 두드렸다.

"파황제일권이고 파천쌍익붕입니다! 자꾸 그러시면 저도 생각이 있습니다!"

한보는 혈을 당하여 움직일 수 없고 말도 제대로 꺼내기 어려웠지만 막당의 목소리가 생생하게 들렸다. 마침 움직일 수 없었기 때문에 막당의 목소리를 듣고 괜한 기대감이 생겼다.

'내가 지금 꿈을 꾸고 있구나. 그렇지 않고서야 당아가 자기 입으로 생각이 있다는 말을 할 리가 없어.'

몽중(夢中) 막당은 장악진에게 표절(剽竊)하지 않았다고 윽박지르면서 삿대질까지 하다가 결국 날카로운 이빨에 손가락을 물렸다.

"컬컬컬. 퉤이! 단맛이 나는 것을 보니 손을 오랫동안 닦지 않았구나. 청결한 청성파에서 이 무슨 무례냐, 컬컬컬."

"이들에게 시간을 주다가 낭패를 볼 수 있습니다."

주강춘이 싸늘한 목소리로 경고했다. 장악진은 잠시 어깨를 움찔했지만 웃음소리를 지우지는 않았다.

"컬컬컬컬. 바보 같은 녀석. 내가 하는 말을 조금도 이해하지 못하고 있어. 모르겠냐? 우리가 어째서 건곤자를 아직까지 살려두고 있었지? 그리고 내가 왜 지현이 그놈만큼은 꼭 생포해야 한다고 말했겠냐?"

주강춘이 비로소 탄성을 질렀다. 막당을 응시하는 주강춘의 눈매가 한결 부드러워졌다. 막당이 멀뚱하게 주강춘을 보다가 느닷없이 '공작천, 아닌 겁니다?' 하며 바닥을 '탕!' 때렸을 때, 두 흉적은 웃음을 터뜨렸다.

"그렇군요. 인정하겠습니다. 저놈이 오히려 적격일 수도 있겠습니다."

"그리고 저 계집도. 기회란 많을수록 좋지."

장악진은 한보를 흘기며 징그럽게 웃었다. 요철처럼 맞물린 이빨들이 조금씩 잇몸으로 빨려들고 있었다. 곧 장악진이 몸을 일으키며 검을 세웠다. 장악진의 걸음은 주향상 쪽을 향했다. 그 순간 주강춘이 눈살을 찌푸리더니 장악진의 앞을 막았다.

"잠깐만."

"이놈은 필요없어. 컬컬컬."

"제가 설득하겠습니다. 반드시 천외천의 큰 인물이 될 것입니다."

"네가 정을 두고 있구나. 저 아이가 계수(季嫂)를 닮아 그러는 게야. 이제 정신을 차릴 때도 되지 않았어?"

"다른 누구도 아닌 장현진 그놈의 유일한 제자이자 아들입니다. 놈이 살아 있는 한, 분명히 쓸 데가 따로 있을 것입니다."

"별 핑계를 다 대는구나. 컬컬컬. 알았다. 오이."

장악진은 검을 내리며 조사전 천장을 향해 웃기 시작했다. 막당이 주변 눈치를 보기만 하다가 장악진에게 혈을 당했다. 굳어버린 세 사람은 장악진이 보낸 신호를 듣고 몰려온 다섯 명의 청성도인에 의해 운반되었다. 주강춘은 직접 주향상을 어깨에 들쳐 메고 다른 방향으로 걸어갔다. 생명에 지장이 있으면 곤란하니 조금이라도 내상을 치료해야 한다는 주장이었다. 막당과 한보는 머리와 다리를 붙잡힌 채 그네처럼 흔들거리며 본의와 상관없이 산행했다.

두 사람과 둘을 이끌고 온 다섯 도사는 말라붙은 덩굴이 가리고 있던 동굴 입구까지 왔다. 겨울 서리에 생기를 잃은 덩굴 같았지만, 정작 손으로 내쳤을 때 거친 소리를 내며 밀쳐졌을 뿐 부러지지는 않았다. 동굴에 들어섰을 때, 덩굴들은 다시 원래의 자리로 돌아가서 입구를 막았다.

"누구 있습니까!"

불을 밝히고 한참을 걸었을 때 녹지현의 목소리가 들렸다. 막당과 한보가 뭐라 말하려 했지만, 아혈도 당한 터라 말이 나오지 않았다. 도사들은 묵묵히 포로를 끌고 가서 두 명이 갇힌 동굴의 자물쇠를 풀었다. 녹지현이 곧 다섯 도사에게 소리쳤다.

"사형들! 대체 제가 무슨 잘못을 지었다고 이러십니까? 우리 사부님도 풀어주시고 저도 좀 풀어주십시오. 그게 싫다면 밥이라도 주셔야 하지 않겠습니까? 사실 말이 나와서 말인데……"

스익.

"저도 말이 너무 많다고 생각하던 중이었습니다."

녹지현은 검날에 스친 콧잔등을 매만지며 구석에 틀어박혔다. 막당과 한보가 감옥 안으로 던져졌다. 도사들은 구석에 정좌하고 있는 손우강을 돌아보더니 공손하게 머리를 숙였다.

“이들의 혈도는 손 선배께서 풀 수 있을 것입니다.”

곧 다섯 도사는 불빛과 함께 사라졌다. 그때까지 눈을 감고 있던 손우강이 눈꺼풀을 꿈틀거리며 신음했다. 손우강은 녹지현에게 물었다.

“누가 왔느냐?”

“예전에 사부님께서 절 패실 때 더 때리라고 소리쳤던 여자 있죠? 그 여자랑 머리에 문제가 좀 있는 제 아우 놈이 왔습니다, 사부님.”

손우강의 입술에서 긴 탄식이 흘렀다. 때마침 밖에서 ‘철컹!’ 하며 뇌옥의 이중문을 잠그는 소리가 들렸다.

“잘 잠갔어?”

다섯 도사 중 한 명이 긴장하며 물었다. 언제 와도 소름 끼치는 동굴이기에 다섯 명 모두가 등에 식은땀을 지고 있었다. ‘예, 사형’ 이라고 대답한 도사가 열쇠 꾸러미를 흔들더니 질문했던 도사의 손에 쥐어주었다.

“그런데 말야.”

열쇠를 받던 도사가 혼잣말하듯 중얼거렸다.

“아까 그 남자 말야.”

“녹 사제 말인가요? 정말 말 많죠?”

“아니, 우리가 데려온 남자애. 신룡대협이라는 자.”

“예. 뭐가 잘못됐습니까?”

“뭔가 말했던 것 같지 않아? 우리가 감옥 안으로 던지기 전에.”

도사는 사형의 말에 잠시 고민하듯 고개를 기울였다. 덕분에 모두가 걸음을 멈추고 고민하는 도사를 응시했다. 주변 눈길이 부담된 도사는 뒤통수를 긁적이며 멋쩍게 웃었다.

“생각해 보니 아혈을 점했잖아요. 말을 할 수 있을 리가 없죠.”

“그래서 물었던 거야. 못 들었어? 너희들도?”

“예.”

도사들은 고개를 기울이며 다시 걷기 시작했다. 아마도 막당의 머리 쪽을 들고 있었기 때문에 낮은 신음성을 잘못 들었을 거라는 주장이 산길에 남았다.

“흠.”

손우강은 한보의 혈을 풀고 다시 한 번 탄식했다. 하지만 작금의 상황을 힘겨워하는 탄식이 아니었다. 손우강의 쌍수는 막당의 혈을 찾는 중이었다. 한참을 탄식만 뱉으며 혈을 풀 생각을 하지 않던 손우강이 끝내 말했다.

“얘야.”

“……”

막당의 입술에서 희미한 소리가 들렸다. 손우강은 혈을 찾던 손을 들어 막당의 머리를 쓰다듬었다.

“억지로 혈을 풀려고 하지 말아라. 오히려 그것이 혈의 맥을 비틀어서 풀기 어렵게 하는구나. 또한 네 몸도 성치 않을 것이다.”

막당의 턱이 살짝 흔들렸다. 찌뿌드드한 몸을 이리저리 휘돌리며 진정 중이던 한보가 막당의 턱을 보고 눈을 치켜떴다. 한보는 곧 예전의 일을 생각해 내고 손뼉을 쳤다.

“맞아요. 당아는 스스로 혈을 풀 수 있어요.”

“놀랍구나.”

손우강은 너털웃음을 흘리며 막당의 몸을 더듬었다. 혈이 풀리자 막당이 펄쩍 뛰며 일어서더니 사방을 두리번거렸다.

“초구가 보이지 않습니다! 따라오는 소리는 들렸는데 동굴 안으로는 들어오지 않았습니다. 한보야, 초구 부르자!”

“부르지 마! 지금은 부르지 않는 게 초구를 위해서도 좋아.”

한보가 막당을 진정시키듯 뒤에서 어깨를 부여잡았다. 막당이 울상이 되어 중얼거렸다.

“또 이상한 풀만 찾아내어 뜯어 먹을 텐데…….”

막당이 한보와 함께 자리에 앉자 손우강이 희미하게 미소를 지었다. 손우강은 말했다.

“초구가 누구인지 모르나 이곳으로 오는 것은 천부당한 일이다. 이 동굴에 들어오는 순간, 그 목숨뿐 아니라 우리들의 목숨까지 위험할 터.”

“벽력탄(霹靂彈)이라도 설치되어 있나요?”

“그보다 더 무서운 것이 있다. 헛허허.”

손우강의 웃음에 한보는 어깨를 으쓱했다. 주향상이 했던 말에 비하면 손우강의 상태가 나쁘다 하기 어려웠다. 손우강은 정갈하고 단정한 옷차림과 여유 가득한 정좌의 자세를 보여 도저히 포로 같지 않았다. 한보가 손우강에게 바짝 접근하여 탈출 모색의 방법을 고민하자는 제안을 했다. 하지만 손우강은 고개를 저었다.

"이 감옥은 한때 혈혼객(血魂客)을 가두었던 곳이다. 천하의 혈혼객조차 삼 년 동안 이 감옥을 빠져나가지 못했는데 우리가 별수있겠느냐?"

한보는 엉덩방아를 찧으며 넋을 잃은 듯 허탈하게 웃었다.

"요즘 따라 구천대제의 이름을 많이 듣네요. 하긴, 전 강호에 몸을 담은 지 얼마 안 됐으니까……. 그만큼 많이 빨빨거리며 돌아다니셨을 테니까 명성이 높아지셨겠죠? 강호에 들어서면 자주 회자되는 이름이겠네요."

"그렇지는 않다. 허허허."

손우강은 한보의 머리를 쓰다듬었다. 그 손이 자연스레 각을 이루며 여인의 머리를 돌렸는데, 마치 한보 스스로 고개를 돌려 감옥 입구를 바라보는 것만 같았다.

"저 문을 잘 보아라. 나무를 다듬지도 않고 그저 요철만 접하여 만든 허술한 문이 아니냐. 주변이 온통 바위인지라 저 나무와 완전히 접하지도 않았다. 내 일권만으로도 저 문은 충분히 부술 수 있을 것이며, 두 번째로 가로막은 문 또한 그렇다.”

“그럼 부숴요! 당아야, 나는 철권을 빼앗겼으니까 네가 해!”

“알았어!”

막당이 호쾌하게 답하며 벌떡 일어나더니 우권을 뒤로 당겼다. 그 순간 곱디고운 자태로 정좌하던 손우강이 펄쩍 몸을 띄우며 막당의 다리와 팔을 괴상한 자세로 끌어안았다. 둘이 바닥에 자빠졌을 때에야 비로소 손우강이 고함쳤다.

“안 된다!”

“안 됩니까?”

막당이 손우강과 누운 채 중얼거렸다. 손우강은 거칠게 숨을 몰아쉬며 가슴을 진정시켰다. 한보가 이상하게 여겨 주변을 둘러보니 구석에 박혀 있던 녹지현은 아예 거품을 물듯 넋 나간 얼굴이 되어 있었다. 손우강이 호랑이 같은 눈으로 한보를 노려보며 소리쳤다.

“이 녀석아, 중원 말은 끝까지 들어야 하지 않겠느냐! 저 문에 충격을 주는 순간 척촉호봉(蠋蠋胡蜂)이 떼로 몰려들 것이다. 이 동굴 주변은 온통 벌집이 가득하여 산짐승조차 범접하지 못하거늘 저 문을 부수면 어쩌자는 거냐?”

“게엑! 겨울에 벌이 돌아다녀요?”

“척촉호봉은 혹한 추위를 두려워하지 않는다. 눈에 파묻히거나 물속에 잠겨도 일 주야를 버틸 수 있는 괴충(怪蟲)이야.

이 감옥의 문은 모두가 벌집과 진동을 같이하고 있어서 문을 통하지 않으면 큰 낭패를 본다."

"불을 지르면 안 될까요?"

"벌집에 화기와 연기가 들어가면 위협을 느끼고 몰려들지 않겠느냐."

그제야 한보가 고개를 끄덕이며 좌절하듯 무릎을 끌어안았다. 손우강은 다시 정좌하더니 흐트러진 매무새를 바로잡았다. 막당이 조심스레 일어나 문을 노려보자, 손우강의 두 손이 평정심을 잃었다.

"아이야, 다시 앉아라. 부탁이다."

"예, 할아버지. 하지만 초구를 부르고 싶습니다."

막당이 울상 지으며 손우강의 앞에 앉았다. 손우강은 쓰게 웃으며 막당의 머리를 쓰다듬었다. 막당에게 뭔가 부족한 것이 있음을 알게 된 이유다. 한보가 시무룩한 얼굴을 유지한 채 손우강에게 물었다.

"이제 어쩌죠? 장문인의 배신을 정도맹에 알려야 할 텐데."

"우리의 몫은 아니겠구나. 허허허."

"혹시 도사님은 천외천에 대해 많이 아세요?"

"그 이름을 들어본 적 있다. 하나 천외선과 같이 강호사에 큰 관여를 하지 않을 인물로만 여겼다. 이는 노도의 큰 실수로다. 허허허. 건곤자라는 별호가 부끄럽구나."

그때 녹지현의 우울한 목소리가 들렸다.

"이제 우리 모두 죽겠죠, 사부님?"

손우강은 녹지현을 돌아봤다. 불룩 튀어나온 배와 초췌한 얼굴이 한 사람의 것처럼 보이지 않았다. 덕분에 울화가 치밀었지만 손우강은 입가의 미소를 지우지 않았다.

"죽음이 두렵느냐, 지현아?"

"세상에 죽음이 두렵지 않은 자가 어디에 있습니까?"

손우강은 큰 소리로 웃었다. 동굴 안이 흔들릴 만큼 커다란 웃음소리라서 한보와 녹지현의 얼굴이 창백해졌다. 손우강은 '이 정도는 괜찮다' 라고 말하며 손을 젓더니 녹지현을 불렀다. 녹지현이 조심스레 주변을 둘러보며 몸을 일으킨 뒤, 손우강의 앞에 무릎을 꿇었다. 손우강은 녹지현의 머리를 쓰다듬었다.

"어릴 때 가족의 죽음을 보았으니 네 심정이 이해된다. 하나 저들은 우리를 쉽게 죽이지 못한다. 내가 파계도사(破戒道士) 장악진에게 붙잡힐 때 그것을 보여주었으니까."

"그것이라뇨?"

녹지현과 한보가 동시에 호기심을 보이며 손우강에게 달라붙었다. 손우강은 자신의 두 손바닥을 응시하더니 한숨이 담겨진 음성으로 답했다.

"천외선 보제(菩提) 라마에게 전수받은 겁화천불(劫火千佛)이다."

비로소 한보와 녹지현은 천외선을 의식했다. 손우강이 처음 천외선을 언급했을 때는 그저 '그런 사람이 있구나' 정도의 관심이었지만, 이에 비롯된 무공이 자신들의 목숨을 연장하고 있다는 사실에 이르게 되니 신경 쓰지 않을 수가 없었다. 덕분에 녹지현과 한보는 무공이 아닌 천외선에 대한 물음부터 던졌다. 대답은 예상외로 실망스러웠다.

"그런 분이 있다. 나 또한 자세히 모르니 답할 게 없지. 무공을 전수받은 것도 내가 전달자이기 때문이야."

"전달자라뇨?"

"몇십 년 전부터 그분을 쫓는 자가 있다. 천외선은 자신을 쫓는 자를 무시했지만, 예상외로 집요하여 몇 번의 만남이 있고 행적에도 등을 보일 정도가 되었지. 때문에 근처를 수소문하여 가장 무위가 뛰어난 인물을 찾아갔다. 내가 무공을 전수받을 당시, 그분이 여행하던 곳은 출새(出賽)한 땅이었다."

"서역이군요."

한보는 고향을 떠올렸는지 힘 빠진 눈매로 손우강을 응시하며 중얼거렸다. 그 눈매가 녹지현에게도 있었다. 손우강이 선택한 것은 녹지현의 눈매였다. 손우강의 머리 속에 그려진 세계는 한보의 고향보다 훨씬 더 북쪽이었으며, 녹지현이 태어난 곳이었다.

"우루무치(烏魯木齊)는 그 이름대로 아름다운 땅이었지. 허허허. 네가 알다시피 그 지역에서 가장 큰 무위를 가진 자는 단연코 한 명뿐이었다.”

“예.”

녹지현이 길게 한숨을 뱉으며 대답했다.

“제 아버님이신 천산녹왕뿐입니다.”

“진짜였단 말예요?”

한보가 펄쩍 뛰며 고함쳤다. 녹지현도 펄쩍 뛰며 ‘안 믿었단 말이냐!’ 라고 소리쳤다. 한보는 흥분하여 떠들었다.

“그 말을 어떻게 믿느냔 말예요. 천산녹왕의 장자라고 말할 때는 동방 할아버지가 모든 일을 덮겠다고 말하기 한참 전이었다고요. 게다가 그때가 언제냐고요! 당아가 상관문의 정혼자라는 문제 때문에 어떤 방법으로 정도맹을 찾아야 하나 고민하고 있을 때잖아요! 천산녹왕의 장자라면 당아보다 몇백 배는 더 위험한 입장인데 거침없이 말해놓고서! 어디 그것뿐이에요? 동방진상 대협이 낙양에 오셨을 때, 당아 데리고 제일 먼저 달라붙은 사람이 누구였어요! 녹 오빠잖아요! 그러니 누가 녹 오빠를 천산녹왕의 장자라고 믿겠어요!”

“네 말을 듣고 보니 내 목숨이 위험했던 때가 있었구나.”

녹지현이 창백한 얼굴로 중얼거렸다. 곧 녹지현은 평정을 되찾았다.

“뭐, 어쨌든 살았으니 됐다.”

곧바로 딱! 참다못한 손우강의 우장이 녹지현의 뒤통수를 후려갈겼다.

"내 눈과 귀가 멀고 먹었구나! 어찌 너같이 철없는 놈에게 강호행을 시킬 생각을 다 했을꼬! 이제껏 살아 있는 모습을 보고 있는 게 신기하다, 이놈아! 지금 당장 팔굽혀펴기 오백 번을 하지 못할까!"

녹지현이 뒤통수를 어루만지다 말고 창백한 얼굴이 되어 두 손을 비볐다.

"사, 사부님! 여기 제 아우들이 둘씩이나 있는데 왜 그러십니까? 제 체면도 생각해 주십시오."

"에잉! 그놈의 배가 보기 싫구나. 오백 번이 끝나면 누워서 발을 모아 놀려라! 그 또한 오백 번이다!"

"차라리 죽여주… 악! 아이고! 잘못했습니다, 사부님! 당장 하겠습니다."

녹지현은 울음 섞인 목소리로 수련을 시작했다. 막당이 측은하게 여겨 곁에 자리를 잡더니 녹지현과 함께 팔굽혀펴기를 시작했다. 녹지현은 막당의 꼴을 보고 가슴이 철렁 내려앉아 필사적으로 속삭였다.

"하지 마, 이 바보 녀석아. 하지 말라니까."

예상대로 손우강이 명령했다.

"잘됐구나. 그 아이보다 움직임이 느리다면 경을 칠 줄 알아라."

좌절의 음성이 '네에……' 하고 감옥 안을 떠돌았다. 손우강은 수염을 쓰다듬으며 탄식하다가 한보를 돌아보며 쓴웃음 지었다.

"천외선이 천산에 이르러 녹왕을 찾았으니, 때마침 내가 그곳에서 녹왕께 바둑을 가르치던 중이었다. 녹왕이 천외선의 기운에 감복하여 크게 환대했으나, 그분께서는 모든 음식과 선물을 거부하고 한 권의 책만 건네주셨지. 그 책의 이름은 '보리산술(菩提算術)'이다."

"보리산술이오? 무공 서적이 아니라 무슨 계산서 같아요."

한보가 실소하며 농담을 던졌다. 그러자 손우강이 '계산서 맞다'라고 답하여 한보를 당황하게 만들었다. 손우강은 자신이 기억하던 보리산술의 몇몇 장을 떠올리며 중얼거렸다.

"녹왕도 나도 그 책이 귀한 것임은 알겠으나 도움이 될 수 없음을 알았다. 그것은 천외선이 불도의 이치를 수학(數學)으로 풀어 헤친 내용이었으며, 세상의 이치 또한 수(數)로써 담겨져 있었다. 녹왕은 그 책이 녹상문에 큰 해가 되리라 여겨 천외선에게 돌려줬다. 나 또한 녹왕의 뜻이 옳다 여겼다. 천외선은 우리 둘이 보리산술에 욕심이 없음을 알고 기꺼워하며 그 속에 담겨진 무공 중 하나를 해석하여 전수했으니, 그것이 바로 '겁화천불'이다. 천외선은 훗날 자신을 찾는 이를 만나면 이 무공을 알려주라는 말만 남기고 천산을 떠나셨다."

"음. 그래서 전달자군요. 전달은 하셨어요?"

"그전에 먼저 녹왕이 세상을 떠났으니……."

손우강은 부들부들 떨리는 녹지현의 팔을 응시하며 한숨을 쉬었다.

"마침 일 년쯤 전에 그자가 나를 안 듯하다. 녹왕과 함께 '겹화천불'을 전수받았음을 알았다며 언제고 청성에 들르겠다 하더라. 하지만 아직까지는 나를 찾지 않았다."

"그런데……."

"내가 그 무공을 시전하고 말았으니, 천외천이 그대로 죽게 내버려 둘 리 없다. 내게서 반드시 천외선의 무공구결을 빼앗으려 들 게야."

"근데요, 사부님. 헉… 헉. 그럼 혹시 제 아버님이……."

"나도 그리 생각한다. 녹상문을 친 것은 정도맹이 아니라 천외천이 분명할 터. 저들이 굳이 출세하여 천산까지 찾아가 피를 뿌린 것은 천외선의 보리산술을 노렸기 때문일 수도 있다."

"이런 빌어먹을, 천외선!"

녹지현이 호통치며 땅을 치더니 벌떡 일어났다. 그 순간 손우강이 빙긋 웃으며 말했다.

"오백 번 채웠느냐? 네 녀석이 녹상문의 혈겁에 달관한 지 오래임을 내가 모를 줄 알았나 보구나. 수작은 통하지 않으니 마저 채우거라."

녹지현은 다시 엎드리며 '쳇!' 하고 불평했다. 옆에서 막당이 '제가 두 번 앞섰습니다' 라며 속삭였다가 녹지현에게 꾸지람 들었다. 한보는 손우강에게 바짝 붙으며 눈에 힘을 주었다.

"절대로 놈들에게 무공구결을 알려주시면 안 돼요. 우리 모두 죽을 거예요."

"내게 그런 말을 해봤자 소용없다."

"네?"

"나는 그 무공을 시전했으니 명이 길지 않구나."

한보의 얼굴이 창백해졌다. 녹지현도 깜짝 놀라며 몸을 일으켰다가 '몇 번?' 이라는 손우강의 물음에 다시 엎드렸다. 녹지현이 팔을 굽히며 억울하다는 듯 외쳤다.

"정말로 사부님이 걱정되어 일어선 것입니다. 대체 무슨 말씀이십니까?"

"겁화천불은 인간이 익힐 수 있는 무공이 아니다."

막당과 한보가 동시에 떠올린 존재가 있었다. 한보는 곧바로 고개를 휘저었지만, 막당은 기뻐하며 외쳤다.

"초구가 있습니다!"

"돼지도 안 돼!"

한보의 고함에 손우강이 껄껄 웃으며 고개를 끄덕였다.

"그래, 돼지도 안 된다. 이제 보니 초구라는 이름의 대협이 아니라 돼지를 말하는 것이었구나. 아무튼 이 무공을 익히려면 그에 맞는 몸을 이루어야 한다. 내가 알기로 그 몸을 지닌 자는 천외선과 천외천, 그리고 그들이 동방에서 보았다던 천외존뿐일 게다. 아니지. 혹여 낙랑이 살아 있었다면… 아니, 아니다. 낙랑이라도 어림없다."

"사람이 익힐 수 없는 무공이라면 어떻게 시전하셨어요?"

"그래서 명이 줄었지."

손우강이 대수롭지 않게 답했다. 그리고 우수로 스스로의 옷을 쓸어 단정하게 다듬었다. 동굴 어디선가 '붕' 하고 벌들의 날갯짓 소리가 들렸다. '투덕' 하며 눈덩이가 떨어지는 소리도 몇 번 울렸다. 손우강의 정좌한 모습을 보고 있으려니 입술이 떨어지지 않아 한보는 오랜 시간 침묵했다.

녹지현이 입술 틈으로 숫자를 세는 것 외에 동굴 주변을 시끄럽게 하는 것은 없었다. 한보는 놀랐다. 자신의 두 눈이 계속 손우강의 얼굴을 보고 있었는데, 언제부터 눈을 감고 있었는지를 몰랐기 때문이다. 동굴 어디에 박혀 있을지 모르는 주홍빛 횃불은 이따금 바람에 놀라 빛을 흐렸다. 녹지현이 땅에 배를 붙이고 거칠게 숨을 몰아쉴 때 손우강은 천천히 눈을 떴다. 마른침을 삼키는 한보에게 손우강이 고개를 숙였다.

"감조차 늙지 않았다면 머잖아 그자가 청성을 찾을 것이다. 하나 그전에 내가 먼저 죽겠구나. 녹왕이 없는 지금 내가 할 일이 무엇이겠느냐. 또 다른 전달자를 찾아야만 한다. 하나 마음이 육체를 다스리지 못하는 자에게 잘못 전달한다면 나와 같은 꼴이 될 게 뻔하다. 무공을 탐하는 자가 겁화천불의 구결을 가슴에 안고 어찌 시전하지 않을까. 그 때문에……."

손우강은 갑자기 말끝을 흐렸다. 또다시 긴 침묵이 시작되나 여기며 한보가 입술을 굳게 다물었을 때 손우강의 눈썹이 꿈틀거렸다. 곧 손우강이 좌수를 치켜들더니 바닥에 엎드려 있던 녹지현의 등짝을 '빡!' 소리 나게 후려쳤다.

"네놈을 내 제자로 받아들였는데, 천하에 다시없을 불안한 놈이 되어버릴 줄 누가 알았더냐! 에이, 망신이다! 아비 망신에 사부 망신이야!"

"그게 왜 제 탓입니다! 아파 죽겠네!"

녹지현이 구석에 틀어박힌 채 울기 시작했다. 두 손을 뒤로 당겨 아픈 곳을 매만지려 했지만 손이 닿지 않는 지점을 정확히 때렸으니 원망스럽기만 하다. 녹지현의 원망스러운 눈과 마주하여 험악했던 손우강이 길게 한숨을 뱉었다. 그 한숨에 동굴이 무너지고 벌들이 몰려들까 걱정될 지경이었다. 대체 청성파의 무공을 익힌 자가 등에 손이 닿지 않는다는 게 말이 되는가!

"큰일이군, 큰일이야."

한숨의 여운조차 남지 않을 순간에, 동굴 밖에서 장악진의 한탄이 들렸다. 감옥 안의 네 사람은 어깨를 움찔하며 겨울바람이 들어서는 곳을 흘겼다. 감옥 입구를 여는 소리가 들리고, 터덜터덜 걷는 노인의 발소리도 들렸다. 그 속에서 장악진의 한탄하는 소리는 그칠 줄 몰랐다. 이윽고 장악진이 감옥 앞에 서서 네 명을 마주했다.

"미친 늙은이가 여긴 어쩐 일인가?"

손우강이 적대적인 눈으로 장악진을 노려보자, 상대 또한 곱지 않은 눈매로 혀를 찼다. 장악진은 곧 한보 쪽으로 시선을 옮겼다가 마지막으로 팔굽혀펴기에 열중하는 막당을 보았다. 막당이 자신에게 관심조차 갖지 않는 모습이 보기 좋았는지 이빨 하나 없는 입 구멍을 드러내며 웃기 시작한다. 한보가 표독스럽게 장악진을 쏘아보며 소리쳤다.

"너구리 같은 영감! 분명 그때 표국의 물건을 빼돌린 것도 녹 오빠가 아니라 당신일 거야!"

순간 녹지현이 어깨를 움찔하더니 '맞아!' 라며 장악진에게 삿대질했다. 하지만 장악진의 눈길이 자신에게 머물자 녹지현은 급히 딴청하듯 고개를 돌리며 중얼거렸다.

"사실 그건 나 맞아."

장악진은 웃음 띤 얼굴로 녹지현을 잠시 응시했다. 그러다 갑작스레 자신의 허벅지를 '탁!' 치더니 노래를 흥얼거리듯 말했다.

"이를 어쩌나, 큰일이지. 그래, 큰일이야. 내 어찌 이곳에 왔나 했더니 소식을 전하러 왔네그려. 컬컬컬. 난리가 났어, 난리가. 친족상잔의 비극이 어찌 난리가 아닐까."

막당이 팔굽혀펴기를 하다 말고 호기심 어린 눈으로 장악진을 응시했다. 장악진은 곤혹한 표정을 짓는 한보에게 또 한 번 잇몸을 드러내며 웃었다.

"상아, 그놈이 도망갔구나. 예쁜 소저는 좋겠네. 같은 편이 도주했으니 곧 정도맹에 사실을 알릴까? 아니면 아미파에 사실을 알릴까나? 켈켈켈."

"주 도사님이 도망갔다고? 우핫하! 잘됐다!"

한보가 장악진을 조롱하듯 큰 소리로 웃었다. 하지만 곧 웃음을 멈췄다. 장악진의 얼굴에 여전히 웃음이 맺혀 있었기 때문이다. 뭔가 불길한 느낌이 장악진의 뒤통수에서 꿈틀거렸다. 장악진은 한보의 굳은 표정을 확인하자마자 다시 허벅지를 때리며 흥얼거렸다.

"그놈이 제 숙부에 가슴에 칼을 박고 도망쳤지 뭐야. 하이고, 좋구나! 큰일이구나. 컬컬컬. 숙부는 피를 토하면서도 내 아가들에게 다른 길을 알려줘 조카를 구하려 하는데, 칼 박은 놈은 뭐가 그리 좋은지 신명나게 달리는구나. 곧 제 편 이끌고 큰아버지 가슴에도 칼 박으러 올까나. 컬컬컬컬컬. 좋다!"

그제야 한보는 장악진이 패륜을 즐거워하고 있음을 깨달았다. 장악진의 패악한 심성에 대해 분노하기보다 주향상이 마음속으로 겪을 슬픔이 안타까웠다. 한보는 장악진이 나타나기 전에 손우강이 뱉었던 한숨보다 더 긴 한숨으로 우울함을 달랬다. 장악진은 그런 모습을 기다렸다는 듯 감옥으로 얼굴을 좀 더 가져가며 가래 끓는 소리로 말했다.

"그 아이가 불쌍하지 않느냐?"

“…….”

“제 숙부 가슴에 칼을 박기까지 하며 도주했거늘, 이미 청성의 진세가 놈을 막고 있구나. 이 큰아버지가 곧 밖으로 나가서 놈의 심장을 빼어 가져오마. 컬컬컬!”

“이 노망난 늙은이야!”

참다못한 한보는 뇌옥 문을 주먹으로 후려치며 호통쳤다. 그 순간 장악진의 얼굴이 잠시 굳었다. 장악진은 침묵한 채 주변으로 눈알을 굴리더니 곧 안도의 숨을 쉬었다. 한보가 장악진의 속을 짐작하고 주먹을 뒤로 당겼다.

“거기서 움직이지 마! 한 발짝이라도 움직인다면 이 문을 박살 내겠어.”

“컬컬컬. 어리석은 계집. 죽을 때만 기다리는 늙은이 하나를 잡기 위해서 앞날 창창한 젊은이 셋과 청성의 건곤자를 죽여? 어디 해보려무나.”

“못할 줄 알고?”

“못할 줄 알아야 해! 네가 미쳤나?”

녹지현이 신형을 날려 한보의 다리를 부여잡았다. 이미 한보의 주먹은 힘껏 쏘아져 뇌옥 문을 후려치고 있었다. 녹지현이 눈물을 쏟으며 입 모양으로만 통곡한다. 주먹이 뇌옥 문에 닿았다가 다시 떨어졌을 때, 한보는 창백한 얼굴이 되어 물러서려다가 녹지현 덕에 엉덩방아를 찧었다. 손우강이 굳은 얼굴로 말했다.

"여아의 권(拳)이 단순한 듯 보이나 다양한 흐름이 속에 담겨 있거늘, 그와 똑같은 형세로 반탄하여 문에 미동이 없게 하다니. 허. 그 좋은 무위를 가지고 어찌 그리도 더럽게 사는가."

"내 마음이야, 컬컬컬."

한보가 화를 내며 일어서려다가 녹지현이 아직까지 자신의 다리를 부여잡고 있음을 알았다. 한보는 녹지현의 뺨을 우수로 밀치며 '내 다리 내놔요, 녹 오빠!' 하고 구박했다. 녹지현이 다리를 놓자마자 손우강이 뒤를 이어 한보를 잡았다.

"그만두거라. 내가 아무리 형편없어도 저런 늙은이 따위와 생을 바꾸고 싶지 않구나. 하물며 내가 백 명이 있어도 비견하기 부족할 너희들의 가치는 말해 뭣하겠느냐? 가게 놔둬라."

"컬컬컬. 건곤의 도리를 알았다는 게 헛소문은 아니구먼. 실은 나도 그걸 믿고 예 혼자 온 것이야. 예쁜 소저가 저리도 날뛸 줄 꿈에나 알았을까?"

장악진은 수염을 쓸며 조롱하듯 한보를 깔아봤다. 한보가 아랫입술을 물며 주먹을 떨자, 겁에 질린 녹지현이 조심스레 손을 내밀어 한보의 손등을 쓰다듬었다. 장악진은 감옥을 찾은 이유가 오직 한보 때문인 것 같았다. 한보의 시선에 수평을 맞출 듯 무릎을 굽혀 앉더니 집요하게 조롱했다. 말 한마디 한마디가 한보의 복장을 뒤집는 소리였고, 한보는 그 말을 들을 때마다 주먹을 떨었으며, 주먹이 떨릴 때마다 녹지현이 손등을 쓰다듬는 아부로 진정시켰다.

"억울하느냐? 이 늙은이가 하는 말에 억울함을 느끼느냐? 컬컬컬."

장악진은 이제까지 한보에게 짓던 조롱의 눈매를 지우더니 호랑이처럼 부릅떴다.

"네깟 년이 억울할 자격이 있다고 생각하느냐? 억울하고 싶고 복수하고 싶으면 그럴 위치에 있을 힘 정도는 가지고 있는 게 도리가 아니냐. 컬컬컬컬."

한보는 두 눈에 핏줄을 세우며 이를 갈았다. 장악진은 몸을 일으키면서도 웃음을 그치지 않았다. 주름 가득한 눈매 속에 담긴 시선이 잠시 손우강을 향했으나, 곧 한보에게로 되돌아갔다. 그때 동굴 밖에서 젊은 청년의 목소리가 들렸다.

"장문인께 급히 고할 일이 있습니다!"

장악진은 '켕!' 하며 코웃음을 치더니 몸을 돌렸다. 핏줄이 늘어나는 한보의 눈을 응시한 채 몇 걸음 걷다가 곧 고개를 돌려 사라진다. 한보는 고함을 지르기 위해 숨을 들이켰지만, 녹지현이 득달같이 달려들어 입을 막았다. 녹지현의 손바닥 안에서 '꾸아아아아아아! 하고 폭성이 터져 나왔다. 한참 동안 소리치던 한보는 자신의 입을 막았던 녹지현의 손을 팽개치곤 시체처럼 주저앉았다. 손우강이 '일권은 깊으나 일심이

얕아 스스로를 다스리지 못하는구나’라며 질책했다. 한보가 수긍하듯 고개를 끄덕거렸다.

“예전에도 이와 비슷한 일이 있었어요. 그때도 공작왕이 그랬죠, 힘이 필요할 거라고.”

한보는 세차게 머리칼을 휘저으며 손우강을 돌아봤다.

“제게 그 무공을 가르쳐 주세요! 힘을 갖고 싶어요! 저 늙은이가 주 도사님의 심장을 갖고 오는 꼴은 절대 못 봐주겠단 말예요!”

손우강은 고개를 저었다.

“왜 저자가 여기를 찾아와 그 말을 했는지는 생각해 보았느냐?”

“예?”

“청성파 내에 감옥은 많다. 그다지 넓지도 않은 이곳에 나를 두고 너희들을 두었던 이유가 무엇이겠느냐?”

그 순간 한보는 낮게 탄성을 질렀다. 손우강은 구결을 읊듯 몇 마디 중얼거렸다가 곧 고개를 저으며 말했다.

“전달자로서의 내 사명은 여기까지가 한계다. 저자가 자충수를 두었구나. 만약 장악진이 이곳에 오지 않았더라면 나는 너희들 중 한 명에게 구결을 전하는 우를 범할 뻔했다. 이제 겁화천불은 노도사의 고집에 담겨 땅에 묻힐 것이다.”

손우강의 말에 수긍하듯 한보와 녹지현이 동시에 고개를

끄덕거렸다. 그때 동굴 바깥에서 장악진의 호통 소리가 들렸
다. 한보가 깜짝 놀라며 문에 귀를 붙였지만, 그 다음의 소리
는 너무 작아 들리지 않았다.

29장

두 송이 꽃[雙花]

두 송이 꽃[雙花]

"그게 말이 되느냐!"

장악진은 분통이 터졌는지 발로 땅을 찼다. 두 명의 도사가 식은땀을 흘리며 입술을 떨었다.

"정말입니다. 스물여덟 명의 선후배들 중 누구도 살아남지 못했을 것입니다."

"바보 같은 놈들아! 그 아이들이 상아를 잡으러 간 지 고작 일 다경쯤 지났다. 그런데 두 명이라고? 그 짧은 시간에 스물여덟의 청성파 도사들을 죽인 흉수들이 고작 두 명이라고! 무량검과 공작왕이 합세해도 그렇게는 못할 게다!"

"하지만 사실입니다. 진세를 취한 그곳은 지금 피비린내가 가득하여 코를 막지 않고는 가슴을 진정시킬 수가 없을 지경입니다. 주 사숙의 생사도 알 길이 없으며, 그럴 겨를도 없습니다. 지금도 청성파 곳곳에서 형제들의 비명 소리가 들리고 있습니다.”

“대체······.”

참다못한 장악진은 신형을 날려 산길을 휘저었다. 얼마 달리지 않았는데 정말로 어디선가 비명 소리가 들렸다. 장악진은 두근거리는 가슴을 진정시키며 비명 소리가 들린 곳으로 방향을 틀었다. 곧 역겨운, 그러나 싱싱한 피의 향기가 장악진의 콧속으로 스며들었다. 너무 짙은 향인지라 장악진의 신형이 몇 번이나 비틀거렸다. 대체 얼마나 많은 사람들이 죽었기에 이토록 혈향이 짙단 말인가! 장악진은 자신을 향해 미친 듯 몰아치는 겨울 가지들을 몸으로 내쳤다. 비탈이 비틀리고 둔덕이 내리막 되니 모든 것이 곧 바람으로 화하여 장악진의 몸을 지나쳤다. 일순 장악진은 신형을 세웠다.

“이럴 수가······.”

“장문······.”

젊은 도사가 핏기없는 얼굴로 장악진을 응시하고 있었다. 살아생전 단 한 번도 보지 못했던 끔찍한 모습이었다. 도사의 머리카락이 눈 녹아 젖은 나뭇가지에 동여 매인 채였고, 그 아래로 머리와 몸뚱이가 조금씩 흔들렸다. 목 아래는 온통 붉은색이었다. 창백한 얼굴의 젊은 도사가 장악진에게 끊

임없이 말을 하려고 노력했지만, 목에서부터 치솟는 울음이
소리를 막았다. 고통의 비명조차 나오지 않는 듯했다. 도사
의 목살과 근육은 날카로운 것에 의해 베어진 상태였고, 팔
가죽이 모두 찢겨져 뼈를 드러내고 있었다. 몸뚱이의 무게는
목의 찢겨진 살을 조금씩 더 벌리는 중이었는데 그로 인해
척추가 조금씩 몸뚱이에서 뽑혀 나왔다. 어떻게 살아서 말을
하고 있는지 신기할 정도였다. 장악진은 도사의 음성에 귀를
기울였다.

"여인… 실……."

콰학! 쿠르륵!

몇 마디 말이 이어지기도 전에 도사의 목 주변에서 피가 솟
구쳤다. 몸뚱이가 바닥에 떨어졌고, 머리 아래로 요추까지 길
게 뽑힌 채 매달리니 영락없는 요괴의 모습이었다. 장악진은
피가 뚝뚝 떨어지는 그 끔찍한 모습을 황망하게 응시하다가
주먹을 떨기 시작했다. 곧 장악진의 잇몸에서 날카로운 이빨
이 솟구치기 시작했다.

"계집이라고! 어떤 미친년인지 얼굴 좀 봐야겠구나! 천하
의 마령화라 해도 내 반드시 찢어 죽일 터!"

파파파팍!

장악진은 또 다른 비명이 울려 퍼지는 곳으로 신형을 날렸
다. 분기탱천할수록 장악진의 땅을 짓밟는 위세가 지진이라
도 일으킬 듯했다.

"헉. 헉……."

조사전이었다. 오래전에 피웠던 화로가 아직도 불씨를 간직한 채 온기를 뱉었다. 주강춘은 조사전의 차가운 바닥에 대자로 누운 채 숨을 몰아쉬던 중이었다. 가슴에는 여전히 칼이 박혀 있었다. 주변에 네 명의 흑의인이 있었으나 누구도 칼을 뽑아주는 이가 없었다. 아니, 뽑을 수 없었다. 주강춘의 두 손이 검신을 움켜쥔 채 놓지 않았기 때문이다. 손바닥의 절반이 베었어도 주강춘은 검신에서 손을 떼지 않았다. 지혈제를 가지러 갔던 동료는 돌아오지 않는다. 지혈제가 영원히 오지 않을 것임을 깨달았을 때, 네 명 흑의인도 불귀의 객이 되어버렸다. 누가 누구의 몸인지 알 수 없는, 심지어 지금 조사전 바닥을 구르는 시체가 몇 사람의 것인지도 모를 만큼 수많은 살조각들이 피를 머금고 침묵했다.

"헉……."

"그 얼굴의 독문(毒紋)을 보니 나를 만난 적이 있는 놈이구나. 넌 누구냐?"

"헉……."

주강춘은 시선을 옮겼다. 장악진이 원망스러웠다. 진작에 죽었어야 할 몸에 혈을 짚어 생을 연장했으니 남는 것은 고통뿐이다. 주강춘은 가슴에서 벼락이 치자 인상을 한껏 찌푸렸다가 입술을 깨물어 진정했다. 그리고 흐릿했던 눈에 힘을 주어 상대를 확인했다. 주강춘은 경악했다.

"당신은… 너는……!"

"시체가 될 놈과 긴말 하기 싫다. 나를 만나고도 살아 있는 놈은 몇 없거늘. 대체 누구냐?"

주강춘은 넋 나간 얼굴로 상대를 응시하고만 있었다. 단 한 번 만났지만 결코 잊지 못할 모습이며, 오랜 세월이 지났음에도 불구하고 거의 그때의 모습을 하고 있는 여인이다. 마령화 권가연은 괴상한 모습을 한 또 한 명의 여인과 함께 주강춘의 곁으로 다가왔다. 권가연의 우수가 들리자 비로소 주강춘이 정신을 차리고 입을 열었다. 주강춘의 목소리가 분기를 이기지 못하여 심하게 떨렸다.

"네게… 필요한 것을 넘기고 목숨을 구한 자를 기억하느냐?"

그 순간 권가연의 두 눈에 불똥이 튀었다.

"기억난다! 나를 속이고 도망친 놈! 그 잘난 세 치 혀로 아직까지 살아 있었구나!"

"죽일 년! 큭흑! 허헉헉. 그래, 네년을 어찌 잊을까? 내 일가를 몰살한 네년을 어찌 잊을까!"

슈각, 권가연의 눈썹이 꿈틀거렸다. 당장 주강춘의 가슴에 박힌 검을 짓누를 듯 우수가 파르르 떨렸지만 권가연은 형세만을 고수한 채 말했다.

"알겠다. 네가 향 매의 동생 주강춘이구나."

"누님과의 친분이 있으니 내게 속았음을 알았다면 그냥 돌아가리라 믿었다. 쿨럭. 대체 그 머리에 뭐가 들어 있을지 궁금하구나. 친구의 일가를 죽이다니! 네년에게 상아가 있는 곳을 말하지 않았던… 헉헉. 말을 하지 않았던 것보다 옳은 선택이 어디 있었을까."

"홍! 길거리에서 우연히 만난 놈이 향 매의 동생이었을 줄이야. 그때 제대로 말했다면 너 혼자 죽는 것으로 끝났을 터. 하지만 대체 어떻게 아직까지 살아 있는 거냐? 왜 독문이 속으로 흐르지 않고 아직껏 얼굴에 달라붙어 있지?"

"천외천에게 구명받았다. 네가 내린 십 년의 명은 이미 명부첩이 거부한 지 오래다. 흑헉. 헉……. 그런데… 왜…… 왜 네년이 이곳에……."

"천외천, 그 애송이의 수작이었군. 새파랗게 젊은 놈이 별짓을 다 하고 다녔구나. 사방에 수작을 부리고서 나까지 이용해 먹으려 들어? 웃기지도 않군."

"상아를 찾으러 온 것이냐! 쿨럭!"

권가연은 주강춘의 고함에 매섭게 냉소했다. 입가에 맺힌 미소는 주강춘의 심장을 얼려 버릴 듯 싸늘했다. 하지만 권가연의 입술에서 흘러나온 한마디가 주강춘을 안심시켰다.

"제 어미를 쏙 빼 닮았더구나. 오다가 만났지. 호호호호호! 그놈에게 제자로 들어오겠냐고 물었더니 거절하더라. 그래서 살려 보냈다. 제자가 된다고 했다면 벌써 목이 달아났을 걸? 놈이 들어설 자리는 이미 이 계집애가 차지하고 있으니까."

주강춘이 안도의 한숨과 함께 시선을 옮기니 끝없이 침묵하는 여인의 상(象)이 보였다. 온몸이 검은 붕대로 칭칭 감겨져 있었는데, 그 속은 속옷조차 걸치지 않은 알몸임이 분명했다. 살이 드러난 곳은 오직 눈뿐이어서 주강춘의 평소 복색과 다를 게 없었다. 하지만 여인의 두 팔은 몸을 감은 붕대와 함께 묶여 있었다. 다리도 하나로 묶여 있으니 달리는 것이 불가능할 것이다. 마치 시체를 감싼 듯한 모습인지라 기괴스럽기까지 했다. 그런 여인의 눈. 눈은 달랐다. 물기가 고인 여인의 맑은 눈은 울고 있음이 분명했다. 주강춘은 여인에게 측은한 감정을 느끼며 한숨을 뱉었다. 한숨이 조사전 천장으로 흩어지자 권가연의 차가운 음성이 흘렀다.

"그놈을 살려둔 것으로 향 매에 대한 예는 다했다. 네놈처럼 독문만 남겼으니 십 년은 더 살 것이다. 이제 네놈을……."

"나는!"

주강춘의 외침에 권가연의 우수가 꿈틀거렸다. 가슴에 검이 박힌 자가 외치는 소리라고 믿기 어려웠다. 주강춘은 시퍼렇게 치켜뜬 눈으로 권가연을 노려보며 피를 토했다.

"나는 어찌해도 좋으니 당장 상아에게 가서 독문을 풀어라! 누님과의 우정에 조금이라도 진실이 담겼다면 반드시 지워!"

"닥쳐라!"

권가연의 우수가 끝내 검의 손잡이를 쥐어 눌렀다. 주강춘이 '끄악!' 하고 한껏 벌린 입으로 피를 토했다. 그 순간 권가연은 검을 뽑으며 그 끝으로 주강춘의 목을 눌렀다. 목의 살갗에 날카로운 끝이 박히며 핏물이 배일 때, 당혹감에 젖은 권가연의 목소리가 흘렀다.

"뭐냐? 이 검은……."

"끄으으……."

"네가 스스로 찔렀구나. 무슨 수작이었던 거냐?"

"도, 독문을… 지워……. 상아를… 보살피… 누님과……."

"무슨 수작이냐고 물었다."

"약속……."

차아!

주강춘의 머리가 조사전 바닥을 굴러 화로에 부딪쳤다. 곧 검은 붕대로 몸을 감싼 여인의 눈에서 물기가 짙어졌다. 권가연은 자신의 제자를 흘기더니 주강춘의 머리를 걷어차며 말했다.

"다시 보게 된다면 지워주마."

'가자!' 라는 외침과 함께 권가연과 제자는 조사전 바닥을 차며 밖으로 나갔다. 나오자마자 십수 명에 이르는 청성의 도사와 세 명의 흑의인, 그리고 장악진이 앞을 막고 있었다. 장악진은 톱니처럼 맞물린 이빨을 갈며 중얼거렸다.

"그드드. 빌어먹을. 정말로 마령화가 아닌가. 어째서 마령화가 이곳에 와 행패를 부리는 게야?"

"장악진, 이 요사한 늙은이 같으니. 감히 내 먹이를 건드리고도 무사할 줄 알았느냐?"

"먹이라고?"

반문하는 순간, 장악진의 뇌리를 스치는 생각이 있었다. 장악진은 기가 막혔는지 헛웃음을 터뜨리며 이마를 감싸 쥐었다. 곧 장악진이 톱니 이빨을 드러내며 살기를 뿜었다.

"미친 계집이구나! 내가 현진이 놈을 죽이려 했기 때문에 이 난리를 피운 게냐? 누구냐? 대체 누가 네년에게 그 일을 알린 게야!"

"염라왕에게 물어봐라. 주둥이는 남겨주마."

권가연은 거만하게 턱을 세우며 우수를 들었다. 순간 장악진이 '쳐라!' 하고 명령을 내렸다. 이십 명에 가까운 인영이 일시에 몸을 날리니 권가연과 그 여제자의 모습이 도복과 흑의에 가려질 지경이었다. 하지만 장악진은 그 틈새에서의 흐름을 확인하고 경악으로 입을 벌렸다.

콰콰콰콰콰!

"이 아이의 별호를 기억해 두거라!"

펑!

"크아악!"

“비상화(飛上花)! 이것이 피로써 강호의 끝을 볼 이름이
다!”

장악진은 눈으로 보고도 믿을 수 없었다. 검은 붕대로 온몸
을 감싼 여인은 허공을 자유자재로 날아다니며 겨울 하늘에
피의 호수를 만드는 중이었다. 마치 현무대협의 화살이라도
되듯 쾌속으로 비행하면서도 경로를 예측할 수 없을 정도로
빠르게 방향을 뒤트니, 그럴 때마다 도복이 피에 절고 살점이
조사전 앞마당에 우박처럼 떨어졌다. 권가연이 ‘비상화’라
칭한 여인의 무기는 붕대였다. 하얀 살이 잠깐 드러나면 그
살을 감쌌던 검은 붕대는 흑연검(黑軟劍)이 되어 상대의 명줄
을 노렸다. 사방에서 공격이 펼쳐질 때는 날개를 크게 펼친
공작처럼 눈부시게 빛나는 나신 주변으로 수십 개의 검은 연
검들이 회오리쳤다. 연검들은 하나하나가 생명을 가진 날개
처럼 제각각 움직이며 천수관음이 무리를 제압하듯 일시에
다수를 공략했다.

투투투투투툭!

장악진이 정신을 차렸을 때는 이미 이십 명에 가까운 인영
들이 이백 넘는 살덩이가 되어 바닥을 뒹굴었고, 핏물이 고이
고 고여서 발바닥이 젖한 부분을 모두 장악한 상태였다.

“컬…….”

장악진은 잠시 눈을 감았다 떴다. 발치 오른쪽에서 제일 가
까운 머리는 주향상과의 싸움에서도 우위를 점했던 흑의인의

것이었다. 천외천의 세력에서 이끌고 왔던 무인들 중에 주강춘을 제외하면 가장 강한 자였는데 일초를 견디지 못하고 목이 달아난 것이다. 장악진은 자신도 모르게 피로 이루어진 강에서 물러났다. 권가연보다 허공에서 자전하는 비상화라는 여인이 더 두려웠다. 장악진은 주름 가득한 쌍수의 모든 마디에 각을 주었다. 곧 손톱이 이빨처럼 날카롭게 자라났다. 천외천에게 직접 전수받은 유일한 무공이며, 청성에서 배웠던 모든 무공들의 수준을 비참하게 만들었던 야수공(野獸功)! 장악진은 비상화나 권가연을 제압할 생각은 갖고 있지 않았다. 아무리 천외천의 무공을 배웠다고는 해도 구천대제인 권가연과 정체불명의 위세를 보이는 비상화를 함께 상대할 수는 없었기 때문이다. 장악진은 야수공의 빠른 보법에 도움받아 도주할 셈이었다.

"컬컬컬. 대단한 계집이군. 좋아. 그 정도면 정말로 강호에 혈풍이 한 번 불겠어. 혹여 그 계집이 천기에 언급된 세 마리의 용 중 하나일지도 모르지."

웅. 웅. 웅.

비상화에게도, 권가연에게도 아무 대답이 없었다. 그저 권가연의 머리 위에서 자전하는 비상화의 회전음만 겨울 공기를 찢을 뿐이었다. 장악진은 동공을 고정한 채 기억을 더듬었다. 조사전 주변의 지형들을 떠올리니 도주하기 좋은 길 몇 개가 머릿속에 그려졌다. 그리고 또 하나. 권가연을 노려보던 장악진의 시선에 묘한 것이 잡힌 것이다. 장악진은 낮게 웃었다.

"컬컬컬컬. 이 늙은이가 눈이 침침해져서 미처 몰랐던 게야. 그랬군, 그랬어. 몸뚱이를 보아하니 환동(還童)조차 하지 못한 젊은 계집이거늘 어찌 그리 매서운 무공을 가졌나 했어. 은사(銀絲)로구먼. 마령화의 은사가 저 아이의 몸뚱이를 조종하고 있었던 게야. 네 뒤 조사전의 대들보가 올곧지 않은 선을 보이지 않았다면 미처 모를 뻔했구먼. 컬컬컬. 이제 보니 비상화는 신진고수라 부를 게 아니라 허수아비라 부르는 게 더 옳겠어. 컬컬."

"호호호! 허수아비는 네가 아니냐?"

권가연이 장악진의 웃음을 받으며 외쳤다. 장악진이 당혹하여 눈살을 찌푸렸다. 웅웅웅. 비상화의 회전 아래 권가연은 차가운 음성으로 겨울의 한기에 위세를 더했다.

"나를 이곳으로 데려온 자가 누군지 아느냐? 바로 네놈의 주군 천외천이야. 깔깔깔! 지금 청성산 부근에는 천외천이 얼쩡거리고 있을 터! 나이를 헛 먹었구나, 늙은이! 단지 청성파가 사도맹을 치는 것만으로 동방량과 금사희가 맞서리라 여겼느냐? 정도맹에게도 최소한의 구색은 있어야겠지. 청성파를 궤멸시킨다면 충분한 구색이 될 테니까. 아직도 모르겠느냐? 네놈이 장현진을 노려 부상을 입혔던 그 모든 과정을 말해준 것도 바로 천외천이야!"

“그럴 리 없다!”

장악진의 얼굴은 주름의 음영만 있을 뿐 핏기가 하나도 없었다. 마치 핏물과 경계를 이루는 하얀 눈밭을 보는 듯했다. 톱니 이빨이 ‘다닥다각’ 요동치고, 입술이 차갑게 식으며 각질이 보였다. 토하는 숨이 거칠어 청성산의 아침을 장악하는 안개처럼 김이 끝없이 솟았다. 권가연은 말했다.

“내가 그토록 찾았던 향 매의 아들 주향상을 만난 것도 우연은 아니겠지. 천외천이 이곳에 오면 다른 선물도 있을 것이라 했으니까. 깔깔깔. 새파랗게 젊은 놈에게 놀아난 늙은이의 꼴이 우습다. 깔깔깔!”

“그럴 리 없어! 아직 내겐 임무가 남았단 말이다!”

장악진의 호통에 권가연이 입가를 씰룩거렸다. 권가연은 차가운 미소를 지우지 않고 경멸하듯 장악진을 깔아봤다.

“그 임무가 뭔지 모르겠으나 있어도 그만 없어도 그만이거나, 성공할 확률이 희박한 임무가 아니었을까?”

그 순간 장악진이 비틀거렸다. 장악진은 정신을 수습하자마자 하늘에 맴도는 비상화를 노려봤다. 아니, 노려본 것은 비상화가 아니라 그 뒤의 하늘이었다. 동쪽. 장악진은 천외천이 있을 동쪽을 향해 눈을 부릅떴다. 살아서 도망치리라! 살아서 네놈을 찢어 죽이리라! 장악진은 머릿속에 그려놓았던 활로의 첫 점으로 발끝의 신경을 집중했다. 그 순간 장악진의 입에서 비명이 터져 나왔다.

“크흐헉!”

“허수아비가 될 만했군, 멍청한 늙은이.”

장악진은 몸을 둘 곳이 없어 어찌할 바를 몰랐다. 자신의 몸에서 한 치가량 떨어진 지점, 그것도 한 곳이 아닌 수십 방위의 곳곳에 엄청난 살기가 흐르고 있었다. 어디로 가도, 그저 몸을 움직이기만 해도 장악진이 얻을 것은 죽음뿐이었다. 대체 이 살기가 어디서 비롯되는지 알 수 없어 장악진은 식은 땀만 흘렸다. 살기 너머에서 권가연의 낮은 음성이 들렸다.

“내 생전 가장 더러운 꼴을 당한 적이 한 번 있지. 장현진! 네놈의 동생 얘기다. 나 혼자도 아니고 한 매와 협공을 했는데도 완패했다. 그 고고한 척 입 다문 얼굴에 눈물까지 흘리는 가증스러움! 그런 얼굴로 한 매의 숨통을 끊었다. 다른 누구도 아닌 나, 마령화 앞에서! 내가 그동안 무얼 했는지 아느냐?”

“대, 대체 이 살기가 무어냐.”

“실을 접었다.”

장악진의 치켜 떠진 눈이 권가연의 입술에 고정되었다. 삼십대로밖에 보이지 않는 여인의 얼굴은 증오로 뒤덮여 있었다. 권가연이 어깨를 움찔거리자 허공에서 맴돌던 비상화가 서서히 내려섰다. 권가연의 옆에 강시처럼 서 있는 비상화의 모습은 당장이라도 다시 떠오를 듯 가벼워 보였다. 권가연은 비상화의 몸을 감싼 붕대처럼 어두운 빛을 두 눈에 담은 채 말을 이었다.

"접고 접었다. 나의 모든 내력을 동원하여 실을 접었다. 접으면 다시 둥글어지고 그것을 접으면 또다시 둥글어진다. 내력으로 끝없이 짓누르고 접기를 반복하다 보면 보통 사람은 그 실을 볼 수가 없지. 하지만 그걸로 만족하지 않았어. 새로운 실을 꺼내어 똑같이 접었다. 그리고 두 실을 엮어서 다시 처음처럼 그것을 또 접었다. 그렇게 수백 개의 실을 엮고 접는 데 세월을 보냈지. 이제는 나조차 제대로 보기 어려운 그 실은 네놈의 몸 주변을 감싸고 있다. 장현진을 죽이기 전에 형의 살덩이를 맛봐야겠구나. 깔깔깔!"

"천잠사(天蠶絲)!"

장악진이 경악하며 외쳤다. 그 순간 권가연이 인상을 찌푸리며 우수를 휘저었다.

"미친 늙은이가 이 예쁜 나를 누에로 만드는구나!"

"끄아아악!"

바닥을 구르는 것은 장악진의 오른팔이었다. 장악진의 어깨에서 피가 쉴 새 없이 흘렀다. 하지만 여인의 한(恨)이 이루어낸 흉기는 단 한 방울의 피가 맺히는 것도 용납하지 않았다. 사람들의 입담에서만 오르내리던 환상 속 병기 천잠사와 같은 능력을 지닌 인공 병기는 너무도 가늘기에 피가 맺힐 자리조차 없었다. 권가연은 천하에 다시없을 악녀의 웃음으로 장악진의 귀를 괴롭혔다. 곧 왼팔이 잘리고 오른쪽 다리가 끊졌다. 비틀거리는 순간 장악진의 콧잔등이 혈선을 그렸다. 장악진은 급히 고개를 뒤로 물리며 중심을 잡았다. 그와 동시에 장악진은 처절한 비명과 함께 무너지듯 주저앉았다. 몸을 지탱하던 왼쪽 다리마저 잘렸던 것이다.

"네놈을 죽이지 않으마. 깔깔깔! 내가 천외천의 뜻대로 해 줄 수는 없지. 가자! 다음은 천외천이다!"

조사전 마당에 일진광풍(一陣狂風)이 불더니 권가연과 비상화의 모습이 사라졌다. 남은 것은 수많은 살덩이의 조각과 백설의 영역을 침범하는 핏물, 그리고 몸뚱이만 남은 장악진의 괴로운 신음뿐이었다. 장악진은 피에 전 두 눈을 부릅뜨며 천외천의 이름에 분노를 담아 끝없이 외쳤다.

"천외천… 천외천! 내 네놈을 갈가리 찢으리라, 천외천!"

분노로 벌어진 장악진의 입만큼이나 손우강도 크게 입을 벌렸다. 경악을 감추지 못하는 손우강의 얼굴을 보고 한보가 조심스레 물었다.

"당아에게 문제가 있나요?"

손우강은 대답 대신 검지를 입술에 세우며 조용할 것을 부탁했다. 덕분에 팔굽혀펴기를 지속했던 녹지현도 바닥에 엎드린 채 숨을 골랐다. 한보와 녹지현은 손우강의 눈치를 보며 굳게 붙은 입술이 떨어지기를 기다렸다. 막당의 전신을 더듬던 손우강이 한참 만에 입을 열었다.

“어째서 지금껏 입을 다물고 있었느냐?”

막당이 고민을 시작했다. 한보는 손우강에게 좀 더 막당에 대한 정보를 알려줄 필요성을 느꼈다. 그전에 먼저 막당이 말했다.

“조금 전까지 숫자를 세고 있었는데 할아버지께서 조용하라고 말씀하시어 입을 다물고 있었습니다.”

한보는 고개를 주억거리며 ‘이 정도면 충분하겠지’ 라고 중얼거렸다. 예상대로 손우강이 막당을 이해한 듯 질문을 바꿨다.

“천외선을 만난 적이 있느냐?”

막당은 단호하게 고개를 저었고, 한보와 녹지현은 입을 쩍 벌린 채 둘을 번갈아 돌아봤다. 손우강의 얼굴에 맺힌 곤혹스러움과 막당의 얼굴에 맺힌 ‘아무 생각 없음’ 은 감옥 안의 네 사람을 묘한 위화감에 빠뜨리고 있었다. 그때 어디선가 설움에 젖은 울음소리가 들렸다.

끼이이이이이이이!

“초구다! 초구야, 여기웁!”

한보는 손을 흔들며 외치던 막당의 입을 틀어막았다.

“이 멍청아. 동굴 입구에 있는 것 같은데 부르면 어쩌자는 거야? 괜히 불러서 들어오기라도 하면 벌 때문에 죽을 거라고!”

“웁!”

막당이 뒤늦게 벌을 생각하고 입이 막힌 채 펄쩍 뛰었다. 반면 녹지현이 흥얼거리는 소리로 '죽으면 먹지'라고 농담했다. 물론 그 말이 끝나자마자 생각을 바꾸며 '아차! 우리도 죽지!'라 외쳤다. 다시 한 번 초구가 '끼이이이이이!' 하며 깊은 밤 여우처럼 구슬피 울었다. 막당이 '오지 마, 초구야!' 라고 외쳤는데, 이번에도 한보가 입을 막았다. 축생은 주인을 닮는다고, 초구도 말귀를 못 알아들을까 두려웠기 때문이다.

"애야."

산만함을 제압하며 손우강이 말했다. 손우강의 눈은 아직까지도 막당에게서 벗어나지 않은 상태였다.

"정말로 천외선을 만난 적이 없느냐?"

"예."

막당의 짧은 대답에 손우강이 다시 한 번 신음했다. 막당의 몸을 다시 살폈던 것은 무인으로서의 욕심이 있었기 때문이다. 혈을 스스로 풀 수 있는 자라는 데 생각이 미쳤을 때 손우강이 떠올린 사람은 마교주 낙랑이었다. 정말로 막당이 '강정체'의 몸을 가지고 있는지 알아볼 요량으로 체내의 기운을 살폈는데, 상상도 못했던 부분이 놀라움을 주었다. 손우강이 발견한 것은 지문혈(地門穴)의 태동(胎動)이었다. 천외선에게 접화천불의 구결을 받지 않았다면 그런 혈이 있다는 것조차 몰랐을 손우강이다. 자신이 지문혈의 이 할가량을 뚫을 수 있었던 것도 불과 몇 달 전의 일이었는데, 지금 막당은 지문혈이 모든 혈과 소통된 채 잠을 자고 있었다.

"대체 이게 어찌 된 일이란 말이냐."

손우강은 낮게 신음하며 막당의 혈들을 두루 살폈다. 강정체라는 것을 알아낼 근거는 전혀 없었다. 당연했다. 강정체를 알아보는 유일한 방법은 점혈을 하고 그것을 스스로 풀어버리는 모습을 직접 보는 수밖에 없었기 때문이다. 만약 강정체라는 것이 지문혈과 관계가 있었다면 낙랑 시절에 이미 소문이 났을 것이다. 또한 지문혈 자체도 세상에 모습을 드러냈을게 분명했다. 낙랑 스스로가 자신의 체질을 이용해 무사들을키우려고 했다는 사실은 강호에 널리 퍼져 있었다. 수많은 의원들, 심지어 공작왕까지 낙랑에게 초대받아 강정체를 살피도록 했던 것을 모르는 자는 없었다. 다른 의원들이라면 몰라도 공작왕 금사희라면 낙랑의 신체가 다른 존재와 다른—만약 그것이 지문혈의 태동이라면—것을 진작에 밝혔음이 분명하다. 손우강의 생각은 점점 더 스스로를 혼란하게 만들어 미궁에 갇힌 꼴이 되었다.

"대체 당아에게 무슨 문제가 있는 거예요?"

참다못한 한보가 손우강의 곁으로 다가서며 물었다. 손우강은 한보에게 경고하듯 눈을 부라려 물러서게 했다. 입술을 뾰족하게 내민 채 불평하던 한보에게 손우강이 도움을 청했다.

"이 아이가 누군가에게 큰 기연을 얻었는데 아무래도 천외선 같구나. 하나 왜 천외선을 만나지 않았다고 하는지 모르겠다."

그제야 한보의 입술이 들어갔다. 한보는 손뼉을 치며 외쳤다.

"만약 천외선이 다른 사람에게 자길 만났다는 얘기를 하지 말라고 하면 절대 안 할 애예요!"

그제야 손우강이 감탄하며 '옳거니!' 하고 소리쳤다. 손우강은 막당이 마음에 들었는지 수염을 쓸며 웃음을 터뜨렸다. 마침 밖에서 초구가 울었기에 웃음소리와 잘 어울렸다.

"기연을 얻을 자격이 있구나. 분명 정도맹에 큰 힘이 될 아이로다. 그럼 이렇게 묻자! 네게 잠깐이나마 무공을 가르쳐 준 노인이 있느냐?"

그제야 막당이 힘차게 고개를 끄덕이고 가로저었다.

"예! 하지만 그것을 남한테 말하지 말라고 하셨습니다."

"그 노인이 어찌 생겼더냐?"

"소도 타고 다니시고 할아버지처럼 주름이 많습니다. 수염도 할아버지와 비슷하지만 좀 더 길고 하얗습니다. 어깨는 요만큼 좁으셔서 힘이 없어 보이시는데 이따만한 흙 가마니도 번쩍번쩍 던지십니다! 아, 얼굴 여기에 점이 요렇게 두 개 있습니다."

막당의 손짓 발짓을 곁들인 설명에 두 사람의 얼굴색이 변했다. 손우강은 실망한 듯 고개를 가로저으며 '천외선이 아니구나'라고 중얼거렸고, 한보는 입을 반쯤 벌린 채 막당 같은 표정을 지었다. 한보가 중얼거렸다.

"태사부잖아."

"뭐라고 했느냐?"

"제 태사부님을 말하는 것 같아요. 당아가 잠깐 동안 제 태사부님과 함께 살았거든요. 그런데 너한테 무공을 가르쳐 주셨다고?

그 순간 손우강의 뇌리를 스치는 생각이 있었다. 손우강은 도사답지 않게 다급한 손놀림으로 한보의 어깨를 부여잡았다.

"네 태사부가 귀향공이냐?"

"헉! 어떻게 아셨어요?"

"그렇구나! 이제 알았어! 이 또한 기연이로다! 하하하!"

손우강은 큰 소리로 웃음을 터뜨렸다. 한보와 녹지현이 영문을 몰라 손우강의 웃음이 그치기를 기다렸다. 손우강이 웃음을 멈추고 뭐라 말하려 할 때 또 한 번 초구의 울음소리가 들렸다. 이번에는 좀 더 서럽고 긴 울음소리였다. 막당이 동굴 바깥 쪽 방향으로 손을 휘저었지만 그것이 초구에게 보일 리 없다. 밖은 초구의 울음소리 외에는 너무도 고요해서 두렵기까지 할 정도였다.

"귀향공이 바로 천외선을 쫓는 자다. 천외선의 무공을 가장 많이 공부한 자 또한 귀향공일 것이며, 만남도 있었다 하니 지문혈을 태동시키는 것 또한 가능했을 터. 하지만… 하지만……."

"하지만 뭐요?"

"가능하다고 해도 가능할 리 없잖은가!"

녹지현이 손우강의 다리를 붙잡고 통곡하기 시작했다. 자신을 때릴 때 외에는 늘 근엄하고 차분했던 손우강이 지금은 스스로의 머리를 쥐어뜯으며 괴로워했기 때문이다. 녹지현의 통곡 속에서 '사부님께서 미치시면 저는 어쩌란 말입니까! 라는 말이 섞였을 때, 비로소 손우강은 진정했다. 덕분에 녹지현의 머리통엔 혹이 생겼으나, 한보는 그 결과를 달갑게 여겼다. 차분해진 손우강이 다시 막당의 머리로 손을 뻗었다.

"어디 보자. 귀향공이 대체 무슨 재주를 부렸을까."

지문혈은 한곳을 점하여 알 수 있는 혈이 아니었다. 뒤통수의 두 지점에 손을 짚고 좌우의 기운을 조율하여 추론할 수 있는 혈이 지문혈이다. 그 말은 곧 지문혈을 내력으로 태동시키기 위해서는 체내에 공격적인 강기를 불어넣어 충격을 주는 방법밖에 없다는 뜻이 되었다. 귀향공이 충격을 주는 부분까지는 가능하겠으나, 그것을 받는 이가 '일격필살'의 귀향공에게 사혈을 공격당하고 무사하다는 것은 말이 되지 않았다. 손우강은 자신이 딱 한 번 시전한 겹화천불이 좀 더 심오한 산술의 영역을 가지고 있다는 판단을 내렸다. 때문에 스스로의 미약한 정진이 아쉬워 탄식했다. 누구도 알아들을 수 없는 말로 길게 탄식했던 손우강이 한참 만에 입을 열었다. 막당을 향한 말이었다.

"마음을 바꿔야겠구나. 이곳에서 너를 만난 것은 하늘의 뜻이다."

"예?"

한보가 막당을 대신하여 물음했다. 손우강은 막당의 머리에서 손을 떼며 숨을 들이켰다.

"지금 네게 겹화천불의 구결을 알려주마."

"정말이에요?"

한보가 막당보다 더 기뻐하며 감옥 안에서 춤을 출 듯 날뛰었다. 덕분에 주변에서 낮은 진동이 일었으나 한보는 상관하지 않았고, 손우강도 만류하지 않았다. 녹지현이 불안감을 이기지 못해 한보를 진정시키려 했을 때, 소녀가 먼저 시무룩해지더니 '털썩' 주저앉았다. 심정 변화의 모습을 너무도 빨리 보여줬기 때문에, 녹지현은 새롭게 '네가 미치면 이 오라버니는 어쩌란 말이냐!' 라며 통곡했다. 발바닥과 닿아 있는 녹지현의 얼굴을 물끄러미 바라보던 손우강이 한보의 불평을 들었다.

"쉽지 않을 거예요. 당아는 구결을 이해하지 못할 게 뻔해요."

"그렇구나."

손우강이 한보의 뜻을 이해하고 탄식했다.

"보아하니 구결로 무공을 배울 아이가 못 될 듯싶다. 수순에 따라 행동으로 가르쳐야 할 터인데 그러기엔 이곳이 너무 좁으니 방법이 없다.”

“만약 배울 수 있다 하더라도 정말 당아가 괜찮을까요? 아 까는 인간이 배울 무공이 아니라고 하셨잖아요.”

“그것은 지문혈의 태동 때문이다. 지문혈을 뚫어야 혈류의 급속한 흐름을 조율할 수 있는데, 그 혈을 뚫는 것이 극히 어 렵다. 정도맹주 동방량이 제아무리 뛰어난 무위를 가지고 있 어도, 사도맹주 금사희가 제아무리 뛰어난 의술과 혈에 대한 지식을 가지고 있어도 모두 어림없다. 구결에 적힌 최선의 방 법을 통한다 해도 일 년에 일 할을, 육 년에 이 할을, 십이 년 에 삼 할을 이십사 년에 사 할을 뚫을 수 있는 것이 지문혈이 다. 모두 태동하려면 백 년으로도 부족하다.”

“근데 당아는 어떻게…….”

손우강은 대답을 고민하다가 두 손을 천천히 들었다. 머리 를 쥐어뜯기 전에 한보가 잽싸게 막으며 ‘충분한 대답이 되 었어요!’ 라고 외쳤다. 세 사람이 기이한 얼굴로 막당을 흘겼 다. 막당은 바깥의 초구가 걱정되었는지 감옥 문에 머리를 틀 어박고 울상을 짓던 중이었다.

“가르칠 수 있는 방법이 없을까요?”

“지금은 없구나. 이 좁은 곳에서 소란을 피우지 않고 가르 칠 수는 없는 일이다. 또한 밖으로 나간다 해도 장악진이나 그 외 천외천의 세력들이 낌새를 채선 안 된다. 그랬다가는 저 아이가 접화천불을 익히는 것이 오히려 해가 되리라.”

“휴.”

한보는 낙담하며 벽에 등을 기댔다. 막당이 혼잣말을 하듯 초구를 부르는 소리가 서럽다. 이런 천재일우의 기회를 놓치는 막당이 아쉽기만 했다. 어떤 방법이 없을까 고민하던 한보는 곁눈질로 손우강을 흘겼다가 눈을 치켜떴다.

“엇! 그거!”

손우강이 눈짓으로 별일 아니라는 뜻을 보였다. 한보의 얼굴이 창백해졌다. 비로소 한보는 손우강이 앉은 곳 뒤쪽의 벽을 의식했다. 그저 돌의 얼룩이라 여겼던 짙은 색이 달리 보였다. 손우강은 세 명이 모르는 새 피를 토하고 그것을 손에 담아 벽의 얼룩을 만들었던 것이다. 한보는 손우강이 말했던 ‘명이 길지 않다’ 는 말을 뒤늦게 실감했다. 불안감과 아쉬운 마음에 울상을 지었을 때, 막당이 좀 더 큰 소리로 칭얼거렸다.

“힝. 초구야아.”

끼이이이이이이이이!

밖에서 초구가 막당의 목소리를 들은 듯 이제까지 중 가장 서럽게 울부짖었다. 한보가 깜짝 놀라며 막당의 입을 막았는데, 그전에 먼저 입이 꾹 다물어져 있었다. 막당도 초구의 울음소리를 듣고 놀랐는지 스스로 입을 다문 것이다. 하지만 그 입은 한보의 손에 가려진 상태에서 한껏 벌어졌다.

콰아아아아앙!

"뭐얏!"

녹지현이 펄쩍 몸을 띄우며 비명을 질렀다. 천지가 뒤집혀질 듯, 동굴이 무너질 듯 엄청난 진동과 굉음이 사방을 휩쓸었다. 네 명 모두가 창백해진 얼굴로 주변에서 떨어지는 먼지를 응시했다. 어디선가 묘한 소리가 들렸다. 듣기만 해도 전신에 가려움증이 느껴질 만큼 작고 가늘고 끝이 없는 소리였다.

으이이이이이이잉. 잉잉잉잉.

"벌이다!"

녹지현이 거품을 물고 나자빠지며 외쳤다. 그 입이 멈추지 않고 계속 '벌이다! 벌이야!' 라며 고함친다. 그때 초구의 비명 소리가 들렸다. 벌들의 날갯짓 소리 속에서 '끼엑!' 하는 비명이 토해지더니 곧 폭풍이 땅을 떨치듯 폭음이 일었다.

콰콰쾅! 콰쿠구구구구구!

초구가 도망가는 소리가 분명했다. 수많은 벌들의 날개 소리도 그 뒤를 이었다. 막당은 더 이상 참을 수 없다는 듯 몸을 일으키더니 온 힘을 다해 문을 후려쳤다.

콰앙!

"……."

위이이이이잉!

"미친놈아! 이 미친 아우 놈아! 넌 아우도 아냐!"

녹지현이 대성통곡을 하며 두 손으로 머리를 감싸 쥐었다. 벌이 날아드는 소리가 점점 크게 들리더니 감옥 안에 바람이 불기 시작했다. 한보는 쌍철권이 없음을 안타깝게 여기며 자신의 두 주먹을 연신 두드렸다.

윙!

"에헥!"

한보도 녹지현도 입을 다물지 못했다. 천연 바위의 모퉁이를 돌아서며 모습을 드러낸 벌은 생각보다 많지 않았다. 하지만 한 마리 한 마리가 한보의 엄지만큼이나 커서 요괴(妖怪)처럼 느껴질 정도였다. 게다가 손우강이 무리한 요구를 했다.

"척촉호봉은 아홉 개의 침을 가지고 있다! 결코 몸통과 날개에 닿아서는 안 되니 머리를 노려라!"

"지, 진작 말씀해 주시지! 아까 시간 많을 때 왜!"

벌의 몸통으로 일권을 날리려던 한보가 급히 회수하며 외쳤다. 벌은 매서운 곡선을 그리며 한보의 몸으로 날아들었다. 그 순간 바람이 일더니 '퍽!' 하는 소리가 들렸다. 한보가 급히 몸을 뒤틀며 벌을 피했다. '턱!' 하는 소리와 함께 한보의 왼쪽 가슴에서 무게감이 느껴졌다. 가슴이 철렁하여 시선을 내리니 벌의 머리통이 노란 액체에 뒤덮인 채 옷자락에서 미끄러지던 중이었다. 한보는 '으에!' 하고 소리치며 옷자락을 털었다. 자신이 피한 것은 벌의 몸통이었다. 막당이 정확하게 벌의 머리통을 가격하여 찢어버렸던 것이다.

위이잉!

아직 동굴 저편에서 벌의 날갯짓 소리가 이어지고 있었다. 손우강이 한보의 앞으로 나서며 쌍수를 뻗었고, 녹지현은 감옥 귀퉁이에 엎드린 채 엉덩이만 내밀고 떨었다. 두 마리의 벌이 막당에 의해 머리를 잃었다. 하지만 다섯 마리의 벌이 새로 나타나서 십수 마리의 벌과 합류했다. 한보가 이를 악물고 고함쳤다.

"크아아아아아! 캭!"

쿠득. 콰!

붉다는 말로도 부족할 화염이 일었다. 한보의 양 중지 마디가 피를 흩뿌리더니 화염과 섞였다. 손우강이 놀란 듯 '혈화(血火)인가'라고 중얼거리며 고개를 저었다. 한보는 불꽃을 벌들의 무리에게 날리며 다시 손우강을 앞섰다. 그사이에 손우강이 검을 휘두르는 모양새로 춤을 췄는데, 반원의 보폭에 따라 서너 마리의 벌들이 추락했다.

위이잉!

"아이고, 나무아미타불! 태상노군이시여! 전신 치우님, 삼황 오제님, 저를 보살피소서. 복희님 여와님, 나무아미타불 관세음보살. 관운장이 보우하사 옴마니반메훔."

녹지현은 언급된 대상이 실존한다 해도 알아듣지 못해 도울 수 없을 정도로 산만한 기도를 하며 엉덩이를 떨었다. 바위의 모퉁이 너머에서 좀 더 많은 날갯짓 소리가 들렸다. 이제는 그 소리가 바람 소리와 같아 피할 수 없는 절망을 예고하는 듯했다. 한보가 처음으로 '초구 이 자식!'이라 외치며 울상 지었다. 모퉁이를 돌며 나타나는 벌의 수가 지금까지 상대했던 벌들보다 더 많았다. 쉴 새 없이 강기를 분출하며 벌들을 죽이던 손우강도 나지막하게 '끝났구나'라고 중얼거릴 정도였다.

뀌에에에에에에에!

동굴 바깥에서 괴성이 들렸다. 그 순간 벌의 수가 급격히 줄어들었다. 막당이 '초구야!'라고 외치며 미친 듯 주먹과 발을 날리니, 벌의 수가 늘어났다. 그것을 시작으로 재미있는 일이 벌어졌다. 초구가 막당의 말에 답하며 '끼에에에!' 울면 동굴 입구 주변의 벌들이 초구 쪽으로 날아가고, 막당이 초구의 울음에 답하듯 '초구야아!' 하고 외치면 이번에는 막당 일행 쪽으로 날아들었다. 손우강은 그것을 기회라고 여겼는지 '살 길이 있겠구나!'라고 중얼거리며 쌍장을 품에 안았다. 순간 한보는 손우강이 자신을 향해 살기를 뻗는다고 느꼈고, 그 기분은 막당과 녹지현도 같이 느꼈다. 손우강이 소리쳤다.

"지현이 이놈! 반대쪽 귀퉁이에 붙어라! 모두 다 그곳에 붙어 있지 않으면 낭패를 면할 수 없으리라!"

그 말에 한보가 먼저 감옥으로 다시 들어갔다. 손우강의 말을 따르기보다 자신에게 몰아치던 살기를 감당할 수 없었기 때문이다. 뒤이어 막당이 한보를 따라갔는데, 그때까지도 녹지현은 움직일 생각을 하지 못했다. 막당은 한보의 등에 바짝 붙어서 물끄러미 녹지현의 엉덩이를 바라보다가 땅을 박찼다. 녹지현의 엉덩이를 움켜쥔 막당은 자신의 손아귀 힘으로 그것을 당겼다. 녹지현이 '쾌액!' 하고 비명을 지르더니 '벌이 내 엉덩이를 잡아먹는다!' 라고 울었다. 막당은 재빨리 우수의 방향을 뒤틀어 녹지현의 목을 끌어안고 한보처럼 귀퉁이에 머리를 박았다.

습.

일순간 벌의 날갯짓 소리가 들리지 않았다. 조금 전까지 소란스러웠던 모든 세계가 정체불명의 차원으로 빨려들어 간 듯 침묵했다. 귀퉁이에 박았던 한보의 머리가 조심스레 돌아갔다. 뒤를 돌아본 한보는 손우강의 미소가 자신에게 머물러 있음을 알았다. 손우강은 입에 혈선을 그리며 희미하게 웃고 있었다.

"이것이!"

한보의 눈동자에 맺힌 손우강의 얼굴이 붉어졌다. 아니, 붉어진 정도가 아니라 불이 되어버렸다. 별조차 없는 깊은 밤의 모닥불처럼 빛을 발하며 스스로 화염이 되어 이목구비를 구분할 수 없었다.

쓰스으읍!

동굴 안 모든 것이, 심지어 사방을 채우던 벌들조차 손우강에게 빨려드는 것만 같았다. 습기가 맺혀 떨어질 듯 망울지던 바위 이슬도, 오랜 세월 금슬 좋은 부부처럼 달라붙었던 녹색 이끼도, 사계의 변덕을 견디며 끝내 제자리를 지켰던 거미줄도, 이제는 동굴의 일면이 되어 여름을 무색하게 했던 한기도 손우강의 몸을 향해 이끌렸다. 세상 모든 것이 손우강의 품에 안기어 시간을 지워 버릴 듯했다. 그때 화염 속에 벌어진 노란 섬광의 아가리가 외침을 이었다.

"겁화천불이다!"

콰구구구쿠!

동굴이 진동했다. 한보는 바위 모퉁이로 사라지는 손우강에게서 분명히 보았다. 자신처럼 몸 주변으로 불꽃을 일으키는 것이 아니라, 불꽃 그 자체가 된 노도사의 모습을. 전신에서 치닫는 빛과 잔상을 통해, 한보는 손우강이 한 말을 이해할 수 있었다. 인간이 아니다! 손우강의 모습은 화신(火神) 그 자체였다. 벌들의 날개가 저지르는 잔상의 두려움보다 손우강의 몸 하나하나가 일으키는 잔상이 더 두려웠다. 빛의 잔상이 동굴 안에 가득하며 손우강 주변의 모든 물체들이 놀란 메뚜기 떼처럼 사방으로 쏘아졌다.

쿠드등. 쿠드등.

속이 메스꺼웠다. 녹지현은 이미 토악질을 시작하며 한보의 종아리를 가린 천을 더럽히고 있었다. 동굴 저편으로 들리는 손우강의 걸음 소리와 그를 통해 느껴지는 기이한 진동은 감옥 안 세 사람을 끝없이 괴롭혔다. 모두 다 척촉호봉의 날개에 올라탄 기분이었다. 한보가 어지러움증을 이기지 못해 비틀거리자, 막당이 재빨리 허리를 끌어안으며 괜찮냐고 물었다. 그때 밖에서 손우강의 고함 소리가 들렸다.

"모두 나와서 도망치거라!"

그 말에 한보가 막당의 옷깃을 잡고 몸을 일으켰다. 정신이 사나워서 걸음하기조차 어려웠지만, 아랫입술을 질끈 물어 시야의 흔들림을 바로잡았다. 곧 막당도 몸을 일으켰는데, 그 우수에 녹지현의 옷깃이 잡혀 있다. 녹지현은 제발 마저 토하게 해달라고 애원하는 눈빛을 보였지만, 한보가 교묘하게 소매를 뻗어서 막당의 눈길과 녹지현의 얼굴 사이를 가렸다. 그렇게 하지 않았다면 막당은 녹지현이 마저 토할 때까지 기다려 줬을 것이다. 곧 셋은 신형을 날렸다. 한보가 먼저 달렸고, 막당이 뒤를 따랐으며, 괴로워서 말조차 꺼내지 못하는 녹지현이 팔랑거렸다.

"땅을 조심해! 벌을 밟으면 안 돼!"

한보의 고함 소리에 막당이 고개를 끄덕였고, 녹지현은 처음으로 벌들에게―시체였지만―청성의 무공을 선보였다. 보법만 따진다면 녹지현은 단연코 신성육장의 자격이 있었다. 세 사람은 단 한 마리의 벌도 밟지 않고 동굴 밖으로 나왔다. 저편에 두 무리의 벌들이 손우강과 초구 사이에서 오가는 것이 보였다. 한보는 망설이지 않고 두 주먹을 부딪쳤다. 중지 마디의 터진 살이 이번에는 약지 마디에서 드러났다. 핏방울이 허공을 맴돌다가 불꽃에 삼켜져 또 한 번 혈화를 일으켰다. 한보는 그것을 주먹에 담고 나무를 후려쳤다.

"당아야! 이 불을 사방에 퍼뜨려!"

한 그루의 불타는 나무가 막당의 품에 안겼다. 한보가 창백해지며 '그, 그렇게 말고!' 라고 외쳤지만, 이미 막당은 그것을 다른 나무에 내밀고 있는 중이었다. 막당의 옷에 불이 붙었다. 하지만 아랑곳하지 않고 끝내 불을 붙인 막당은 다른 나무에도 그 짓을 하다가 한보에게 얻어맞았다. 한보는 나무를 걷어차서 뿌리 쪽이 허공으로 향하도록 기울이더니 아직 불이 붙지 않은 부분을 온몸으로 받치며 도움을 청했다. 막당과 한보가 나무를 사이에 두고 포옹한 채 또 다른 나무를 향해 달려갔다. 아직도 눈의 습기를 머금었던 나무들이 매캐한 연기를 뿌리면서 말라붙었다. 곧 네 개의 나무가 불이 붙어 하늘 높이 솟구치는 구름을 이루었다.

휘아아악!

겨울바람이 매섭게 불자 사방에서 비가 내렸다. 나뭇가지에 얹혔던 눈덩이들이 일제히 녹기 시작했으며, 눈덩이 또는 비가 되어 떨어져 내린다. 동굴 주변은 연기에 둘러싸여 숨을 쉬기 어려울 정도가 되었다. 한보의 뜻을 알아차린 손우강과 초구가 동시에 달려오니 서로의 거리가 좁혀져 벌들이 한 무리가 되었다. 하지만 연기가 저들을 몰아치자, 곧 흩어지며 제각각 떠돌았다. 초구는 드디어 막당을 만나 기쁘게 배를 들이받았다.

"어서 저쪽으로!"

손우강이 검지를 뻗은 곳은 가장 심하게 연기가 흐르는 곳이었다. 열기에 의해 습기 빠진 나무들이 폭발하듯 불꽃을 뿜기 시작했다. 세 사람과 한 마리, 그리고 수동적인 한 사람은 산불이 가장 지독한 위협을 발하는 지점을 가로질렀다.

콰두득! 콰!

"콜록! 콜록!"

시원한 바람이 정면에서 얼굴을 적셨을 때, 네 명 모두 눈을 떴다. 눈물 가득한 네 사람의 동공에 청성산의 백설과 고동이 맺혔다. 한보가 안도의 숨과 함께 불평했다.

"이렇게 불과 자주 만날 줄 알았으면 수공을 익힐 걸 그랬어."

"불에 뛰어드는 것도 부족해서 불을 직접 지르더니 감히 불평까지 하냐!"

녹지현이 소매로 얼굴 주변을 훔치며 화냈다. 토악질과 눈물과 침과 검댕이 가득하여 꼴불견이었는데, 그것이 모두 소매로 가버리니 고위 관리의 비단옷에 새겨진 문양으로 둔갑했다. 한보가 '으엑!' 하며 느끼한 표정을 지었다가 뭔가가 무너지는 소리에 놀라 고개를 돌렸다. 손우강이 고개를 앞으로 꺾은 채 주저앉아 있었다. 한보는 대경하여 손우강의 어깨를 부여잡았다.

"도사님, 괜찮으세요?"

손우강은 대답 대신 고개를 치켜들었다. 그것만으로도 충분히 대답이 되었다. 손우강의 입 아래로 전신이 피에 젖어 있었기 때문이다. 손우강은 접화천불을 시전하기 직전에 보여줬던 희미한 미소를 머금은 채 중얼거렸다. 귀를 기울이지 않으면 들을 수 없을 정도로 작은 소리였다.

"나를… 부축하거라."

한보가 손우강의 팔을 들어 어깨에 둘렀다. 그 순간 손우강의 어깨뼈가 '득' 소리를 내며 빠져 버렸다. 한보는 깜짝 놀라며 손우강의 허리를 급히 감쌌는데, 갈빗대에서 '스득' 소리가 들렸다. 마치 썩은 나뭇가지를 잡은 듯하여 한보는 겁에 질렸다. 손우강은 고통을 느끼지 못하는 듯 미소를 지우지 않았다.

"저곳이면 되겠구나."

창백한 얼굴은 말을 할 때마다 더 심해져서 손우강이 말한 곳에 도착했을 때는 빛이 나는 게 아닐까 여겨질 정도였다. 막당과 한보, 그리고 녹지현이 손우강 앞에 무릎을 꿇었다. 정좌한 도사는 조심스러운 동작으로 자신의 어깨뼈를 바로 맞추더니 가슴을 곱게 다스려 큰 흔들림 없이 피를 토했다. 쉴 새 없이 목울대를 꿈틀거리는 것을 보면 격한 기침을 억제하기 위해 노력하는 듯했다. 근골이 너무 약해졌기 때문에 심한 움직임만으로도 목숨을 잃을 가능성이 높기 때문일 것이다. 피는 손우강의 입가에서 끊임없이 새 나왔다. 한보가 울먹거리며 어찌할 바를 몰라 할 때 손우강이 입술을 달싹거렸다. 이번에도 속삭이듯 작은 음성이었는데, 스스로의 몸을 최소로 운용하기 위해 복화술을 쓰는 것이 분명했다.

"너희 둘은 잠시 물러나 있어라."

한보는 손우강의 눈동자를 통해 그 두 사람이 막당과 자신을 말하고 있음을 깨달았다. 한보가 막당의 손을 부여잡고, 막당은 초구의 귀를 부여잡은 채 바람이 부는 곳으로 걸어갔다. 산불은 야밤의 순찰대가 두드리는 나무 소리를 내며 기승을 부렸다. 하지만 네 사람이 있는 곳이 바람 부는 곳인지라 불꽃과 연기가 경계를 이루듯 접근하지 않았다. 한보는 손우강과 녹지현이 마주하고 있는 모습을 지켜봤고, 막당과 초구는 불안한 눈으로 산불의 발광을 감시했다. 얼마 후 녹지현이 눈물 가득한 얼굴로 둘을 찾았다.

"들어라."

손우강은 막당과 한보가 곁으로 오자 희미한 목소리로 말했다. 이번에는 녹지현이 몸을 일으켜 막당과 한보가 있었던 자리를 향해 걸어갔다. 몇 번이나 눈물을 훔치는 녹지현의 뒷모습에 한보의 코끝이 절로 찡해졌다. 손우강은 눈짓으로 한보의 손을 바랐다. 한보의 손이 손우강의 두 손을 조심스레 잡았건만 '지극' 하며 부서지는 소리와 진동이 느껴진다. 한보의 뺨으로 눈물이 가득 담겨 그칠 줄을 몰랐다.

"네 태사부가 귀향공이라고 했으니 전달자로 적격이다."

손우강의 입술이 달싹였다. 그 입술에 청색이 어려 있었다. 한보는 점차 어두워지는 손우강의 흰자위를 보고 소리쳤다.

"버, 벌에 쏘이신 거죠!'

"들어라."

손우강이 다시 말했다. 이어지는 손우강의 음성은 희미했으며 이해하기 어려웠다. 한보는 그것이 겁화천불의 구결임을 알고 자순(字順)을 기억했다. 걱정했던 것보다 몇 배는 더 짧은 구결이어서 외우기는 편했으나 이상한 기분이 들었다. 손우강이 구결을 마치고 몇 번 가슴을 떨더니 경직된 얼굴로 말을 이었다.

"중요 구결만을 말했으니 그 사이의 구결은 귀향공이 스스로 알 것이다. 이대로 수행하면 겁화천불이 아니라 스스로를 망치는 자살과 진배없으니 너는 이를 시전할 생각 말고 그저 구결만 전해라."

한보가 힘차게 고개를 끄덕였다. 손우강은 곧 미소의 방향을 막당에게로 돌렸다. 파랗다 못해 검게 변색된 입술 틈으로 울현과 탄식이 흘렀다.

"네게 꼭 전수하고 싶었는데 아쉽구나. 큽!'

갑작스레 손우강이 몸을 뒤틀었다. 깜짝 놀란 한보가 급히 고함쳐서 녹지현을 불렀다. 우득! 드드득! 손우강이 몸을 뒤

틀수록 전신에서 뼈가 부서지는 소리가 들렸다. 녹지현이 급히 달려와 손우강의 앞에 도달하기도 전에 무릎부터 꿇고 죽미끄러졌다. 그 순간, 손우강은 고개를 꺾었다. 녹지현은 손우강의 어깨를 붙잡았다가 뼈를 부러뜨리고 말았다. 기겁하며 손을 치웠지만 곧 다시 잡아야 했다. 뼈가 부러졌는데도 손우강이 아무런 반응을 보이지 않았기 때문이다. 녹지현은 자신의 사부가 죽었음을 깨닫고 허탈한 웃음소리를 냈다.

"하하. 사부님도 가십니까?"

오른쪽에서 차가운 바람이 불고, 왼쪽에서 뜨거운 열기가 맺힌다. 세 사람 모두 침묵한 채 손우강의 앞에서 무릎만 꿇고 있었다. 막당은 우울한 얼굴을 불로 향했다.

"누구와 싸워야 할지 모르겠습니다."

막당이 바라보는 화염은 끝없이 이글거렸다. 당장 저 불을 향해 뛰어들어 숨을 막는 연기와 살을 태우는 불꽃을 제압할 태세다. 한보는 막당의 손을 굳게 쥔 채 찡그린 얼굴 가득 눈물을 흘렸다. 한 송이 백화(白花)가 한보의 머리에 떨어졌다.

"눈이다."

막당이 중얼거렸다. 눈송이가 곧 하늘을 덮기 시작했다. 하지만 불길 치솟는 저편의 청성산은 눈을 비로 받아들였다. 조심스레 다가온 초구가 '끼익!' 하고 울자, 한보는 별안간 주먹을 움켜쥐며 몸을 일으켰다.

"초구 이 멍청한 돼지새끼! 너 때문이……."

"아니라더라."

핏발이 가득 맺혔던 한보의 눈이 녹지현에게 돌아갔다. 녹지현은 여전히 눈물을 흘리며 손우강을 보고 있었다. 녹지현의 흔들리는 목소리에 초구가 다시 한 번 울었다.

"어차피 두 시진을 버티기 힘든 몸이셨다고 했다. 오히려 사부님께서는 초구가 무공을 아는 신묘하고 영특한 동물이라며 고마워하셨다. 오죽하면……."

한보의 악쥔 주먹이 풀어질 때 녹지현의 주먹에 힘이 들어갔다. 녹지현은 자신의 곁에서 얼굴을 들이밀던 초구에게 우권을 날리며 외쳤다.

"이놈에게 가르칠 무공구결까지 전수해 줬을까! 빌어먹을 놈!"

초구가 신형을 날려 뒤로 피하는 바람에, 녹지현은 중심을 잃고 둔덕을 굴렀다. 빌어먹을 놈! 빌어먹을 놈! 난 두 개인데 왜 넌 세 개야! 뜻을 알 수 없는 녹지현의 고함 소리가 잠시나마 나무 타는 소리를 지웠다.

"불이 났군. 하늘 구름이 너무 짙어 저 연기가 대신하려나?"

권가연이 고개를 들며 쓰게 웃었다. 이미 청성산을 벗어난 권가연은 뒷짐 진 손에 투박한 밧줄을 쥔 채 걸었다. 그 밧줄의 또 다른 끝은 뒤를 따르는 여인의 우수가 쥐고 있었다. 전신을 검은 천으로 감싸고, 차양의 폭이 넓은 모자를 쓴 비상화는 예의 그 검은 붕대로 얼굴을 뒤덮은 채 침묵하는 중이었다.

"흥! 저기 있구나."

권가연이 냉소했다. 정면으로 길게 뻗은 오솔길에는 아무도 보이지 않았다. 하지만 권가연은 매서운 살기를 뿌리며 성큼성큼 걸었다. 갑작스럽게 빨라진 걸음 때문에 뒤를 쫓던 비상화가 앞으로 고꾸라질 뻔했다. 비상화가 가까스로 중심을 잡자 권가연이 흘깃 뒤를 돌아보곤 '끌끌' 하며 혀를 찼다. 다시 고개를 앞으로 돌리니 아무도 없던 오솔길의 한 자락에 세 인영이 세워져 있었다.

"천외천, 겁도 없구나. 나를 이용하고도 이곳에 발을 처박고 기다렸다니."

권가연이 차갑게 말했다. 곧 세 인영 중에서 가운데 있던 자가 한 걸음 나섰다. 셋 중 가장 젊은 용모를 한 자였다. 권가연이 천외천이라 칭한 자는 이제까지 바닥으로 깔고 있던 시선을 들었다. 눈꺼풀을 크게 열고 드러낸 동공은 소름 끼칠 만큼 검었다. 오솔길 주변의 모든 것이 동공에 빨려들 것같이 검고 검어서 흰자위와 얼굴이 백설처럼 하얗게 보일 지경이었다. 그에 더하여 천외천의 기다란 머리칼도 동공만큼이나 검었다. 천외천은 뒷짐을 진 채 권가연의 앞으로 몇 걸음 더 걸었다.

"도움을 준 기억밖에 없는데 어찌 살기를 담고 계십니까?"

권가연은 눈살을 찌푸렸다. 몇 번을 들어도 기이한 목소리였다. 앞에 선 자신뿐 아니라 청성산 주변의 모든 사람들이 들을 수 있을 것 같은 음성. 목소리는 천외천에게서 흐르는 것 같지 않았다. 주변의 나무들이, 조금 전부터 떨어지기 시작한 눈송이들이, 가끔씩 옷자락과 볼을 스치는 바람들이 일제히 입을 모아 외치는 듯한 음성이다. 권가연은 움찔거렸던 발이 부끄러워 짐짓 한 발 나섰다.

"어른을 업신여기는구나. 네 수작을 모르리라 여겼다면 오산이다. 그것을 지금 후회하게 만들어주마."

"마령화께서 하신 말씀이 옳다 여기십니까?"

"무슨 소리냐?"

"조금 전에 제게 하신 말씀이 모두 옳다 여기신다면 곱게 목을 내밀겠습니다. 하나 한 가지라도 틀린 것이 있다면 다음을 기약하심이 어떻겠습니까?"

권가연은 천외천의 말을 고민했다. 옳고 그름은 자신이 결정하는 것이다. 또한 그 결정의 근본에는 마령화라는 존재가 지니고 있는 힘에 있었다. 천외천이 자신을 업신여겼다고 판단했다면, 그것은 업신여긴 것이 맞았다. 상대가 수작을 부렸다고 판단했다면 상대는 수작을 부린 것이 분명하며, 후회하게 만들어준다고 결심했다면 힘의 차이에 따라 그 선택이 옳고 그를 수 있었다. 권가연은 천외천이 자신을 상대로 승산을 가지고 있다 여겼기에 저런 말을 한다고 판단했다. 곧 분기탱천한 여인의 우수가 천외천을 향해 쏘아졌다.

"귀찮게 사는 놈! 싸우고 싶다면 싸우고 싶다 말해라, 복잡하게 말을 꼬지 말고!"

쾌앳!

권가연의 우수에서 뻗었던 일곱 개의 실이 강기에 의해 가로막혔다. 이미 예상했던 터다. 권가연은 허초를 막는 틈을 잡고 두 번째 공격을 가하려 했다. 하지만 천외천의 한마디가 그것을 막았다.

"싸울 생각이 없습니다. 단지 묻는 것입니다. 옳다 여기신 그 말씀이 틀렸음을 알면 그냥 돌아가시겠습니까?"

"오냐! 후회를 하게 될지 그렇지 않을지 보자꾸나!"

권가연이 대답을 마치고 비상화와 연결된 밧줄을 당겼다. 비상화가 권가연의 곁으로 붙으며 전신에 살기를 뿜을 때, 천외천이 말했다.

"당신의 아버지가 제 품에 안겨 칭얼대다가 소변을 보았던 기억이 있습니다."

그 순간 권가연이 눈을 치켜떴다. 단지 나이의 문제가 아니었다. 자신의 아버지가 자랑하듯 그 말을 꺼냈던 옛 기억을 찾았기 때문이다. 권가연은 경악을 담은 눈으로 천외천의 얼굴을 살폈다.

"반로환동?"

"두 번."

천외천은 손가락 두 개를 곧게 펼치며 환하게 웃었다.

“마령화께서도 아버님을 통해 제 얘기를 많이 들었을 것으로 압니다.”

비로소 권가연은 천외천이 누구인지를 알게 되었다. 피로써 강호의 심장을 두근거리게 만들고, 구천대제의 이름으로 천하 모든 무인에게 경외감을 품게 했던 여인이 두려움을 이기지 못해 무릎을 떨었다. 천외천은 천천히 몸을 돌렸다.

“이러하니 마령화의 말씀은 틀리셨습니다. ‘어른’을 업신여긴 이가 그쪽이니까요. 내게 불경한 죄로 한 치 정도의 벌은 달게 받으리라 믿겠습니다.”

몇 걸음 걷지도 않았는데 천외천의 모습이 눈 내리는 오솔길 속으로 사라졌다. 곧 곁에 있던 두 사람이 땅을 박차며 어디론가 달려갔다. 권가연은 비틀거리던 몸을 주체하지 못하다가 엉덩방아를 찧고 말았다. 눈발과 바람이 거세져 뺨을 매섭게 후려칠 즈음이 되고서야 권가연은 고개를 저었다. 그리고 우수를 들어 자신의 얼굴 앞에 내민 채 중얼거렸다.

“정말로… 정말로 그가?”

뒤늦게 권가연은 자신이 수없는 세월 동안 접고 눌렀던 실이 한 치가량 끊어졌음을 깨달았다.

30장

풍운(風雲)

<h1>풍운(風雲)</h1>

　녹지현이 풍수법(風水法)을 배웠던 경험은 천운이라 할 수 있었다. 한보와 막당은 다소 의심스러운 녹지현의 논리를 들어가며 손우강의 시신을 옮겼다. 장황하게 설명하는 모습이 불안했지만, 녹지현이 선택한 묏자리는 풍수를 모르는 두 사람이 보기에도 좋았다. 사방을 성(城)처럼 둘러싼 나무들이 신장처럼 세워져 있었건만 하늘조차 가리지는 못했다. 동녘과 남녘 햇살을 고스란히 받고 북풍과 서풍을 나무와 둔덕이 가로막았으며 물 흐르는 소리가 아련하여 기분이 좋은 곳이었다. 막당이 땅을 파헤치는 동안 한보와 녹지현은 가벼운 제례(祭禮)를 준비했다.

"짧은 새 큰 인물이 두 분이나 떠나셨구나."

녹지현은 한탄했다. 한숨에 두려움이 담겼으니 곁에 있던 한보마저 불안감을 느꼈다. 겁먹은 녹지현의 두 눈이 불안하여 몇 번 말을 걸었지만, 젊은 도사는 제사가 끝날 때까지 응하지 않았다. 그 모습이 녹지현답지 않게 진지하여 한보도 막당도 입을 굳게 다물었다.

"유언이 하나 더 있다."

제사를 마치고 청성의 도량을 피해 하산하던 중 녹지현이 드디어 입을 열었다. 막당과 한보는 녹지현의 두 손에 정수리를 붙잡혔다.

"도사님의 유언이요?"

"그래. 너희들 얘기다. 특히 당아, 너."

"저 말입니까?"

녹지현은 막당의 머리를 쥔 손에 힘을 주었다. 막당이 자라처럼 목을 움츠리며 녹지현의 눈치를 보았다.

"사부님의 말씀이 희미하여 나도 온전히 듣지는 못했지만, 약간은 짚이는 게 있지. 사부님 유언을 그냥 내가 대충 분석하고 해석해서 말할 거다. 완전히 믿지는 마라."

"그렇게 되면 녹 오빠 유언이지 어떻게 손 도사님 유언이 돼요?"

한보가 항의했지만 녹지현은 '이것이 최선이다. 그렇지 당아야?' 라고 했다. 물론 막당은 고개를 끄덕였다.

"사부님 유언이 있기 전까지는 나도 명량 신니께서 열반에 드신 걸 크게 여기지 않았다. 그냥 슬펐을 뿐이지. 근데 그게 아닌 것 같더라."

위험 가득한 청성산에서 오순도순 앉아 대화할 수는 없는 노릇이기에 녹지현은 두 발로 하산을 재촉하며 말했다. 청성파의 누군가가 들을까 봐 낮은 목소리로 말했기 때문에 한보와 막당은—심지어 초구까지—녹지현에게 바짝 붙어서 걷는 중이었다.

"사부님께서 그렇게 스스로를 높게 평가하실 거라고는 꿈에도 생각해 본 적 없었는데, 아무래도 목숨이 경각이신지라 돌려 말하지 않으신 것 같더군. 아무튼 명량 신니와 사부님은 공통점이 있어. 그거 아냐?"

"몰라요. 만약 금 언니가 여기 계셨다면 칼 하나 빼 들고서 녹 오빠의 목숨도 경각에 달리게 해주셨을 거예요. 그래야 녹 오빠도 이렇게 돌려 말하지 않겠죠."

"나름대로 직접적인 해석이야! 이크! 소리 지르게 만들지 마라. 아직 위험 지역이니까. 아무튼 두 분은 강호의 법이었다."

"예?"

손우강의 죽음에서 벗어나지 못한 듯 훌쩍거리고 있는 막당이야 애초에 포기했지만 한보만큼은 자신의 말을 대번에 알아들을 것이라 여긴 녹지현이었다. 하지만 멍한 얼굴로 물음을 던지는 한보를 보니 낙담할 수밖에 없었다. 속으로는 '네가 그러고도 무림인이냐!' 라고 호통쳤지만, 벌어진 입으로 내뱉은 음성은 여전히 속삭임이었다.

"두 분은 민생과 무림을 연결하는 하나의 축이었지. 이거 무림인이라면 다 아는 얘기다? 무림이 민생의 바탕 위에 이루어지고, 민생이 무림을 어떻게 인정할지에 대한 답이 그 두 분에게 있었단 말이야. 그냥 간단히 말해서……."

"명량 신니와 손 도사님의 협행을 말씀하시는 거예요?"

"그래, 그거. 정사마가 강호 패권에 중심을 두고 움직일 때, 명량 신니와 사부님만큼은 세상을 떠돌며 민심을 다스렸지. 그리고 또 한 분, 구천대제의 일심 법사님. 이 세 분은 무림인에게 있어서 백성에게 어떻게 해야 할지를 이르는 길과 같았다. 그래서 법이라고 말한 거야."

"그런데요?"

"그중 두 분이 순식간에 돌아가셨다."

"네. 근데요?"

녹지현은 답답한 듯 가슴을 쳤다.

"이제 무림인은 뭘 보고 걷지?"

한보도 가슴을 쳤다.

"나중에 중경에 도착해서 금 언니 있을 때 얘기해요. 그래야 쉽게 끝날 얘기 같아요."

처음에는 정수리를 감쌌던 녹지현의 손은 지금 막당에게

어깨동무를 하는 중이었다. 나머지 하나는 곁에 붙은 한보의 미모를 감당 못하고 가슴을 치거나 턱을 매만지는 데 사용되고 있었는데, 그 자유로운 손이 부들부들 떨었다.

"사부님이 그러셨다."

녹지현의 말투가 다소 퉁명스러워졌다.

"네 녀석과 당아가 세상의 법을 만들지도 모른다고."

"엥?"

"그것이 세상의 뜻이라면 달가울 수 있겠으나, 누군가에 의해 움직이는 세상일까 두렵다 하셨어."

"정말 나중에 얘기해야겠어요. 진짜, 지이인짜로 무슨 말인지 모르겠단 말예요!"

"그러자. 나도 환장하겠다. 어서 중경에 가서 금 매의 새로운 해석본을 듣자. 제기랄."

그때부터 세 사람은 입을 다물었다. 가끔 막당이 자신을 아는 자가 죽는 것이 싫다며 훌쩍거리는 게 전부였다. 녹지현과 한보의 침묵은 막당의 뜻과 같아서였다. 사부를 잃은 녹지현의 슬픔은 과거에 아버지를 잃은 슬픔과 비견할 정도였고, 한보는 한보대로 마음에 들었던 분들과의 만남이 곧 헤어짐으로 이어졌다는 게 슬펐다. 게다가 그중 한 명인 장악진은 가장 마음에 들지 않는 헤어짐이었다. 첫 만남 때 잠시 다툼이 있었으나 후에는 존경할 인물이라 여겼거늘, 저리도 끔찍한 악인이라니. 한보는 속으로 이를 갈았다.

“길이 이상해졌어요.”

청성산을 완전히 빠져나왔을 때 한보와 녹지현은 당황했다. 도량을 피해 걷다 보니 중경 쪽이 아니라 아미산 방향으로 빠져나온 것이다. 하지만 곧 그것을 다행으로 여겼다. 지금 상황에서는 중경보다 아미파의 도움을 받는 것이 더 빨랐기 때문이다. 마치 그 마음을 읽은 듯 초구가 앞서 걸으며 아미산 방향으로 향한다.

“이상하지 않아요?”

걷던 도중에 한보가 중얼거렸다. 녹지현도 마침 그 말을 하고 싶었던 터라 힘껏 고개를 끄덕거렸다.

“귀기(鬼氣)가 흐르는 것 같아서 으스스하구나.”

청성산을 벗어난 지 제법 시간이 흘렀고, 열 손가락으로도 헤아리기 어려울 만큼 많은 마을을 지났다. 하지만 세 사람은 단 한 번도 누군가와 대화를 한 적이 없었다. 청성의 추적을 피하기 위해 일부러 마을 기슭만을 선택하여 걸었던 탓도 있지만, 그전에 마을 자체가 세 사람을 피하는 기분이었다. 때로는 사람 한 명 보이지 않는 마을도 있었으니 녹지현이 ‘귀기’ 라고 말한 것도 이해가 될 정도다. 한보는 녹지현에게 ‘다음 마을에서 사람을 찾아 대화하자’ 는 제안을 했다. 녹지현은 ‘대단히 좋은 생각이지만 사람에 앞서 귀신을 먼저 찾아 그놈의 식사법을 논하게 될 것이다’ 라는 말로 결사반대의 뜻을 비쳤다.

잉잉잉잉.

구름의 일부가 흩어지면서 아미산 봉우리가 수줍은 소녀처럼 고개를 내미는 것이 보일 즈음이었다. 세 사람 모두 희미하게 울리는 소리를 들었다. 어린아이가 칭얼대는 소리 같기도 하고, 취기를 기뻐하는 노인이 겨울을 노래하는 소리 같기도 했다. 한보가 제일 먼저 걸음을 멈췄고 막당이 뒤이어 걸음을 멈췄다. 한보는 정면에 귀를 내세우며 손바닥으로 주변 소리를 가린 채 집중했다 반면 막당은 곁에 있는 초구에게 말을 걸어 주변인의 청력을 방해했다. 한보가 조용하라고 소리쳤지만 곧 막당처럼 초구에게 말을 걸고 말았다. 초구가 앞발을 땅에 박은 채 도전적인 자세로 눈알을 부라렸기 때문이다.

"앞에 뭐가 있니?"

막당이 초구의 시선을 따라 고개를 돌렸을 때였다. 초구는 '쾌에!' 하며 거품을 물더니 비틀거렸다. 깜짝 놀란 세 사람은 초구를 붙들어 진정시키려 애썼다. 한보가 뒤늦게 과거를 떠올리며 외쳤다.

"혹시 척촉호봉에 쏘였던 게 아닐까? 초구가 아무리 신수라 해도 그 많은 벌들에게 한 번도 쏘이지 않을 리 없잖아!"

"쏠 수 없어!"

막당이 외쳤다. 너무도 당연하다는 듯 외친 것이라 한보의 얼굴에 화색이 돌 정도였다. 하지만 녹지현은 막당의 말을 듣고 기뻐하는 것은 참으로 부끄러운 짓이라는 듯 안색을 굳히며 반문했다.

"어째서?"

"벌침이 초구에게 닿지 않습니다, 녹 형님!"

"뭐라고? 으억!"

막 반문했던 녹지현이 비명을 지르며 뒤로 자빠졌다. 그것은 한보도 마찬가지였다. 막당만 낌새를 채고 잽싸게 뒤로 물러섰다. 한보와 녹지현은 초구의 몸을 보며 입을 쩍 벌렸다. 온몸의 털이 곤두섰는데 고슴도치가 따로 없었다. 녹지현은 막당의 말뜻을 이해했다. 장정 두 사람을 팅겨 밀어내는 털인데 벌이 그 사이를 뚫고 몸에 침을 박을 리 없었다. 한보는 안도의 숨을 내쉬며 초구의 얼굴 앞에 손바닥을 흔들었다. 이제 흥분하는 이유를 알아야 할 때가 온 것이다.

"그럼 왜 그러는 거니, 초구야?"

쾌핵! 큭! 캑!

초구가 몇 번 더 발작하더니 뭔가를 뱉었다. 한보가 초구의 토악물에 섞인 것의 정체를 확인하곤 딸꾹질을 했다. 막당의 얼굴도 창백해진 상태였다. 초구는 곧 안정을 되찾고 길을 걷기 시작했지만 한보와 막당은 초구의 꼬리를 붙잡으며 성질 부렸다.

"멈춰! 괜찮은 거야? 이 미친 돼지야! 먹을 게 따로 있지, 척촉호봉을 잡아먹냐? 어떻게 지금껏 살아 있지? 이럴 거면 털은 왜 세웠어? 아, 좀 서봐!"

"초구야! 이런 거 먹지 말라고 했지? 잠깐 서서 혀 내밀어! 잠깐 서라니까!"

"아무리 봐도 진짜 신수다, 아우들아. 저놈 잡아먹으면 분명히 내공 십 갑자는 오를걸?"

녹지현이 뒤에서 비아냥거리며 투덜댔다. 얼마 지나지 않아 초구가 또 한 번 발작하더니 두 마리분의 벌 조각을 뱉었다. 한보는 시큰둥해졌지만 막당은 좀 더 당황하며 초구만큼이나 발작했다. 덕분에 세 사람은 자신들이 걸음을 멈췄던 이유를 까맣게 잊고 말았다. 신경 써야 할 문제가 있었음을 알게 된 것은 소리의 정체를 확실히 느끼게 되었을 때였다.

쨍! 캉! 써어엉! 카하아앙. 찌이이이잉!

"뭐야? 싸우는 소리잖아?"

한보는 가까이서 들리는 병장기의 부대낌 소리를 듣자마자 상체를 낮췄다. 한두 사람에게서 들릴 만한 소리가 아니었다. 세 명 모두 초구의 등에 머리의 높이를 맞춘 채 조심스레 걸었다. 오솔길을 반쯤 막고 있는 커다란 나무를 지나치자 모퉁이에서 일곱 명의 여승이 보였다. 여승들은 서로 칼부림을 하던 중이었다.

"잠깐!"

한보가 몸을 세우며 외쳤다.

"모두 아미파의 분들 같은데 왜 서로 싸우는 거예요?"

한보의 외침에 놀란 여승들이 고개를 돌렸다. 그중 한 명이 한보를 알아보고 활짝 웃었다. 여승은 싸움터에서 일 보 물러서더니 한보에게 합장하며 말했다.

"아미타불. 여기 세 명이 아미파 내에 숨어 있던 첩자인지라 제압하여 끌고 가려는 중이었습니다."

"첩자라고! 아미파도 그 꼴입니까!"

녹지현이 펄쩍 뛰며 초구의 뒤로 물러섰다. 한보는 쌍철권이 없음을 아쉬워하며 천으로 감싼 상처 입은 우권을 앞으로 내세웠다. 그러자 여승에게 지적받은 세 명 여승이 검끝을 내세우며 고함쳤다.

"어찌 우리를 첩자라고 하십니까! 불가에 귀의하신 분이 그렇게 거짓을 일삼는다면 평생을 수행해도 소용없을 겁니다!"

한보의 우권이 방향을 틀었다. 아무도 없는 공간, 즉 여승과 여승 사이의 공간에 머물게 했던 것이다. 당황하는 한보에게 처음의 여승이 또 한 번 '첩자론'을 펼쳤고, 첩자 혐의를 받고 있는 여승은 '사기론'을 외쳤다. 그럴수록 한보의 우권은 방향 지정에 큰 난관을 겪었다.

"대체 누구 말이 진실이에요?"

한보의 말에 어떤 여승이 곱게 합장하며 '다수결로 정하지요'라고 말했다가 세 명 여승에게 큰 항의를 받았다. 참다못한 한보는 녹지현과 막당에게 눈짓하여 공격 태세를 명령했다. 녹지현은 명령을 받들어 검을 뽑았지만 막당은 멀뚱하게 서 있었다. 그것만으로도 충분히 만족했는지 한보가 위세를 부렸다.

"일단 무기를 거두세요. 누군가 수작을 부리는 낌새가 보인다면 가만있지 않겠습니다."

"시주께서는 누구시죠?"

한보 일행을 알아보지 못한 여승 중 한 명이 인상을 찌푸린다. 한보는 자신을 소개한 뒤 고갯짓으로 막당과 녹지현을 가리키며 소개를 이었다. 그제야 여승들이 무기를 떨구며 합장했다. 한보는 안도하며 비구니들의 무리를 향해 걸었다.

"대체… 왜 이곳에서……."

쉬릭! 휙!

"컥!" "읍!" "아악!"

"무슨 짓이에요!"

한보는 기겁하며 신형을 날렸다. 여승들에게 접근하던 도중에 맨 처음 한보를 알아봤던 자를 필두로 네 명의 비구니가 모두 흉수를 뻗었기 때문이다. 세 명의 여승은 방심 상태에서 일격을 맞고 피를 뿜었다. 한보의 일권에 앞서 수리검이 가슴을 향해 날아왔다. 한보의 어깨에서 '우득!' 소리가 나더니 내뻗는 우권을 중심으로 몸 전체가 크게 반원을 그리며 회전했다. 수리검을 날린 비구니는 일권을 피하지 못하고 오른쪽

쇄골을 당했다.

콰드즉!

"커허억!"

뼈가 부러지는 소리와 함께 비구니의 몸뚱이가 힘없이 날아갔다. 곧 녹지현이 한 걸음 나서며 검을 치켜들었고, 막당과 초구가 그 앞을 지나쳤다. 한보에게 날아든 세 개의 수리검은 막당이 모두 내쳤다. 그사이에 비구니들은 각자의 병기를 주워 들고 공격세를 보이고 있다가 바로 방어세가 되었다가 동료 하나가 뒤로 하염없이 날아갈 때 잠깐 공격세가 되었으며 또 한 명이 오솔길 영역을 벗어나 새가 되었을 때 마지막 방어세가 되었다. 초구는 나머지 한 명도 날려 버렸다. 그다음에 녹지현이 '이 망할 땡중 계집들!' 이라 외치며 달려오기 시작했다.

"대체 무슨 짓을 한 거예요?"

한보는 어깨를 움켜쥔 채 괴로워하는 비구니를 부여잡고 고함쳤다. 비구니가 고통에 겨워 신음하다가 속삭이는 음성으로 말했다.

"나무아미타불."

다음 말을 기대했던 한보는 '억!' 하고 비명 질렀다. 비구니가 말을 잇는 대신 혀를 깨물어 자살했기 때문이다.

"으으으……."

한보는 신음 소리가 들리는 곳으로 고개를 돌렸다. 암습에 당한 세 명의 비구니 중 한 명이 가슴을 부여잡은 채 피를 토하는 중이었다. 한보는 비구니의 가슴에 박힌 수리검을 뽑으려던 막당에게 외쳤다.

"그걸 잡지 마! 독이 묻어 있어!"

막당이 깜짝 놀라며 급히 뒷짐을 지더니 곧 한보를 보며 울먹거렸다. 손이 수리검을 잡을 듯 말 듯 얼쩡거린다. 한보는 직접 비구니에게 걸어가서 수리검을 집어 빼냈다. 손을 감싼 천이 청색으로 변하자 한보는 잽싸게 그것을 풀어 바닥에 버렸다.

"괜찮아요? 대체……."

이미 비구니의 낯빛은 푸르다 못해 검게 변색되던 중이었다. 비구니는 숨이 넘어가는 소리로 유언을 남긴 뒤 고개를 뒤로 꺾었다.

"아미파에 가면 안 됩……."

"미치겠네."

한보는 비구니의 시신을 바로 눕힌 뒤 몸을 일으켰다. 초구에게 얻어맞은 비구니 세 명이 배와 가슴을 부여잡고 비틀거리던 중이다. 한보와 시선이 교차된 비구니들은 각각 흩어져서 필사적으로 도망쳤다. 녹지현이 검을 휘저으며 가장 심하게 비틀거리던 비구니를 쫓았지만, 한보가 만류했다.

"놔두세요, 녹 오빠. 잡힐 것 같으면 보나마나 혀를 깨물

거예요."

"하지만 흉수가 아니냐!"

"이 정도로도 충분해요. 명량 신니께서 열반에 드셨을 때 예상했어야 하는데. 지금 아미파도 청성처럼 천외천이 다스리고 있을 거예요. 그쪽은 누가 천외천의 부하인지 모르겠지만, 청성 장문인 자식이 부하일 정도니 아미파도 만만찮은 지위의 녀석일 거예요."

"크읔!"

녹지현이 진저리치며 일행에게 되돌아왔다. 한보는 도주하는 이들의 뒷모습을 번갈아 살피면서 길게 한숨 쉬었다.

"길을 돌리죠. 서둘러 중경으로 가야겠어요."

"으윽. 청성을 다시 지나가자고? 기껏 미친놈들을 피해서 여기까지 왔는데?"

"어쩌겠어요? 이대로 아미파에 들어가면 청성산에서 겪었던 모든 일들을 처음부터 다시 겪게 될 거예요, 녹 오빠."

녹지현은 상상조차 하기 싫다는 듯 진저리쳤다. 한보가 시체를 오솔길 측면으로 옮긴 뒤, 막당과 함께 서툴게나마 묘를 만들었다. 녹지현이 스님들이니까 간편하게 화장하자고 제안했지만, 시체를 태우는 일은 세 사람 모두에게 달갑잖은 일인지라 기각됐다. 녹지현은 새로운 제안을 했다.

"길을 돌리지 말고 남행(南行)하는 것은 어떠냐?"

"옛?"

한보가 놀라 물었다.

"남쪽에 뭐가 있는데요?"

"강이 있지. 분명 표국의 배도 그곳을 지날 게다. 배를 타는 일은 이 오라버니가 다 알아서 할 테니 걷는 일은 제발 적당히 하자. 멀리 가는 배들이라면 어떻게 가더라도 중경을 거치지 않느냐?"

한보는 녹지현에게 엄지를 세우며 '좋아요! 좋아요!' 라고 소리쳤다. 마침 그곳이 강과 멀지 않아 일행 모두 다음날의 해를 보기 전에 물을 만날 수 있었다. 가볍게 지나치는 겨울 바람만큼이나 시원하게 흐르는 강물이 내일 당장이라도 중경에 보내줄 것만 같았다.

"이보시오!"

녹지현은 비교적 짧은 간격으로 강을 지나치는 배들 중 제일 만족스러운 녀석을 골랐다. 힘껏 소리쳐서 배를 잡으려 했지만, 뱃전을 화려하게 장식한 그것은 유유히 지나칠 뿐이었다. 녹지현이 '이보시오! 이보시오!' 고함치며 배를 뒤따라 달리다가 돌을 주워 던졌다. 도사가 던진 돌은 묵묵하게 파문을 일으켰고, 배 또한 묵묵하게 갈 길을 갔다. 한보와 막당은 제자리에 쭈그려 앉으며 강가에서의 앞날을 걱정하기 시작했다. 하지만 돌아온 녹지현이 꾀를 내었다.

"당아야."

“예, 녹 형님.”

“형님의 말씀을 따라 할 수 있겠냐?”

“예?”

“그냥 내 말만 따라 하면 된다. 하지만 온 정성을 다해 크게 외쳐라.”

“예, 알겠습니다.”

“한 번 시험해 보자. 지금부터 이 말을 따라 해라. 이보시오!”

“…….”

막당에게서 아무 말도 없자 녹지현이 잽싼 동작으로 주저앉으며 검지로 땅에 낙서했다. 우울한 목소리로 ‘맏형은 무슨 개뿔……’ 이라 중얼거리는 녹지현에게 막당이 어디서부터 따라 해야 할지 몰라 그랬다며 용서를 구했다. 다시 기운을 얻은 녹지현은 ‘지금부터다!’ 라고 호통쳤다. 막당이 흔쾌히 고개를 끄덕이며 ‘지금부터다!’ 라고 외침으로써 한보와 초구에게 외면받았다. 녹지현은 제일 큰 소리로 해야 된다며 톡톡히 주의를 준 뒤 강을 향해 힘껏 외쳤다.

“이보시오!”

“이보시오!”

막당의 외침에 녹지현과 한보가 귀를 막고 나자빠졌다. 소리가 너무도 커서 혼이 나갈 지경이었다. 녹지현은 엉덩이에 묻은 눈을 털면서도 흐뭇하게 웃었다. 얼마 지나지 않아 제법 녹지현의 마음에 드는 배 한 척이 지나갔다. 녹지현이 막당에게 눈짓을 한 뒤 배를 향해 외쳤다.

“이보시오!”

“이보시오!”

배에서 반응이 왔다. 두 명의 사내가 상체를 앞으로 내밀며 강가를 살피고 있었다. 녹지현은 말을 이었다.

“여기 신성육장의 신룡대협 막당께서 갈 길이 급하니 배를 태워주시오! 초염대협 한보도 있으며, 그 둘이 큰형님으로 따르는 천하의…….”

“다, 당아야! 하지 마! 하지 마!”

한보가 급히 신형을 날려 막당의 입을 틀어막았다. 그리고 빨개진 얼굴로 녹지현을 죽일 듯 흘겼다. 녹지현이 만족한 듯 고개를 끄덕거렸다.

“됐다. 배가 오는구나.”

“됐다. 배가 오는구나!”

“시끄럽다!”

“시끄… 아픕니다. 시키는 대로 했는데 왜 때리십니까?”

배는 그리 크지도 않고 작지도 않았으며 지붕이 있는 작은 서실마저 있었다. 두 명의 사내는 어서 타라고 손짓했는데 그 동작이 수상하여 한보가 눈살을 찌푸렸다. 하지만 녹지현이 대뜸 뱃전에 오르는 바람에 어쩔 수 없이 타야만 했다. 초구가 오르고 막당마저 승선하자, 한보의 걱정대로 두 명 사내가 검을 뽑았다.

“정말 잘됐구나. 우리는 지금 장강에 들어 호북의 무산(巫山)으로 가는 길이다. 지금 우리 중에 부상자가 있으니 너희들은 이 배가 무사히 도착할 수 있도록 잡일을 해줘야겠다.”

검을 꺼내 살기를 뿌린 것치고는 내세운 조건이 기분 나쁘지 않았다. 한보는 활짝 웃으며 말했다.

“우리가 지금 중경에 볼일이 있으니 길이 같아요.”

하지만 놈들은 검을 내리지 않았다.

“중경에 볼일이라. 흥! 몽땅 다 정도맹 녀석들이군. 저 도사 놈만 죽일 생각이었는데, 네년의 주둥이가 명을 재촉했구나. 하지만 우리를 극진하게 대접한다면 상황을 봐서 모두 살려주마.”

한보는 길게 한숨을 뱉었다. 녀석들에게서 비롯되는 살기가 간지러워 견디기 어려웠다. 게다가 녀석들이 말한 ‘부상자’란 자신들을 말함이 분명했다. 의복으로 감추고는 있었지만, 저들의 움직임이 무척 부자연스러워서 한눈에 부상자임을 알아볼 수 있었다. 그뿐 아니었다. 어디서 무슨 고생을 했는지 알 수 없었으나 저들의 입술이 각질에 덮였고 눈이 심하게 충혈되었으며 그 밑에 검은 기운이 서렸다. 열흘 이상 밤잠을 설치고 중노동을 했어야 가질 수 있는 얼굴이 분명하다. 저런 몸으로는 검을 들고 살기를 뿌리는 것조차 대견하다 싶었다. 한보는 측은한 마음이 들어 물었다.

"알았어요, 알았어. 무슨 일을 하면 되는 거예요?"

놈들이 한보의 마음을 몰라주고 섭섭케 했다.

"일단 네년 얼굴이 반반하니 저기 들어가서……."

빽! 빽!

"어이쿠! 이년이 죽으려고 환장을… 으각! 자, 잘못했습니다!"

"미친놈들 같으니. 그 검으로 머리칼이랑 그걸 확 도려내서 아미파에 귀의시킬까 보다."

"아니, 제발. 그것만은……."

둘은 비로소 자신들이 부상자임을 자랑했다. 한보는 분이 풀리지 않았는지 놈들이 상처를 보여줄 때마다 발로 밟았다. 비명이 뱃전을 맴돌고, 끝내 울부짖는 아우성으로 변했을 때였다. 아무도 없었으리라 여겼던 선실에서 조용한 음성이 흘렀다.

"밖에 무슨 일이 있느냐?"

순간, 부상자들의 두 눈에 이채가 어렸다. 한보가 눈살을 찌푸리자 놈들은 이를 드러내며 웃기 시작했다.

"이제 사형께서 깨어나셨으니 네년 꼴이 볼 만하겠구나. 크크큭!"

"그러다가 사형도 맞으면 네놈들 꼴이 더 볼 만하겠다."

한보는 투덜대며 선실을 향해 걸었다. 순간 선실 안에서 매서운 기운이 흐르기 시작했다. 한보는 저도 모르게 한 발 물

러서며 눈살을 찌푸렸다. 크게 매섭다고 할 수는 없는 기운이
었지만, 적어도 배 위에서 조용히 승패를 다툴 만큼 녹록한
자의 살기도 아니었다. 선실 어둠 속에서 무언가 스르르 나왔
다. 묵빛 판관필이 한보의 목을 겨누고 있었다.

"무단 승선을 한 자들이 있구나. 그것도 부족하여 소란을
피웠으니 죄가 크다. 호호호. 네놈은 내가 누군지 아느냐?"

"어쩌나? 놈이 아니라 년이다."

"좋군. 한결 마음이 누그러진다."

어둠 속 음성이 가라앉자 곧 몸을 일으키는 소리가 들렸다.
그동안에도 어둠과 빛의 경계에서 내밀어진 묵빛 판관필은
한보의 목을 겨눈 채 미동도 하지 않았다. 배가 강을 타며 좌
우로 흔들렸지만, 놈의 판관필이 일말의 흔들림도 없었으니
제법 많은 수련을 쌓은 듯했다. 한보는 막당이 곁으로 다가오
는 것을 팔로 막은 채 어둠을 노려보았다. 곧 어둠 속에서 놈
의 다리가 살짝 드러났다. 다리에 맺힌 그림자의 경계선이 조
금씩 위로 이동하여 허벅지를 드러냈을 때, 놈이 잠시 멈췄
다. 놈은 말했다.

"혹시 나를 본 적 있느냐?"

"지금도 못 봤다, 이 자식아."

"흥! 계집이… 으걱."

한보는 어둠 속에서 들리는 낮은 비명에 놀라 눈을 치켜떴
다. 놈은 더 이상 말을 잇지 않았으며, 허벅지에 맺혔던 그림

자의 경계선도 다리 쪽으로 하강했다. 곧 어둠 속에 몸을 감추고 판관필까지 회수한 자가 말했다. 한보를 향한 말이 아니었다.

"얘들아, 손님 모셔라. 극진히 모셔야 한다."

한보는 참지 못하고 선실 안으로 뛰어들었다.

"대체 무슨 수작이냐고!"

"으아아악!"

"불 켜봐! 별이 뜨기 시작하는데 왜 불을 안 켜? 불 없어?"

잠시 소란이 일더니 선실이 밝아졌다. 그리고 선실 안은 침묵에 빠졌다. 선실 밖 모든 사람들이 긴장하며 입구를 응시하고 있을 때, '빡!' 하고 머리통 후려치는 소리가 들렸다.

"살아 있었냐, 이 썩을 놈아! 너 이름 뭐였지?"

"타… 탁장복입니다, 초엽대협. 다 지난 일이니 이제 그만 잊어주십시오."

"잊을 게 따로 있지! 네 사제들 하는 꼴을 보니 변한 거 하나도 없더라, 이 자식아!"

잠시 소란이 일더니 선실이 어두워졌다. 그리고 선실 안은 침묵에 빠졌다. 선실 밖 모든 사람들이 긴장하며 입구를 응시하고 있을 때, '쿵!' 하며 탁장복의 몸뚱이가 튀어나와 바닥에 엎어졌다. 탁장복은 판관필을 손에 쥔 채 혼절해 있었다.

"사형! 사형! 괜찮으세요?"

두 명 사제가 열심히 탁장복을 흔들어 깨웠다. 둘 다 눈물이 뺨을 타고 흐른다. 깨어난 탁장복은 사방으로 고개를 휘젓다가 아무나 붙잡고 울음을 터뜨렸다. 하필 붙잡은 게 초구의 다리였다.

"제발 이제 절 용서하십시오! 저나 제 아우들 모두 갖은 고초 다 겪었습니다. 얼마 전까지는 한 달 시한부 생을 살기도 했고, 사도맹 주제에 목숨 걸고 청성파에 뛰어들어 간 적도 있습니다. 크흑! 우리 모두 몇 날 며칠을 죽어라 뜀박질만 하다가 이제야 배를 구하여 환룡문으로 돌아가는 중입니다. 제발 그때까지 별 탈 없도록 자비 좀 베풀어주십시오, 초염대협!"

꿀.

초구가 귀찮은 듯 발을 들었다. 탁장복의 뒤에서 한보가 한숨을 뱉으며 투덜거렸다.

"녹 오빠는 잡아도 어떻게 이따위 배를 잡으셨어요? 흥! 배를 구한 게 아니라 거들먹거리며 빼앗았겠지. 그러고도 남을 놈이잖아, 넌."

"어떻게 아셨습니까!"

사제 중 한 명이 엄지를 세우며 기습적으로 어깨를 부대낀다. 한보는 놈의 머리통을 쥐어박은 뒤 기지개를 켰다. 어찌 되었든 부담없이 배를 이용할 수 있게 되어 기분이 좋았다. 이때껏 긴장하며 눈치를 보던 막당도 한보의 얼굴에 맺힌 미소를 보고 기뻐했다.

"보아야, 이제는 놀아도 돼?"

"응? 아, 그래."

별 뜻 없이 대답한 것인데 막당이 미친 듯 날뛰어 배를 위태롭게 만들었다. 한보와 녹지현이 말리기도 전에 스스로 진정한 막당은 뱃전을 둘러보기 시작했다. 한보가 막당에게서 위기감을 느끼면서도 탁장복에게 물었다.

"혹시 배에 먹을 건 있냐? 선실에는 없는 것 같은데."

"육포가 조금 있습니다만 오래가지 않을 겁니다. 부근에서 음식을 구하는 건 하늘의 별 따기와 다름없으니까요."

"무슨 소리야?"

"이 부근은 지금 전쟁터가 아닙니까, 초염대협. 아미파와 청성파뿐 아니라 우리 사도맹의 오극파(五極波)도 각 마을을 찾아다니며 군량을 모으는 중입니다. 곧 있을 큰 전쟁에 대비하는 것이지요. 그러니 이 부근은 어딜 가도 음식을 구하기 힘들 겁니다."

그제야 한보는 아미산으로 향하는 동안 마을의 분위기가 좋지 않았던 이유를 알게 되었다. 녹지현도 길게 한숨을 쉬며 서둘러 중경에 가야겠다는 뜻을 보였다. 한보가 녹지현의 말에 답하려 할 때, 갑작스레 막당이 외쳤다.

"있다!"

"뭐가?"

한보와 녹지현이 깜짝 놀라며 고개를 돌리니, 막당이 선실에서 기다란 실뭉치를 들고 나왔다. 막당은 녹지현을 향해 히죽 웃더니 또다시 주변을 둘러봤다. 그리고 곧 '있다!' 라고 외치며 탁장복의 손에 쥐어진 판관필을 빼앗았다. 탁장복은 판관필에 실을 묶어 낚싯대를 만드는 막당의 모습을 물끄러미 보다가 차분하게 고개를 끄덕였다. 막당도 알아본 것이다.

배는 강을 따라 유유히 흘렀고, 가끔 뱃전에서 연기가 피어올랐다. 구름이 연기를 사모하듯 뒤를 따르고, 이따금 막당의 노랫가락이 바람을 당겼다. 한보와 녹지현은 대화로 비무하며 배 흐름의 무료함을 달랬고, 막당은 늘 낚시로 소일했다. 덕분에 괴로운 사람들이 있었다. 탁장복 일행은 늘 초구의 상대가 되어 뱃전을 뛰어다니거나 하루 종일 쓰다듬기 신공을 수련했다. 그래도 저녁때가 되면 모두가 뱃전에 앉아 서산낙일(西山落日)을 바라보며 평화롭게 입맛을 다셨다. 이때만큼은 모두가 똑같이 술을 그리워했다.

"중경이 가까워지나 봐요."

삼 일이 지났을 때 한보가 주변을 둘러싼 배들을 보며 중얼거렸다. 녹지현이 마른 바닥에 누워 시큰둥하게 '그러냐?' 라고 중얼거렸다. 그리고 슬며시 고개를 들어 뱃전 너머로 주변을 둘러보더니 '큭!' 하고 웃었다. 한보가 이유를 묻자 녹지현이 팔베개를 한 채 대수롭지 않게 답했다.

"가까워지는 게 아니라 여기가 중경이다."

"아. 그래요?"

한보가 활짝 웃더니 녹지현의 멱살을 잡아 일으켰다.

"그럼 내려야 하잖아요, 녹 오빠!"

비로소 배는 서둘러 강기슭을 찾기 시작했다. 미리 흐름을 조율하지 않으면 정작 내려야 할 곳을 지나칠 위험이 있기 때문이다. 그리 크지 않은 배였기에 커다란 상선과 붙기라도 한다면 뒤집히기 십상이다. 얼마 지나지 않아서 세 사람과 한 마리가 선착장에 발을 디뎠다. 그간 막당과 한보가 잡았던 고기로 허기를 많이 지워 생기마저 되찾았던 탁장복 일행은 기쁨을 감추지 않고 춤으로 작별했다. 한보가 그 꼴이 얄미워 '다시 타야겠어요' 라고 말은 했지만 실행에 옮기지는 않았다. 한보는 주변을 경계하던 무사를 붙잡고 정도맹의 책임자인 금영진을 만나게 해달라는 부탁을 했다. 무사의 대답이 검날이다.

"누군데 금 대장을 만나려는 거냐?"

"한보라고 하면 금 언니가 알 거예요."

"에그머니나, 저도 압니다, 초염대협."

무사는 검을 치우며 용서를 빌었다. 호쾌한 웃음으로 용서받은 무사가 급히 몸을 돌려 달렸고, 얼마 지나지 않아서 익숙한 얼굴이 뛰어왔다.

"뭘 하느라 이렇게 늦은 거냐?"

자신을 맞이하는 태목구의 불평에 한보의 눈이 가늘어졌다.

"너도 같이 갔으면 좋았을걸."

태목구는 얼굴이 밝아지며 '그렇게 내가 보고 싶었냐'고 물었다. 한보뿐 아니라 녹지현까지 기다렸다는 듯 이구동성으로 답했다.

"우리만 고생한 게 억울하잖아!"

"그게 무슨 소리야?"

"됐어. 그나저나 악 오빠랑 금 언니는 많이 바빠서?"

"악 오빠는 그리 바쁘지 않다."

한보의 물음에 답한 사람은 뒤늦게 나타난 악책이었다. 악책은 예의 활짝 웃는 얼굴로 두 팔을 벌리더니 막당을 끌어안았다. 한보는 막당부터 반기는 악책이 얄미웠다. 그래서 악책이 했던 것처럼 두 팔을 활짝 벌리며 달려들었다. 당연히 악책은 기겁하며 엉덩방아를 찧었다.

"아무리 의형제라도 남녀는 유별하다, 한 매!"

"누가 뭐래요? 저도 안기고 싶으니까 금 언니 보러 갈래요. 금 언니는 어디 계세요?"

"금 매는 지금 윤상욱 합천 지부장과 회의 중이다."

답하는 악책의 말에 분기가 느껴졌다. 악책의 싸늘한 말투가 장난스럽고 화기애애했던 분위기를 일시에 가라앉히니 모두가 잠시 동안 침묵했다. 한보는 궁금증이 일어 악책에게 바짝 다가갔다. 하지만 정작 악책과 마주했을 때는 질문을 던지지 못했다. 뱃길을 여행하는 동안 거의 씻지 못했으니 구취도

심할 것이라 여겼던 이유다. 일행은 각각의 방으로 들어가 목욕을 마치고 나왔는데, 그때까지도 금영진은 회의를 마치지 못한 상태였다.

"아, 시원해. 죽었다 살아난 것 같아."

한보가 아직 물기 맺힌 머리칼을 수건으로 닦으며 웃음 지었다. 머리카락을 모두 말리고 단정하게 빗기는커녕 물방울을 뚝뚝 떨어뜨리면서 바깥으로 나온 것이다. 그 꼴을 보던 자가 한숨을 쉬었다.

"중원에 와서 제일 배우기 쉬운 것이 여인의 허영이거늘, 너는 왜 그 모양이냐?"

한보는 한탄하는 음성의 주인공을 보지도 않고 비명부터 질렀다.

"으아아악! 태사부님! 왜 여기 계세요?"

"따라와라, 이년아."

귀향공은 뒷짐을 진 채 몸을 돌렸다. 한보가 울상이 되어 수건을 머리에 지고 뒤를 따랐다. 귀향공이 머무는 방에 차를 준비한 악책이 둘을 보자마자 억지 미소를 지었다.

"이제. 전. 나가. 보겠습니다."

목욕하기 전에는 분명 부드럽게 미소 짓던 악책이 지금은 목석처럼 뻣뻣하게 굳어서 말조차 절도있게 한다. 한보는 악책의 마음을 이해했다. 이쪽도 나름대로 고생 중이었구나. 구천대제와 함께 지냈으니 태목구랑 악 오빠도 마음 편히 살지는 못했겠다. 한보가 속으로 키득거리는 동안, 귀향공은 손짓을 하여 악책의 퇴실을 허가했다.

더걱, 더걱.

악책이 손과 발을 같이 놀리며 망가진 강시처럼 방을 나갔다. 한보는 귀향공을 앞에 두고 한숨을 뱉더니 외면하듯 고개를 반쯤 돌리고 뒤통수를 긁었다. 긁적이는 손의 움직임이 거칠어질수록 귀향공을 흘기는 한보의 눈매에 수준 높은 귀찮음이 서렸다. 귀향공은 차분하게 살기 어린 담뱃대를 들었고, 어느새 한보가 공손한 자세로 무릎을 꿇은 채 미소 지었다.

"근데요. 여기까지 무슨 일이세요, 태사부님?"

"망할 계집. 목장에 얌전히 있다가 사내 하나 골라 애나 낳을 것이지, 왜 험난한 강호에 뛰어들어서 네 사부 마음고생을 시키느냐. 동준이가 너 떠난 이후로 몽둥이를 깎기 시작했으니 지금쯤 천 개는 만들었겠구나. 그거 다 부러질 때까지 맞다 보면 네 형체도 남아 있지 않겠다. 하나라도 덜 만들었을 때 돌아가는 게 어떠하냐?"

한보는 눈물을 글썽이는 것으로 응수했다.

"정든 고향인데 다시 볼 일 없겠네요. 흑."

"예끼, 녀석아."

귀향공은 담뱃대로 한보의 머리통을 때리며 웃었다. 한보가 머리통을 매만지며 애교를 부리듯 웃자, 귀향공이 두 번째 때릴 생각을 지우고 담뱃대를 입에 물었다. 연기가 한보의 머리 위를 스칠 때 귀향공이 말했다.

"농담이 아니다. 너도 그렇고 구아도 그렇고 함께 목장으로 돌아가자꾸나. 이제는 너희들이 얼쩡거릴 만큼 녹록한 강호가 아니야. 나도 할 일 있어 바쁜 몸인데 너희들을 언제까지 챙겨줘야 하느냐?"

"천외천 때문이라면 아직은 돌아갈 때가 아니에요."

한보의 답에 귀향공은 혀를 찼다. 한보는 잠시 헛기침을 하더니 크게 숨을 들이켰다. 그리고 귀향공의 앞에서 정좌하며 운기조식하듯 몸가짐을 다스렸다. 귀향공이 눈살을 찌푸리며 '뭐냐?' 라고 물었다가 갑자기 눈을 치켜떴다. 곧 귀향공은 담뱃대를 품에 넣고 우수를 뻗어 한보의 어깨를 거머쥐었다.

"미친 녀석! 그 내공으로 전음을 보내는 게 쉬운 줄 아느냐?"

한보는 어깨를 통해 흘러들어 온 귀향공의 내력에 도움을 얻고 일그러진 얼굴을 활짝 폈다. 그리고 불상처럼 가녀린 눈매로 시선을 내렸다. 잠시 후 귀향공이 고개를 숙이며 전신을 떨기 시작했다. 전음을 통해 손우강의 구결을 모두 전한 한보가 멍한 얼굴로 귀향공을 살피는 순간, 노인은 박장대소했다.

"으하하하하하하! 기쁘다, 기뻐! 모든 것이 보이는구나! 아니지. 내가 이럴 때가 아니야! 모두 나가거라! 날 귀찮게 하지 말고 어서 나가! 보아야, 너는 당장 나가서 붓과 종이를… 어, 그래, 먹도 있어야지. 다 가져오너라! 뭘 하고 있느냐? 나가란 말이다. 계산을 방해하지 말고!"

귀향공의 갑작스러운 외침에 한보는 혼비백산하여 방을 뛰쳐나갔다. 밖에서 대기 중이던 악책이 무슨 일이냐 물었는데, 한보가 문방사우 얘기를 하자 허겁지겁 달려갔다. 방 안에서는 여전히 귀향공의 웃음소리가 들렸다. 악책과 함께 밖에서 대기 중이었던 태목구와 녹지현이 난잡한 소란에 정신 사납다며 투덜댔고, 막당은 그 소란이 즐거운지 웃었다. 한보는 귀향공에게서 벗어난 게 즐겁다는 듯 두 사람의 팔을 잡아끌었다.

"어서 튀자! 산책! 산책! 녹 오빠도 빨리! 당아도 따라와!"

녹지현으로서도 구천대제의 주변에 계속 머물고 싶지는 않았다. 그렇기에 한보가 끼고 있는 팔짱이 만족스러워 걸음을 서둘렀다. 반면 태목구는 한보를 괴롭힐 요량으로 느릿느릿 걸었다가 옆구리를 맞았다. 산책을 하던 도중 태목구가 턱을 세우며 한보에게 거들먹거렸다.

"시익! 네가 부러워할 일이 있다."

"뭐?"

"태사부께서 여기 계시면서 내게 관음파권의 오의를 전수하셨지. 으하하! 넌 관음파권이 얼마나 무서운 무공인지 모를 거야! 이제 내가 널 이기는 건 시간문제다."

"그럴 일 없으니까 하나도 부럽지 않아."

한보는 퉁명스레 답하곤 일행을 앞서 걸었다. 말은 그렇게 했어도 못내 섭섭한 눈치였다. 막당이 한보의 표정을 유심히 살피며 물었다.

"보아야, 섭섭해 보여."

"그런 부분까지 솔직하게 말하지 마! 이씨! 저 영감탱이, 계산만 끝내봐라. 밤새 붙잡고 따질 테다!"

"시익. 하지만 넌 목장에 있을 때 태사부께서 무공을 가르쳐 주신다고 했어도 거절했잖냐."

"지금은 달라."

한보는 태목구를 향해 얼굴을 굳혔다. 청성에서 겪었던 일이 주마등처럼 떠올랐다. 힘이 있었다면! 귀향공만큼의 힘이 있었다면 손우강의 죽음을 슬퍼하는 일은 결코 없었을 것이며, 주향상과 유법도 무사히 데려올 수 있었을 것이다. 한보는 숨을 크게 들이키더니 말을 힘주어 반복했다.

"그래, 지금은 정말 달라."

태목구는 한보의 진지한 얼굴을 잠시 응시했다. 친구의 굳은 표정을 보는 것이 달갑지 않았기에 태목구는 솔직하게 말했다.

"사실은 나, 네가 청성파에서 무슨 일을 겪었는지 대충 알고 있었다. 악 형님이나 금 누님에게는 말하지 않았지만."

"엥? 어떻게?"

"잠시 중경을 떠나 있었거든. 실은 우리도 중경에 온 건 며칠 안 됐다, 시익."

"우리?"

"태사부님과 난 청성산 부근에 있었어."

한보와 녹지현이 깜짝 놀라며 태목구를 돌아봤다. 태목구는 자신의 불룩한 배를 매만지다가 한보에게 넌지시 물었다.

"너 쌍철권 어쨌냐?"

"으아아아아아아아악!"

한보는 뒤늦게 기겁하며 발을 굴렀다. 귀향공의 신물인 쌍철권을 장악진에게 빼앗겼는데, 지금 이곳에 귀향공이 있으니 최악의 위기나 다름없었다. 한보가 창백한 얼굴로 주변을 급히 돌아보는 꼴이 중경 자체를 떠나 도망칠 계획을 세우는 듯했다. 그때 태목구가 품에서 쌍철권을 꺼냈다. 한보가 멍한 얼굴로 철권을 살피다가 함박웃음을 터뜨렸다.

"아니, 이걸 왜 네가 갖고 있는 거야! 우와아! 만세!"

"손을 다친 것 같은데, 괜찮냐?"

"당연히 괜찮지! 내 손은 약손이니까! 에베. 내가 지금 무슨 소리를 하는지 모르겠다. 아무튼 만세! 네가 날 찾아왔구나, 철권아!"

"태사부께서 이름을 알려주시더라. 그거 이름은 '겁화금강(劫火金剛)'이야."

"겁화… 금강이라고?"

한보가 철권을 끌어안은 채 멍한 얼굴로 태목구를 보았다. 태목구는 입 바람을 뿜는 특유의 웃음소리를 내더니 겁화금강의 여행기를 읊었다.

"태사부님께서 내게 관음파권의 모든 것을 전수하신 뒤 청성파로 동행하셨는데 초입에 드시자마자 돌아가자 하시더라고. 무서운 계집이 있어서 피하는 게 상책이라 하셨는데 난 널 두고 하는 말인 줄 알았지. 시익. 그 다음이 궁금하지? 태사부님께서 뭘 하셨는지 알아? 하룻밤 사이에 아미파를 정탐하고 돌아오시더라. 그 경공술도 나중에 가르쳐 준다고 약속하셨다. 싯싯시잇! 시하하!"

"요점만 말해. 철권도 있겠다, 피떡을 만들기 전에."

"아미파도 수상하다며 널 걱정하시더라. 새를 날려 동태를 살피게 했는데 널 못 찾았다며 얼마나 한숨을 쉬셨다고. 하지만 청성 장문인이 겁화금강을 가지고 있는 것을 알고 안도하시더라."

"안도를 하셨다고? 내 철권이 다른 사람 손에 넘어갔는데?"

"청성파의 장문인 정도라면 그 철권의 옛 주인이 태사부님이라는 것 정도는 알아보실 거라던데? 다른 누구도 아닌 구천대제 귀향공의 신물을 가진 사람을 죽일 리 없다고 하셨지."

한보가 한탄하며 혼잣말했다.

"죽여서 빼앗았으면 어쩌려고."

"아닌 게 아니라 그렇게 물어봤다. 죽었으면 팔자라던데? 눈이 와서 운치도 있겠다 그 핑계대고 청성이나 쓸어볼까 하시던걸?"

"허윽!"

한보뿐 아니라 태목구의 뒤에 있던 사람들까지 몸서리쳤다. '귀향공'이라는 별호를 그 비슷한 사건 때문에 얻지 않았던가. 농민에게 우차를 맡기고 삼 일 후 돌아왔더니 마교 지부의 무인들이 그것을 빼앗았던 실수. 그로 인해 벌어진 '마인귀향(魔人歸鄕)의 변(變)'은 오랜 세월이 흘렀지만 강호에 갓 뛰어든 젊은 무인들도 잘 아는 이야기였다. 당시 귀향공은 우차를 빼앗을 때 목숨을 잃었던 몇몇 농민의 시체를 확인하고 마교 지부로 갔으며, 그곳에서 자신의 소가 뼈로 남아 있는 것도 발견했다. 부모와 자식을 잃은 농민들에게 뒤를 따르게 했던 귀향공은 고개를 주억거리며 '이쪽에 흙으로 돌아간 자가 있으니, 저들도 귀향해야 공평하다'라고 말했다. 그리고 싹 쓸었다. 울고불고 난리 치고 도망치고 빌고 스스로 자해하며 목숨만은 어쩌고 하던 모든 마인들이 '잘 가시게'라는 한마디로 숨통이 끊어졌다. 구경했던 농민들의 뒷담이 과장되었을 수도 있겠으나, 귀향공은 팔십 명이 모여 있던 마교 지부 하나를 무(無)로 돌림과 동시에, 그 모두를 단 일 초의 출수로 죽였다. 그 때문에 청화자(靑火者)라 불리던 별호가 귀향공으로 바뀐 것이다.

"떨리지? 시익. 그때 옆에 있었던 난 오죽했겠냐. 그래서 내가 대신 가서 너와 철권을 찾아오겠다고 했지. 태사부께서 또 하나의 제자를 위험에 빠뜨릴 수는 없다셨는데 계속 내가 가겠다고 우겨봤다."

"그건 정말 잘한 일이야. 그래서 네가 이걸 찾아온 거야?"

"아니. 때마침 태사부님을 아는 녀석들과 우연히 만났어. 그래서 그 녀석들을 시켜 찾아오게 했지. 뭔가를 억지로 먹이시더니 한 달 내로 너와 철권을 찾아오지 않으면 오장육부가 뒤집혀 죽을 거라 하시더라고. 그것들을 보내곤 나를 데리고 아미산 쪽으로 가시는 것 같더니 그냥 지나치시더라. 태사부님의 경공을 쫓느라 죽는 줄 알았다. 아무튼 난 이걸 얻었다. 시이익!"

태목구는 이를 드러내고 웃으며 상의를 좌우로 젖혔다. 젖혀진 옷 안쪽으로 푸른 기운이 서리며 빛을 반사했다. 탄탄한 근육을 타고 팽팽한 곡선을 그리는 태목구의 어깨는 종잇장처럼 얇은 그것이 덮고 있었다. 한보는 청광을 뿜는 얇은 어깨갑을 검지로 누르며 물었다.

"이게 뭐야?"

"금강고갑(金剛靠甲)이라고 하셨는데 나도 아직 사용법은 몰라. 하지만 신물인 것 같았다. 어떤 무덤을 파헤쳐서 꺼냈을 때는 편편한 철판이었는데 내 어깨에 닿으니까 이렇게 구부러지면서 착 달라붙던걸?”

태목구는 다시 옷매무새를 갖추며 어깨를 둘러싼 그것을 감췄다. 한보가 ‘전혀 부럽지 않아’ 라고 답한 뒤 다음 이야기를 재촉했다. 이야기의 마지막은 간단했다.

“그걸 찾고서 돌아가던 중에 녀석들이 달려오더라고. 네 접화금강을 들고. 어떻게 우릴 찾았는지 신기하더라. 한시도 쉬지 않고 달렸는지 반 강시가 됐더군. 아무튼 걔들 얘기를 들어보니까 네가 감옥을 빠져나갔다더라. 그래서 여기로 온 거야. 네가 무사히 빠져나왔다면 언젠가는 이곳으로 올 테니까.”

“그렇군.”

한보와 녹지현이 동시에 누군가를 떠올렸으나 곧 기억에서 지웠다. 그때 뒤에서 악책의 목소리가 들렸다. 이마에 땀방울이 맺힌 꼴이 귀향공에게 문방사우를 건넨 뒤 급히 달려온 모양새다. 한보는 태목구가 슬쩍 보여주는 어깨선을 무시한 채 악책에게로 걸었다.

“금 언니는 아직도 회의 중이세요? 보고 싶어 죽겠네.”

“아마 길어질 게다.”

악책이 고개를 가로저으며 중얼거렸다. 한보가 무슨 회의냐고 물었지만 악책은 다시 한 번 한숨으로 답할 뿐이었다. 좀 더 집요해야겠다 여긴 한보가 심호흡을 크게 하고 악책의 가슴 앞에 얼굴을 가져가는 순간이었다.

“닥쳐요!”

“윽!”

모든 사람들이 재빨리 고개를 돌렸다. 정원의 담을 사이에
두고 금영진의 살기 어린 호통 소리가 들린 것이다. 악책은
이마를 감싸 쥔 채 고개를 저었고, 한보는 급히 신형을 날려
담 귀퉁이의 문을 열고 들어갔다. 지부 회의실과 연결된 대청
에서 금영진이 누군가의 목에 검을 들이대고 있었다. 마주 선
두 사람 사이에서 매서운 살기가 교차되는 중이라 한보의 얼
굴이 새파래졌다. 한보는 금영진이 상대에게서 허점을 보이
지 않도록 조심스레 곁으로 붙으며 속삭였다.

“금 언니, 무슨 일이에요?”

“한 매, 어서 와. 마중 나가지 못해 미안해.”

“저자는 누구죠?”

한보의 물음에 금영진은 검날을 비틀어 놈이 스스로 턱을
기울이게 만들었다.

“흥! 합천의 정도맹 지부를 맡은 개 한 마리야.”

“말씀이 지나치시오, 금 대장.”

“그 짓 하고도 윤 대장 소리를 듣고 싶었어요?”

“무슨 짓을 했는데요?”

한보도 덩달아 분기를 얼굴에 담고 물었다. 금영진은 한보
에게 이유를 알릴 겸 상대에게 경고했다.

“윤상욱! 다시 한 번 말해요. 앞으로 합천의 무사들이, 아

니, 그 누구라도 중경의 울타리를 넘어와서 군량을 수집한다
면 그 답은 검으로 할 거예요. 또한 중경에 적을 둔 상선이나
어선이 합천의 무사들에게 약탈당하면 제가 직접 검을 들고
합천 지부에서 피를 보고 말 거예요.”

　“조금 전에도 말했소이다만, 지금 금 대장은 정도맹에 등
을 돌리는 끔찍한 말을 한 거요. 현재는 겨울이며, 머잖아 큰
전쟁이 있을 거요. 지금 당장부터 열심히 군량을 모아도 올
여름엔 군량 부족에 시달릴 것이 뻔하지 않소. 일 다경이 채
지나지 않아 군사를 보내라는 정도맹의 서신이 와도 이상할
것 하나도 없는 시기요. 이 위태로운 와중에 대체 무슨 소리
를 하는 건지 모르겠소이다. 금 대장만의 문제라 여기시오?”

　“닥쳐요! 닥치라 했어요!”

　“중경에 있는 모든 정도맹 무사들이 피해 입을 수 있소! 또
한 팔기금문도 온전하지 못할 게요! 금 대장의 아버지…….”

　피싯!

　윤상욱이 급히 입을 다물었다. 턱 끝에서 혈선이 그어져 금
영진의 검신을 따라 흘러내리고 있었다. 금영진은 매서운 눈
으로 윤상욱을 노려보며 말했다.

　“적당이라는 게 있는 거예요. 군량은 우리도 모으고 있는
데, 합천에서 또다시 나타나 가져간다면 그 사람들은 뭘 먹고
살겠어요? 전쟁, 정도맹, 팔기금문, 나의 아버님. 그 모든 것
에 앞서 강호에 일생을 담은 무인들이 무엇을 약속했죠? 옳은

것을 따르라. 극락화의 검이 당신의 목을 치라 하지만, 곱게 돌려보내 드리죠. 곱게!"

지익.

"으으윽!"

뚝뚝.

검신을 타고 떨어지는 핏방울, 치켜뜬 눈으로 그것을 바라보는 윤상욱. 한보는 주변이 공포와 분노와 살기가 어우러진 상태인지라 감히 끼어들 생각조차 못했다. 금영진은 눈에 독기를 담고 입에 미소를 담았다.

"중경 지부의 문을 나설 때 눈밭에 떨어뜨렸던 협사의 이름을 다시 주워가길 바랄게요."

휘릭!

금영진은 매서운 바람을 일으키며 자신의 검을 휘둘렀다. 허공에 깨끗한 곡선을 그린 그것은 검집과 하나되어 시치미 뗐다. 윤상욱이 비로소 스스로의 턱을 매만졌다. 애초에 무공으로 금영진과 상대하는 것은 어림도 없었다. 같은 정도맹의 지부장으로서 이런 칼부림이 생기리라고는 꿈에도 생각지 못했기에 거침없이 회의실로 들어갔던 윤상욱이다. 겉으로는 멀쩡한 듯 턱을 세운 채 부라리는 눈을 가라앉히지 못했으나, 무릎은 조금씩 후들거리고 있었다. 쓰라림을 무릅쓰고 턱에 맺힌 피를 손바닥으로 쓸어 내린 윤상욱은 금영진에게서 매섭게 몸을 돌렸다.

"오늘의 일은 결코 잊지 않겠소. 곧 정도맹에서 소식이 올 것이오."

"제가 할 일을 대신해 주어 고맙네요."

윤상욱이 등을 보인 채 '퉤!' 하고 하늘 향해 침을 뱉는다. 한보가 비로소 기회를 잡고 윤상욱의 이름을 불렀다. 윤상욱이 고개를 온전히 돌리지 않고 걸음만 세운 채 곁눈질하자, 한보가 그 뒤통수에 포권하며 웃었다. 한보는 예전에 만난 어떤 노인의 흉내를 냈다.

"앞으로 길 가다 조심하세요. 다시 한 번 만나면 윤 대협 죽일래요."

"크흑! 넌 또 뭐냐! 무례하다!"

윤상욱이 더 이상 참지 못하고 호통쳤다. 허리에 찬 검으로 우수를 가져가며 힘차게 몸을 돌린 윤상욱은.

"한보라고 해요. 인사가 늦었습니다."

한보의 포권을 받자마자 돌던 방향 그대로 다시 반 바퀴 돌아서 갈 길을 가기 시작했다. 윤상욱은 치욕을 억지로 삼키며 필사적으로 걸음하다가, 자신이 갈 길을 막은 자들에게 눈알을 부라렸다. 한 명은 악책이고 또 한 명은 태목구라는 것을 잘 알기에 가급적 시선을 피했다. 나머지 두 명. 윤상욱은 혼잣말로 불평했다.

"제기랄. 신성 '육' 장이라고 했지?"

윤상욱은 나머지 두 명의 신분을 묻지도 않은 채 공손한 태도로 '좀 지나가겠습니다'라고 말한 뒤, 막당과 녹지현의 사이를 빠져나갔다.

"누굽니까?"

막당이 윤상욱의 비틀거리는 뒷모습을 돌아보며 물었다. 악책은 '나쁜 사람'이라고 대답한 뒤 금영진에게로 걸어갔다. 금영진의 핏기없는 얼굴 앞에 악책이 팔자눈썹을 보였다.

"금 매, 괜찮겠냐? 말을 들어보니 우리 측에 득이 될 내용은 없었다."

"그럼 뭐라고 해요, 악 오빠."

금영진이 악책에게로 억울하다는 듯 턱을 세웠다. 악책이 할 수 있는 것은 어깨를 으쓱하는 일 뿐이었다.

"알면 내가 그 자리에 있었겠지."

"하지만 금 언니의 말이 모두 옳은 것 같았는데 대체 뭐가 문제죠? 조금 전의 일이 문제가 된다면 정도맹이 패악한 것 아녜요?"

한보가 아미를 찌푸리며 악책이 윤상욱이라도 되듯 대들었다. 악책은 쓰게 웃으며 말했다.

"어느 쪽이든 묘한 비틀림이라는 게 있지. 이곳 중경의 정도맹 지부가 군량을 적게 걷어들이는 건 주변 도시들이 모두 알고 있다. 또한 부근의 귀암곡도 자체적으로 군량을 비축하는 편이지. 이럴 때 주변 지역의 정사마가 무얼 하겠냐? 그 지역 사람들은 중경으로 몰려드니, 수습할 군량이 줄어드는 것은 당연하다. 때문에 저들은 앞 다투어 중경 영역으로 들어와 군량을 가져가는 거야. 동방세가에서 보고를 받는 자도 이런 점을 고려할 게 분명하다."

"아윽. 그럼 저쪽이 옳을 수도 있네요. 금 언니가 너무 화를 내셨어요."

한보의 말에 금영진이 울화통을 터뜨렸다.

"그게 아냐! 그 사람들이 모두 중경 외곽에 옹기종기 모여 살겠니? 다들 흩어져서 중경의 표국 일꾼으로 들어가기도 하고, 성내 잡일을 하는 경우도 있다고."

한보는 금영진의 말을 이해 못하고 고개를 기울였다. 답답하다며 가슴을 치는 금영진을 대신해 악책이 말했다.

"외부 도시의 무사들이 취하는 군량들은 중경 외곽의 민간인에 한하지. 너무 깊숙하게 들어왔다가는 이곳 지부와 마찰을 빚을 수도 있고, 심하면 직접 무사들끼리 맞닥뜨려서 싸움이 될 수도 있을 테니. 그렇다면 어떤 결과가 나오겠냐. 외부에서는 사라진 사람만큼, 아니, 모처럼 외부로 나왔으니 그이상의 물품을 취하려 들겠지. 하지만 외부에서 빠져나온 사람들은 중경 곳곳에 분포되어 있다. 그 말은 곧 중경 외곽의 사람들은 내일 하루의 식량을 걱정할 정도로 무리하게 빼앗긴다는 얘기가 된다."

"아!"

"이럴 경우 그 사람들이 누굴 미워하겠냐. 같은 양을 가져간다 해도 외부와 내부를 따질 것도 없이 늦게 와서 가져간 자를 더 미워할 것임은 불을 보듯 뻔하다. 우리는 규정 일자 대로 찾아가지만, 저들은 그것을 감안하여 일자를 서두를 것이다. 결국 피해를 감당하지 못한 이들이 중경의 정도맹 지부를 원망하며 떠날 것이다. 그렇다고 저들이 외곽의 도시를 찾을까? 천만에. 외곽 도시의 수습 물량이 줄어든 인구만큼이나 빡빡할 테니 다른 곳을 찾겠지. 대부분의 출향자(出鄕者)들은 부근의 험준한 지역에 자리를 잡고 산적이 된다."

"심각하네요."

한보가 자신의 머리칼을 거칠게 뒤집어엎으며 성질 부렸다. 악책이 그 모습에 반한 듯 자신도 곱게 빗은 머리칼을 마구 섞으며 한탄했다.

"요즘 이 문제 때문에 머리 아파 죽겠구나."

"악 오빠보다 제가 더 머리 아파요! 잊고 계신가 본데 중경의 책임자는 바로 저란 말예요. 아아, 한 매! 난 미칠 것 같아. 이 문제를 잊을 수만 있다면 정말이지 춤이라도 추겠어."

그 말에 한보가 잠시 고민하더니 뭔가 생각난 듯 손뼉을 쳤다. 한보는 기대감에 젖어 있는 금영진의 얼굴을 마주했다.

"걱정 말아요, 금 언니. 이 문제를 잊을 수 있는 계책이 제게 있어요."

"정말이냐!" 악책이 기뻐 외치고, "진짜야? 그럴 수만 있다면 정말로 춤을 출 거야!" 금영진이 만면에 화색을 담은 채 소리쳤다.

"청성파에서 무슨 일이 있었는지 얘기해 드릴게요."

한보는 그간 있었던 모든 일들을 죽 얘기했다. 얘기가 진행되는 동안, 악책이 굳은 얼굴로 정원과 회의실 주변의 모든 무사들에게 다른 임무를 맡겨 쫓아냈다. 금영진의 얼굴은 백상처럼 하얘졌으며, 악책의 얼굴은 흙처럼 피가 몰렸다. 한보의 얘기가 모두 끝나자 금영진이 '헐!' 하고 웃더니 윤상욱의 피가 말라붙은 검을 뽑았다.

"약속 지킬게, 한 매."

"꺄악! 어쨌든 아까 그 일을 잊을 정도로 충격적이었을 거 아녜요!"

"누가 뭐래!"

한보를 향해 칼춤 추는 금영진을 피해 다섯 명이 모두 정원을 뛰어다녔다.

정도맹 중경 지부의 제일 회의 주제는 즉시 바뀌었다. 금영진은 다섯 마리의 전서구를 통해 청성파와 아미파의 모든 정보들을 동방세가로 보냈다. 그리고 연청색 천을 목에 걸친 전서구에 '책임자 간 대화'를 청하는 서신을 담아 귀암곡으로 전했다. 너무 큰 사항이었기 때문에 중경 지부가 선택할 수 있는 일은 없었다.

"일단은 기다려 보자. 아무래도 우리가 큰일을 맡게 될지 모르겠구나."

회의실에서 악책이 제일 먼저 꺼낸 말이었다. 금영진도 당연하다는 듯 고개를 끄덕여 수긍했다. 이 문제에 직접적으로 관여할 수 있는 지부라면 역시 사천성의 삼대지부인 중경 지부, 성도 지부, 낙산 지부뿐이다. 하지만 성도 지부의 경우 연이은 정사의 전투만 신경을 써도 부족할 만큼 정신이 없는 상태였다. 사천성 지역에서 가장 커다란 격전지인 성도는 시체를 치우는 것도 귀찮아서 늘 피비린내가 가득하다는 소문이 돌 정도다. 아미파와 인접한 낙산 지부도 만족스럽지 못했다. 그곳은 아미파의 세력권 내에 있기 때문에 직접적으로 무언가를 행사하기 어려웠다. 사도, 마도의 공세도 아미파의 도움을 빌 정도로 지부가 가지고 있는 힘이 약한 곳이니 어쩌면 이미 아미파에 흡수되었을지도 모른다.

"무슨 명령이 내려질 것 같아요?"

"전쟁이겠지. 쳇."

한보의 질문이 끝나기가 무섭게 대답한 사람은 녹지현이었다. 금영진이 담배 연기를 동그랗게 말아 뱉으며 감탄했다. 금영진은 녹지현의 결론을 뒷받침하듯 좀 더 세밀한 예언을 했다.

"아마 동방세가 사람들도 여기에 올 거야. 한 매는 이 문제로 인해서 중경의 군량 문제를 잠깐 잊을 거라고 했지만 결과는 정반대야. 이곳이 한동안 정도맹의 전초 기지가 될 테니까. 귀암곡주 양진목에게 대화를 청한 이유도 중경에 있는 백

성들에 대한 논의를 하기 위해서지. 양 곡주가 공작왕의 직계 제자였기 때문인지는 몰라도 일반인에게 평판이 좋아. 우리는 양 곡주와 논의하여 중경의 일반인들이 전쟁에 휩쓸려 피를 뿌리지 않게 만들 거야. 이곳이 성도처럼 된다면 정말 끔찍한 일이지."

"양 곡주가 과연 정도맹 지부와 대화하려 할까요?"

"우리의 적이 바뀌었잖아. 중경이 전초 기지가 된다면 그 상대는 아미파와 청성파야. 그 뒤엔 네가 말한 천외천이 있지. 이건 정도맹만의 문제가 아니라 정사마 모두에 해당되는 커다란 문제야. 분명 대화에 응할 거야."

신성육장의 회의 내용은 대부분 서로에게 정보를 전달하는 수준에 그쳤다. 뭔가 큰 결정을 하기 위해서는 동방세가의 대답이 필요했기 때문이다. 그전에 뭔가를 결정하는 것이 오히려 위험하다는 이유도 있었다. 며칠 사이에 아미파와 청성파의 역사를 뒤집은 세력이라면 정도맹 중경 지부를 뒤집는 건 일 다경도 채 걸리지 않을 것이다. 서로가 답답함과 싸우는 동안, 귀향공은 방에서 한 발자국도 나오지 않았다. 누군가가 음식을 전하기 위해 방 안으로 들어오는 것도 용납하지 않았으며, 급기야는 근처에서 발소리를 내는 것도 불허했다. 덕분에 귀향공의 방은 중경의 새로운 전설이 되어가고 있었다. 밤마다 귀곡성이 들린다는 소문이 돌았고, 정말로 근처에서 귀신이 돌아다니는 것을 본 적이 있다는 사람마저 등장했다. 한보도 태사부의 건강을 염려하여 방 근처에 갔다가 어릴 때 목장에서 딱 한 번 본 적 있는 천지폭뢰(天地爆雷)에 맞아 죽을 뻔했다.

"귀암곡에서 연락이 왔어!"

전전긍긍하던 며칠간의 답답함을 금영진이 제일 먼저 깨뜨렸다. 금영진은 다섯 형제가 모여 있는 방으로 뛰어들어 와 자신의 우수에 쥐어진 쪽지를 흔들었다. 직전에 막당의 낙화동 생활을 묻고 있었던 악책이 제일 먼저 몸을 일으키며 쪽지에 관심을 보였다. 금영진은 모두의 시선이 머문 곳에 자리를 잡고 쪽지를 읽기 시작했다.

"대화에 응하겠다. 단 세 가지 조건이 있다."

"있을 줄 알았어."

악책이 불평했다.

"첫째. 대화는 귀암곡의 남쪽 전망대에서 할 것."

악책이 오히려 기뻐했다. 귀암곡에 절경이 있다면 남쪽의 보초탑 위라는 얘기를 들었던 기억이 있기 때문이다. 소문으로는 그 탑의 꼭대기에 지어진 건물이 육안으로 보기에 허공에 떠 있는 별장과 같다고 했다. 금영진도 쪽지를 읽으면서 입가에 미소를 띠어 기꺼운 뜻을 보였다. 둘 다 그곳이 적지라는 것은 전혀 감안하고 있지 않았다.

"둘째. 대화 인원은 각각 삼 인으로 정한다."

금영진은 이 조건을 말한 뒤 짤막한 부연 글을 읽었다.

"너무 많이 올라가면 무너진다네요."

"갑자기 가기 싫어지는데?"

악책은 우스꽝스럽게 몸을 움츠렸다. 녹지현은 물끄러미 자신의 아랫배를 내려다보더니 '뱃살 빠질 날이 아직 멀었으니 난 안 갈 테다'라고 말했다.

"셋째. 이게 의심스러워요."

금영진의 말에 다들 고개를 내밀었다. 앞의 두 조건은 예상과 크게 빗나가지 않았다. 그러니 남은 하나의 조건에 따라 아직껏 한 번도 이루어진 적 없던 귀암곡과의 대표자 회담 성사 여부가 결정되는 것이다. 금영진이 심호흡을 하더니 차분하게 쪽지의 마지막 글을 읽었다.

"십육 세 이하의 신성육장은 필수로 참여한다. 낙화동 출신은 극히 우대하겠다."

"……."

"……."

모두의 시선이 금영진을 떠나 막당의 얼굴에 머물렀다. 막당이 어쩔 줄을 모르다가 조심스레 동경을 들어 자신의 얼굴을 살폈다. 한보가 불쾌감 담긴 눈으로 금영진을 흘기며 농담했다.

"금 언니, 저는 그 조건에 맞는 사람 목록을 지금 당장 작성할 수 있어요."

"놀랍게도 나 역시 그래. 선택의 여지가 없는 뚜렷한 조건 이지?"

둘이 농담하는 사이에 악책은 고민을 끝냈다. 고개를 끄덕 이는 모습이 귀암곡주의 조건에 만족한 듯했다.

"나쁘지 않은 조건이야. 저 세 번째 조건을 달지 않았어도 난 용 아우를 데려갈 생각이었으니까."

"어째서요?"

"적진에서 하는 회의인데, 우리들 중 제일 무공이 뛰어난 용 아우와 동행하지 않으면 어쩌자는 거냐."

한보가 수긍하듯 고개를 끄덕이더니 자신의 가슴을 검지 로 찍었다.

"그럼 금 언니, 당아, 저?"

"금 매, 나, 용 아우다."

"쳇."

"녹 형님과 너희들은 여기서 기다려야겠지. 머잖아 동방세 가에서 회신이 올 테니 그것을 받아 보관해 줄 사람도 필요하 다. 금 매와 제가 없는 동안 녹 형님께서 자리 좀 맡아주십시 오."

녹지현이 턱을 세우며 미소 지었다.

"그러지 뭐."

"일단 병참과 곡물, 상권 관련의 회계는 지시없이도 운영 할 수 있도록 체계를 갖춘 상태입니다. 그저 내외적 사건이 생겼을 때 임기응변의 대처만 해주시면 됩니다.”

“쳇.”

한보와 똑같이 샐쭉해진 녹지현을 보고 막당이 똑같다며 웃음을 터뜨렸다. 녹지현은 ‘그러냐?’ 하며 멋쩍게 웃었지만 한보는 쌍철권을 장착했다.

휘이이잉!

일월 초의 중경은 하루도 한기가 가시지 않았다. 폭설은 없었으나 바람이 심하여 강물의 요동만으로도 작은 배가 엎어질 정도였다. 때로 항구의 일부가 얼음에 덮여 뱃사람들을 고생시킬 때도 있다. 덕분에 중경을 마주하는 강물 위로 끊임없이 배가 오갔다.

지긱. 지그덕.

날이 추울 때면 살얼음을 부수기 위한 사공들의 뱃질이 끊이지 않았다. 다른 곳이라면 몰라도 뱃길과 정박할 곳에 얼음이 자리 잡는 것은 곤란하다. 흔하지는 않지만, 장강의 살얼음을 보고 크게 기뻐하며 미끄럼을 타다가 고이 가시는 어린 아이도 문제가 되긴 했다.

“눈이 내릴 것 같습니다.”

“겨울이니까.”

하늘을 보는 막당에게 악책이 선문답하듯 답을 보냈다. 녹지현을 제외한 다섯 명은 수시로 사라지는 돼지를 부르며 등산했다. 연갈색 잡초가 차가운 물기를 머금은 채 돌처럼 굳어 있다. 그것을 밟을 때마다 보스락 소리가 나며 발바닥에 한기를 전했다. 사방에 펼쳐진 잡초들은 산행이 아닌 들을 거니는 기분을 주었다. 바람을 막는 것이 없어 가끔씩 ‘왜앵!’ 하며 고함치는 매서운 북풍에 다섯 명이 고개를 숙이곤 했다. 잠자는 잡초들을 짓밟고 계속 나아가면 시나브로 연갈색 무리들이 줄어든다. 그것들을 찾아보기 어려울 지경에 이르니 급경사가 앞에 놓여 있었다.

“거의 다 온 듯싶다. 이제 한 아우와 태 아우는 지부로 돌아가라.”

“초구는 어쩌죠?”

“데려가야지. 잡초를 배불리 먹었으니 만족할 게다.”

한보는 고개를 끄덕이며 초구의 머리를 돌렸다. 초구가 머리를 내밀더니 막당의 다리를 밀쳐 몸의 방향을 돌린다. 한보가 초구의 머리를 쥔 우수에 힘을 주며 말했다.

“당아는 같이 안 갈 거야.”

순간 초구가 막무가내로 힘을 주어 한보의 우수에 대적했다. 한보는 기다렸다는 듯 품에서 죽엽(竹葉)을 꺼냈다. 초구는 마치 웅묘(팬더)처럼 대나무 잎을 보면 환장하여 중경 손님들이 마실 죽엽청을 강탈하곤 했다. 지금도 어김없이 초구의 코가 한보의 손에 쥐어진 것을 향해 돌아갔다. 한보는 잽싼 동작으로 세 명에게 손을 흔들었다.

"그럼 빨리 다녀오세요! 내일 저녁이 되어도 소식이 없으면 다시 올게요."

"알았어, 한 매."

"조심하십시오. 세 분만 보내자니 불안하군요."

"어머. 고마워, 태 아우. 그렇게 말해주니 태 아우의 믿음직한 어깨라도 뜯어가고 싶어."

"그, 그런 말씀은 녹 형님한테만 하시는 걸로 족합니다. 식."

다섯 모두 웃음을 터뜨리며 길을 갈랐다. 금영진, 악책, 막당은 급격하게 치솟은 경사를 오르기 시작했고, 다른 셋은 또다시 잡초 밭을 유랑했다.

"이쯤 되면 절벽이군."

악책이 각력으로 버티며 경사면을 간신히 디뎠다. 금영진은 진작에 두 손으로 갈 길을 부여잡은 채 이동하던 중이었다. 금영진이나 악책 모두 막당을 부러워했다. 가끔씩 손을 쓸 때도 있었고 악책처럼 각력으로 움직일 때도 있었는데, 대부분의 움직임은 몸의 탄력을 이용한다. 막당은 마치 물을 만난 물고기처럼 능수능란하게 경사면을 올라갔다.

"천천히 가, 당아야."

"용 아우! 너무 앞서 가면 곤란하다!"

뒤에서 들려오는 외침에 막당이 고개를 돌리다가 엎어졌다. 막당은 배를 깐 채 주르륵 미끄러져서 금영진과 악책이 있는 곳에 이르렀다. 막당이 멈추는 꼴을 보고 두 연장자는 아우가 일부러 미끄러졌음을 알았다. 막당이 말했다.

"이 길은 굴곡이 적절하여 오르기 쉽습니다."

"전혀 적절한 굴곡이 아냐!"

금영진이 투덜댔다. 악책도 이번만큼은 막당에게 투덜대지 않을 수 없었다.

"용 아우에게 적절하지 않은 굴곡이 어디 있을까!"

"하지만 예전에 사부님께서 가르쳐 주신 신법과 배치가 같습니다."

금영진은 '그래?'라며 가볍게 정색했고, 악책은 '우리 용 아우가 이제는 배치라는 말도 아는구나'라며 흐뭇한 미소를 지었다. 곧 두 사람은 식은땀을 흘렸다.

"당아야. 좀 힘들겠지만, 이제부터는 그 신법으로 여길 오르지 마라."

"예, 신법을 쓰지 않겠습니다."

간단하게 대답해 줘서 고마웠다. 악책은 자신이 할 말을 대신해 준 금영진에게 고맙다는 뜻으로 미소를 지었다.

"역시 귀암곡이군. 입구로 향하는 길에서부터 수련을 시키다니. 하지만 너무 무책임하잖아. 공작천의 무공은 직계 전승으로 알고 있었는데, 이런 식으로 일반화를 시킬 줄이야. 하마터면 무성신법을 익혀 돌아갈 뻔했어."

급경사가 둔해질 즈음 끝이 보였다. 투박한 나무와 시커멓

게 변색된 동아줄로 만든 다리도 보였다. 경사면의 마지막에
서 입구로 통하는 유일한 길이 저 불안정한 다리였다. 금영진
은 혹시나 하는 마음에 다리 위로 첫발을 내디뎠다.

삐끼익!

"다른 길을 찾아보죠."

금영진이 창백한 얼굴로 악책을 돌아봤다. 하지만 악책은
숨을 들이켤 뿐이었다. 악책의 눈을 따라 시선을 돌린 금영진
이 다리 너머 안개 가득한 곳에 숨은 자를 보았다. 일곱 인영
이 안개 속에 곧추선 채로 자신들을 바라보고 있었다. 그중
한 명이 누구인지는 분명했다. 공작왕의 파문제자이자 현 귀
암곡주인 양진목이다. 지금 저들은 자신들의 무위를 보고 싶
은 게 분명했다. 이 다리를 외면한다면 정도맹의 명예를 실추
시키는 꼴이 될 것이다. 악책은 힘주어 말했다.

"가자."

삐기기기기!

소름 끼치는 소리와 함께 다리가 이리저리 흔들린다. 조심
스레 발을 올려놓은 나무판은 당장 살얼음처럼 '우직' 소리
를 내며 쪼개질 것 같았고, 가끔씩 손을 걸치는 동아줄은 '푸
석' 하고 분해될 듯 느껴졌다. 악책과 금영진은 '부하들은 어
떻게 여길 지나다닐까?', '다른 길이 분명히 있을 거야', '내
년에도 이 다리가 있으면 내가 성을 간다', '줄이 왜 까말까?
손때 묻은 건가? 초구도 왔으면 이 밧줄 다 먹었을걸?' 등등

의 잔소리를 이어가며 다리를 건넜다. 간신히 다리를 건너 양
진목 일행의 앞에 섰을 때 일곱 명 중에 맨 우측에 있던 자가
말했다.

"왜 저자는 건너오지 않는 겁니까?"

악책과 금영진이 놀라며 고개를 돌렸다. 막당이 정말로 다
리 건너에서 어물거리고 있었다. 악책이 힘껏 외쳤다.

"용 아우! 건너와!"

"다리가 너무 불안합니다!"

"용 아우라면 건널 수 있어! 걱정 말고 건너와!"

"그래도 불안합니다."

"당장 오라고! 신룡이 그런 다리도 건너오지 못하면 어쩌
자는 거야!"

그제야 막당이 '알겠습니다!' 라고 큰 소리로 답했다. 악책
과 금영진은 어설픈 웃음으로 마중 나온 자들에게 사과했다.
특히 양진목의 안색을 살폈는데, 여인의 얼굴 전체에 실망한
기색이 역력했다.

"당아가 가끔 저렇게 신중할 때가 있습니다."

금영진이 인사치레 겸 말했다. 양진목의 표정이 바뀌었다.
변화된 표정에 대해 금영진이 빠르게 응수했다. 금영진은 양
진목의 창백한 얼굴을 자신의 얼굴에도 담아놓으며 급히 몸
을 돌렸다. 악책도 너무 당황했는지 손을 휘저을 뿐 말을 제
대로 하지 못했다. 악책이 간신히 막혔던 성대를 뚫고 고함

쳤다.

"그, 그, 그렇게 뛰라는 얘기가 아니라!"

퉁.

막당이 큰 도약으로 이 장 가까이 부유하여 다리를 밟는 순간, 양진목은 악책과 금영진 사이를 뚫고 앞으로 나섰다. 판자를 박찬 막당이 어느새 다리의 절반을 넘어서 허공을 갈랐다.

퉁.

두 번째 내디딤으로 끝이었다. 막당은 양진목의 바로 앞에 착지하며 길게 숨을 토했다.

"왜 그런 짓을 한 거야!"

양진목의 뒤에서 악책이 고함쳤다. 막당이 울상 진 얼굴을 양진목의 어깨 너머로 보여주며 말했다.

"많이 밟으면 다리가 무너질 것 같아서 조금만 밟았습니다."

"그건 어느 강호 이론이냐! 다시는 그렇게 건너지 마!"

"네, 이제부터 많이 밟고 건너겠습니다!"

혼날 때마다 어깨를 움찔거리는 막당의 모습을 양진목은 물끄러미 바라보고 있을 뿐이었다. 금영진과 악책이 입을 다문 채 귀암곡주의 다음 반응을 기다렸다. 양진목은 붉은 입술의 끄트머리를 살짝 올려 미소를 지었다. 금영진이 부러워할 만큼 긴 속눈썹이 인상적인 눈도 곱게 호선을 그리며 눈웃음에 이르렀다. 막당이 마음에 든 것 같았다.

"멀리서 보았을 때는 아니었는데 가까이서 보니 얼굴에 앳된 티가 나는구나." 갑자기 싫어진 듯했다. 두 눈에 핏발 선다. "…도 그랬었는데!"

"인사드립니다. 정도맹 중경 지부를 책임지고 있는 금영진이라고 합니다."

금영진이 양진목의 몸에서 흐르는 심상찮은 기운을 지울 셈으로 포권했다. 등을 향해 내민 포권인지라 양진목은 막당에게서 몸을 돌려 금영진을 향해야 했다. 양진목이 고운 손을 살짝 겹치며 답했고, 곧 악책과도 인사를 나눴다. 그사이에 막당은 조심스러운 걸음으로 악책의 곁에 섰다. 전족한 여인처럼 조심스러운 걸음의 의미를 알게 된 악책이 막당에게 속삭였다.

"다리를 건넜으니 이제는 많이 밟고 걷지 않아도 돼."

"휴우. 살았습니다. 답답했습니다, 악 형님."

양진목의 시선이 막당을 향했다. 금영진이 먼저 막당의 가슴에 손을 내밀며 말했다.

"여기는 신성육장의 막내인 막당입니다. 아직 어려서 철이 없으니 이해 바랍니다."

양진목은 고개를 끄덕이며 미소 지었는데 그 모습이 나이와 걸맞지 않았다. 마치 스무 살을 넘긴 처녀처럼 백옥 같은 피부에 주름이 보이지 않았다. 양진목은 웃음을 머금은 표정을 유지한 채 막당에게 살짝 머리를 기울여 인사했다.

"신룡대협의 위명은 진작에 들었어요. 이전의 인연도 있으니 성의를 다하여 대접하겠습니다."

"어… 감사합니다."

막당의 인사를 받자마자 양진목은 자신과 함께 있는 자들을 하나하나 소개했다. 여섯 사람 모두가 귀암곡의 장로들이었다. 그중 양진목의 뒤를 따른 자는 이리(李理)와 하각사 두 사람이었다. 이리는 유상상 장로의 뒤를 이어 장로가 된 젊은 이였다. 유상상은 정주의 전투에서 너무 많은 아이들을 잃은 죄와 기존의 죄로 가중 처벌당해 뇌옥에 있었다.

"정말 절경입니다!"

악책은 귀암곡의 남탑에 오르는 동안 끊임없이 감탄했다. 처음 남쪽 감시탑을 보았을 때는 소름이 끼쳤고, 그곳에 올랐을 때는 가슴이 벅찼다. 어떤 건축술로 지어졌는지 알 수 없으나, 귀암곡의 남쪽 감시탑은 수직으로 세워지지 않고 이십도쯤 비스듬하게 기울어져 있었다. 그리고 기둥의 끄트머리에 정자를 하나 지었는데 그 아래쪽은 천 길 절벽이었다. 덕분에 귀암곡 주변을 가리는 절벽들을 피하여 주변 경관을 감상할 수 있는 유일한 곳이었다.

"예, 저도 여기가 절경이라서 놀러 왔다가 코 꿰여 곡주 됐어요."

양진목이 정자의 손잡이에 등을 기댄 채 머리로 해를 가리며 중얼거렸다. 허리를 가로지르는 안개가 선녀의 날개처럼 보일 지경이었다. 악책은 양진목의 반대쪽 손잡이를 움켜쥔 채 까마득한 세상을 내려다보고 있었다. 얌전한 네 사람은 정자 중앙의 구멍을 앞에 두고 침묵했다. 곧 사각의 구멍에서 딱 맞춘 크기의 반상이 올라왔다. 반상 위의 음식들이 짙은 향을 풍기며 정자를 휩쓸자, 악책도 고개를 돌리지 않을 수가 없었다.

"좋은 향입니다."

"어젯밤부터 손님들을 위해 제가 직접 만든 음식이에요. 입에 맞으실지 모르겠네요."

양진목이 화사하게 웃으며 자리를 권했다. 두 개의 반상이 더 올라오니 정자가 반으로 나뉘어 정도맹과 사도맹을 구분한다. 양진목은 중앙 반상에 앉아 그 아래 구멍으로 발을 걸쳤다. 마침 중앙에 앉았던 금영진도 똑같이 발을 걸쳐 흔드니, 양진목이 '기분 좋죠?' 라며 웃었다. 금영진은 양진목이 좋아졌다. 언니로 모시고 싶을 정도로.

"이곳은 제가 가장 좋아하는 곳이에요." 양진목이 금영진에게 웃으며 말하다가 눈을 부릅떴다. "…과 수도 없이 온 곳이죠!"

백학 한 마리가 안개를 뚫고 고요히 비상하며 날갯짓했다. 금영진이 얼굴에 미소를 담으며 고고한 백학의 운치를 즐기는 듯했으나 속으로는 언니 계획을 취소하고 있었다.

"서신을 통해 대강의 사항은 알았어요. 지부장께서는 어떤 방법으로 중경의 사람들을 지킬 생각이시죠?"

어느새 양진목은 자황을 들어 입술에 가져간 상태였다. 금영진도 이름 모를 향이 흐르는 차에 마음을 내밀었다. 잘 만든 자황인지라 입술에 닿는 전이 예부터 사용하던 것처럼 딱 붙었다. 금영진은 차를 한 모금 입에 머금고 혀로 즐기다가 삼켰다.

"가장 시급한 것은 군량 수급의 문제예요. 조만간 정도맹의 추가군이 중경에 올 거예요."

"그만큼 많은 군량을 수급하려 들겠군요."

"외부에 한정되었던 군량 수급의 문제가 이제는 중경 내부에 이르겠죠. 분명 그것으로도 부족할 수 있어요. 저를 대신해 중경을 책임지실 분은 부근 도시에서도 지원 군량을 청구할 테니까요. 그쪽은 그쪽대로 더 열성적인 수급을 하겠죠."

"즉, 수급의 영역이 귀암곡 부근에 이를 수도 있다는 말씀이신가요?"

"곡주께서는 어떻게 생각하시나요?"

"지금도 그러고 있는걸요, 뭐."

"풉!"

차 맛이 좋아 계속 입에 붙이고 있던 금영진이 입바람으로 몇 모금을 뱉었다. 동그래진 눈으로 양진목을 바라보니 귀암곡주의 여유가 산허리의 구름만큼이나 느긋했다.

"그래서 몇 달 전부터 저희들은 주변 마을의 군량 수급을 중지했어요. 어차피 이 안에서도 자급자족이 가능하니까요. 하지만 이쯤 되면 문제가 다르겠죠. 귀암곡과 하루 거리조차 되지 않는 곳에서 정도맹의 다수가 모여든다면 아무래도 비상사태죠. 게다가 지금 진행되는 청성파와의 전투로 제법 많은 아이들이 다치거나 죽었으니……."

"자급자족이 가능하시다면 귀암곡 쪽에 군량 문제를 언급할 필요는 없겠네요."

"있다니까요. 다수의 적이 진을 치고 있다면 저희가 제일 먼저 뭘 생각하겠어요?"

금영진은 잠시 침묵하며 양진목의 생각을 짐작하려 애썼다. 금영진이 좀처럼 감을 잡지 못하자 악책이 틈새에 끼어들었다.

"귀암곡과 귀암곡의 군량을 노릴지도 모른다고 생각하시겠군요."

"아!"

"그래요. 이렇게 같이 앉아 있기는 해도 친구라 할 수는 없으니까요. 자, 이제 대책을 말씀해 주세요."

"자발적 세금의 형식은 어떨까 해요."

금영진의 말에 양진목이 고개를 기울였다. 금영진은 자신이 계획한 내용을 간단히 설명했다. 수확기와 호상기(好商期)가 지난 지금, 대부분의 사람들은 새로운 수익이 크지 않을 테니 자발적으로 수익의 일부를 넘기는 형식이라는 것이었

다. 대신 그 사람들의 목록을 작성하여, 누군가가 직접 찾아
와서 재산을 가져가면 강탈로 인정하여 벌을 줌과 동시에 빼
앗긴 재산을 돌려준다는 내용이었다.

"자발적으로 군량 지원을 하면 지켜줄 것이고 그렇지 않다
면 나 몰라라?"

"그런 내용이라 할 수 있죠."

금영진이 자황으로 얼굴을 반쯤 가린 채 답했다. 양진목은
금영진의 화법이 마음에 들었다. 충분히 좋게 설명할 수 있음
에도 불구하고 일부러 불리한 부분만을 말하여 상대에게 속
내를 고민할 여지를 주지 않는다. 어찌 되었든 상대는 그 속
에 담겨진 또 다른 사항들을 고민할 것이다. 그것의 대부분은
상대가 감추고 있는 '좋은' 부분들이었다. 본의 아니게 적에
대한 호감의 부분을 떠올려야 하는 것이다. 친해지고 싶은 상
대에게 꺼내는 화법이라면 최적이었다. 양진목은 자황을 내
려놓고 젓가락을 들었다. 그리고 접시에 놓여진 나물 안주를
젓가락 끝으로 가리키며 말했다.

"제가 혼신을 기울여 만든 반찬이죠. 맛있을 거예요."

"고마워요."

양진목의 젓가락이 나물을 집어 올리자 금영진도 뒤따라
집으며 입에 넣었다. 양진목은 맛을 음미하듯 눈을 감은 채
미소 머금은 입술을 우물거렸다. 하지만 금영진은 그렇지 못
했다. 눈은 웃고 있는데 입술은 울상이다. 양진목이 말했다.

　"그 방법이 지켜진다면 사람들은 안심하겠죠. 하지만 주변의 정도맹과 마찰이 있을 거예요. 다른 지역의 정도맹이 중경에 들어와서 군량을 가져가면 어쩔 셈이죠?"

　"쳐들어가서 빼앗아 와야죠."

　"역시 그 의미가 맞군요."

　"그래서 이렇게 찾아왔어요. 제 목적은 중경 사람들이 고통을 겪지 않는 거예요. 정도맹끼리의 영역 다툼이라면 전쟁으로 번질 수가 없고 무인들끼리의 싸움으로 끝이 나죠. 하지만 사도맹과 정도맹이 서로의 영역적 문제로 시비가 붙으면 지역의 사람들 안전과 무관하게 피를 뿌릴 수 있어요. 이미 귀암곡의 영역과 정도맹의 영역은 확실하게 구분된 상태잖아요. 제가 이런 방침을 세우고 끝내 진행했을 때, 다른 지역의 놈들은 중경 지역의 정도맹 영역을 포기하게 될 거예요. 그 여파가 귀암곡 영역으로 미치겠죠."

　"그렇겠죠. 진상을 알아보면 시작이 정도맹 중경 지부였음도 밝혀지겠고요."

　"네. 제 의도가 귀암곡에게 압력을 가하기 위한 계책이 아님을 미리 알려주고 싶었던 것이 만남을 청한 이유 중 하나예요. 하지만 귀암곡이 자급자족을 하고 있다니 아무 문제도 되지 않겠군요."

　"그래요. 하지만 너무 자주 넘나들면 귀암곡도 손을 쓰겠죠. 어찌 되었든 그 문제가 중경 지부에서 비롯되었다는 오해

같은 것은 하지 않겠어요. 그러니 이제 귀암곡의 문제에 대해
어떻게 생각하시는지 말씀해 주세요."

"고민 좀 해야 될 것 같아요. 정도맹 세력이 모였을 때 귀
암곡이 위기감을 느끼게 될 거라는 사실은 알았지만……."

"우리는 아직도 청성파와의 전면전이 끝나지 않았어요. 서
신의 내용이 사실이라면, 정도맹이 청성파와 적대하는 것이
제일 반가운 소식이죠. 하나 '제삼의 세력' 이라는 말씀 속에
감추신 존재의 진의를 밝히지 않는 한, 귀암곡은 불안할 수밖
에 없어요. 어찌 되었든 이 주변에서 사도맹의 가장 큰 세력
이라고는 저희 귀암곡밖에 없고, 대단위의 정도맹 무사들이
중경에 모이잖아요. 감추고 계신 진실을 말씀하여 저를 믿게
하지 못한다면 귀암곡과 정도맹의 중경 지부는 앞으로도 소
통의 문이 굳게 닫혀 있을 거예요."

"한 번만이라도 믿어보십시오. 그러면 열릴 것입니다."

악책이 두 눈에 힘주어 말했지만 양진목은 고개를 저었다.

"길거리에서도 그런 말에 수긍하는 사람은 별로 없을 거예
요. 이 문제를 해결하지 않으면, 아직 시작도 하지 않은 중경
의 안전 얘기를 나눌 수 없어요."

그때 막당이 엄지를 치켜세우며 '맛있습니다!' 라고 외쳤
다. 양진목은 빠르게 시선을 옮겨 막당의 우물거리는 입을 향
해 '고마워요' 라고 답했지만, 금영진은 창백한 얼굴을 보이
며 속으로 '그럴 리가!' 라고 외쳤다. 마침 생각난 듯 양진목

이 막당에게 물었다.

"막 대협께서는 어떻게 생각하시나요?"

"무엇을 말입니까?"

"지금까지 얘기했던 문제요. 귀암곡과 정도맹이 서로의 문제를 해결하기 위한 방법은 뭐라고 생각하세요?"

"우웅. 전……."

막당이 고민하는 동안 악책도 고민했다. 어떤 방법으로 자신이 둘 사이에 끼어들어야 할지를. 금영진 역시 막당의 입이 열리지 않기를 바라며 급히 말했다.

"정도맹의 추가군이 오면 새로운 담당에게 미리 말해두겠습니다. 어느 누구도 귀암곡의 영역에 발을 내밀지 않도록."

"고마워요."

양진목이 살짝 고개를 비틀며 금영진에게 웃음을 보였다. 하지만 그뿐이었다. 양진목은 다시 막당의 얼굴을 응시했다.

"그래도 전 막 대협의 뜻을 알고 싶어요."

막당이 말했다.

"귀암곡과 정도맹에 무슨 문제가 있습니까?"

이제껏 잠자코 있던 두 명 장로를 포함하여 모든 사람들이 각각의 방향을 선택해 경치를 즐겼다. 먼저 정신을 수습한 양진목이 미소를 지우지 않은 채 말했다.

"우리들은 전쟁 중이에요. 전쟁 중에 상대방이 갑자기 아군 주변으로 병력을 집결시키면 내일의 일을 걱정하는 게 당연하죠."

"그러니까… 당아야, 귀암곡과 우리는 적이야. 전쟁 하고 있어. 그래서 귀암곡은 우리를 믿지 않아. 어떻게 하면 믿을까?"

금영진의 친절한 해석을 이상하게 여겼지만, 양진목은 참을성있게 막당의 대답을 기다렸다. 이윽고 막당이 입을 열었다. 그것은 양진목을 향한 것도 아니었고 대답도 아니었다.

"왜 믿지 않습니까, 금 누님?"

"전쟁 중이니까!"

금영진이 결국 울화통을 못 이겨 고함쳤다. 그 순간 양진목이 막당에 대해 감을 잡은 듯 큰 소리로 웃기 시작했다. 악책도 양진목의 웃음이 담고 있는 의미를 파악하여 속이 시원했는지 웃음을 터뜨렸다. 웃음 속에서 막당이 말했다.

"그럼 전쟁을 하지 않으면 됩니다."

"그렇게 말할 줄 알았어."

금영진이 머리를 감싸 쥐며 투덜거렸다.

"우리는 정도맹이고 귀암곡은 사도맹인데 그게 말이 되겠니?"

"하지만 금 누님, 제 큰 사부님은 사도맹과 싸우지 말라고 하셨습니다. 싸우는 게 전쟁이면 전쟁 하면 안 됩니다."

상당히 난해한 말처럼 느껴졌는지 양진목이 낮게 신음했다. 좌우 장로들의 입에서도 신음성이 터졌다. 악책과 금영진은 차 향을 맡는 체, 딴청하며 쓴웃음을 짓는 중이었다.

"막 대협은 재미있는 분이시군요. 말속에 그림자가 없어서 좋아요."

양진목이 곱게 눈웃음쳤다. 그 대답에 금영진과 악책이 속으로 안도의 숨을 내쉬었다.

"…처럼 말이지!"

양진목이 험악한 외침으로 말을 맺자 두 사람의 안도하던 숨결은 입속으로 다시 빨려 들어갔다.

"잠깐."

갑자기 악책이 탁자 위로 손을 내밀었다. 사뭇 굳은 얼굴인지라 모두가 긴장하며 악책의 얼굴에 집중했다. 악책은 손을 뻗은 채 침묵하며 시간을 끌었다.

"……."

"……."

"악 형님, 지금 '잠깐' 하고 있는 중입니다."

"알고 있다, 용 아우. 좀 더 잠깐."

"예."

악책의 얼굴이 너무 진지하여 주변 사람들은 웃음을 터뜨리지 못했다. 악책은 뭔가 말을 할 듯 입을 열다가도 다시 고민에 빠지며 침묵을 지속했다. 무언의 시간이 지속되자, 가끔 딴청하며 경관을 즐기는 이도 나왔다. 악책은 탁자 위의 차가 모두 식어서 더 이상 김이 솟지 않을 즈음이 되어서야 입을 열었다.

"용 아우의 말이 아주 쓸모없지는 않겠습니다."

"무슨 말요?"

"어떤 말씀을 말씀하시는지?"

각각 악책에게 설명을 재촉했다. 악책은 자신의 가슴을 두드리며 웃었다.

"신성육장은 애초에 정사마의 구분을 두지 않았습니다. 저희들은 그저 피의 근심이 하루라도 빨리 지워지기만을 바랍니다. 용 아우의 말을 다시 새기십시다. 금 아우는 중경의 책임자가 된 이후로 남들이 넘볼 수 없도록 세력을 조율하고 주변의 정리에 힘을 썼습니다. 결코 전쟁을 위해 나선 일이 없지요."

"그건 저희 귀암곡도 잘 알아요. 때문에 이 자리를 흔쾌히 마련할 수 있었지요."

"그렇다면 저희들의 규칙을 세우는 것이 어떻겠습니까?"

악책의 제안이 구름을 보는 듯하여 감을 잡기 어려웠다. 양진목은 미소 머금은 얼굴에 일말의 변화도 주지 않으며 다음 말을 재촉했다. 잠자코 듣던 금영진이 먼저 악책의 심중을 알아채고 손뼉을 쳤다.

"그, 그렇군요! 이 지역의 유일한 사도맹과 합의를 보게 된다면 휴전이 가능해요. 사실상 중경은 휴전 상태였으니까요."

"이제야 알겠군요."

양진목이 곱게 웃으며 몸을 일으켰다. 마침 구름이 흩어져 서쪽으로 향하는 해를 드러냈다. 양진목은 붉은 기운을 볼에 담고 말했다.

"중경에서의 전쟁을 금하자는 말씀이신 거죠?"

"그렇습니다. 귀암곡과 정도맹 중경 지부의 영역을 금전 구역으로 정하자는 얘기입니다."

"저희야 가능하겠지만, 그쪽 입장에서는 쉽지 않을 텐데요? 실은 정도맹 본부의 정보가 이미 우리 손에 들어왔어요. 동방세가를 떠난 삼백의 무리가 중경으로 향하는 중이라더군요."

"손님으로 대우할 것이며 병장기를 따로 맡아둘 생각입니다. 중경 책임자의 자리도 넘기지 않겠지요. 만약 이를 힘으로 억압하여 바꾸려 든다면 이쪽에서도 힘으로 응수하겠습니다."

양진목의 표정이 굳었다. 악책이 한 말인지라 금영진을 돌아볼 수밖에 없다. 책임자 금영진은 표정의 변화가 없이 양진목의 반응만을 지켜보고 있었다. 그것이 양진목을 더 당황하게 만들었다. 임기응변으로 튀어나온 말이 분명할 텐데 서로의 의견이 같다니! 양진목은 자신이 신성육장을 너무 과소평가했음을 깨달았다.

"어떻게 감당할 생각이지요? 만약 그것이 가능하다면 귀암곡에서도 더는 걱정할 일이 없지요. 오히려 도움을 드리고 싶어질 거예요."

"신성육장이 감당할 것입니다. 저희가 정한 금전 구역을 바꾸려면 무량검께서 오서야 할 겁니다."

"동감이에요. 저희가 금전 구역을 선포하고 정도맹의 반대

지시를 묵살한다면 주변 도시들도 감히 쓸 데 없는 짓을 못할 거예요."

"바람이 부는군요."

양진목은 희미하게 웃었다. 정자의 한 귀퉁이로 걸어가 원형의 기둥을 짚으니 정말로 바람이 불어 머리칼을 휘저었다. 수평으로 일렁거리는 머리칼을 뒤에 담은 채, 양진목이 서로 기울 해를 아쉬운 듯 응시했다.

"강호에 새로운 바람이 불고 있음을 몰랐어요."

"그것이 구름을 몰아 강호를 덮을 때까지 이 마음을 바꾸지 않겠습니다."

악책이 호방하게 웃으며 가슴을 두드렸다. 양진목은 그 말을 듣고 신성육장을 초대한 이래 가장 큰 웃음소리를 냈다. 그리고 겨울바람에 식은 찻잔을 두 손에 움켜쥐며 말했다.

"제 사부님이 누군지 아시죠?"

"물론입니다. 구천대제의 공작왕을 모르고서야 어찌 강호인이라 할 수 있겠습니까?"

"그래요. 그렇다면 제 사부님께서 무공 외에 또 다른 것으로 유명한 게 뭔지도 아시겠네요."

"화타와 대라신선도 공작왕의 의술보다 뛰어나다 할 수 없겠지요. 제가 비록 정도맹 소속의 직책을 갖고 있으나, 평소 그분을 존경했습니다."

"그런데 그것뿐?"

악책은 찻잔에 반쯤 가려진 양진목의 미소를 당혹스러운 얼굴로 주시했다. 양진목이 무슨 말을 원하는지 알 수 없었다.

"존경하신다면서요. 그럼 의술 말고 또 한 가지가 있다는 것도 아실 텐데요."

"아. 그건… 혹시……."

공작왕의 또 한 가지 재주에 대한 소문이 있기는 있다. 하지만 표면적으로 돌아다니는 소문이라기보다 시정잡배들이 허황되게 꾸며내는 잡스러운 소문에 불과하였으니, 악책이 이런 자리에서 그 얘기를 꺼낼 리 만무했다. 이도 저도 못하고 당황하는 악책을 보며 양진목은 차가운 음료를 들이키곤 태연히 말했다.

"때를 볼 줄 아시죠."

"아, 예!"

저렇게 말하면 되는구나. 악책은 자신의 허벅지를 가볍게 때리며 아쉬워했다. 시정잡배들은 공작왕이 '주역을 만 번 읽어서 세상만물의 이치와 인간사 길흉화복을 모두 알고 있다'고 떠들었다. 양진목의 말을 들으니 그 소문이 아주 허황되지는 않은 듯하여 호기심이 일었다.

"저는 그 소문이 허튼 자들의 입담이라 여겼는데, 정말이란 말입니까?"

"아뇨. 그 소문 저 때문에 나온 거예요. 제가 사부님 만나기 전에 주역에 심취해서 관상을 볼 줄 알았거든요. 사부님

따라다닐 때 숱한 사람들을 약간 현혹시켰죠. 호호호."

"그, 그렇군요."

공작왕이 좀 더 대단한 인물이 아닐까 기대했던 악책은 눈에 띄게 낙담하는 모습을 보였다. 하지만 그 실망감은 오래가지 않았다. 양진목이 뜻밖의 말을 꺼냈기 때문이다.

"악 대협께서 금전 구역을 말씀하실 때 말예요. 관상이 바뀌셨어요."

"예?"

악책은 멍한 얼굴로 양진목을 대면했다. 양진목이 식은 차를 모두 마신 뒤 잔을 탁자에 내려놓으며 대수롭지 않게 말했다.

"악 대협은 올봄을 모두 겪지 못하실 거예요. 곧 죽을 관상이세요."

악책도, 금영진도, 심지어 지금까지의 대화를 대부분 이해하지 못했던 막당까지도 창백한 얼굴이 되어 귀암곡주를 바라보았다.

『용들의 전쟁』 5권에 계속…

입소문을 통해 아는 분은 다 알고 계십니다!
올 한해 공인중개사 최고의 화제작!

1~2권 합본 | 이용훈 지음
3~4권 합본 | 이용훈 지음
5~6권 합본 | 이용훈 지음
용 어 해 설 | 이용훈 지음
1~2차 문제풀이집 | 이용훈 지음

수험생 기본 필독서
만화 공인중개사

제목 : 만화공인중개사 쓰신 분에게 감사드립니다.

학원을 두달 다녔어요. 근데 과연 그 숫자 외우기 그런게 몇 문제나 나올까 생각을 했어요.

아니라는 생각이 드네요. 학원강의를 뒤로 하고 서점을 갔어요. 내 머리에 가장 이해될 수 있는

책이 없나 하구요. 거기서 만화를 발견했어요. 무조건 세번 봤어요. 3개월 걸렸어요. 문제 집을

보라고 했는데 그건 시행을 못했어요. 근데 합격을 했네요.

어떻게 감사의 말을 해야 될지…

도서관에서 만화책 들고 다니니까 사람들이 바운더라구요. 만화책으로 공인중개사를 공부한

다고 미친사람처럼 보더라구요. 근데 그거 다 감수하고 했던 내가 자랑스럽습니다.

어떻게 감사의 말을 해야 할지 정말 감사합니다.

부디 행복하세요. 제 나이 41살에 좋은 스승을 만난 거 같습니다.

엎드려 감사드립니다.

-본사 홈페이지에 독자분이 올린 메일 中 에서 발췌-

잘나가고 싶은 사람은 읽어라!

그에게 한눈에 반했다! 그것은 분위기 탓?
애인과 나란히 걸어갈 때 당신은 좌, 우 어느 쪽에 서는가?
이성은 왜 서로 끌리는 걸까? 그 심층 심리를 해명한다!

30초의 심리학

■ **30초의 심리학**
아사노 하치로우 지음 / 계일 옮김 | 값 8,500원

처음 본 사람인데 와 닿는 느낌이
너무나도 강렬한 사람이 있다.
흔히 하는 말로 '필이 꽂힌 사람',
그래서 잊혀지지 않는 사람,
한눈에 반했다고 하는 것이 바로 그것이다.
이런 인간의 감정을 논하는 데
남녀의 구분이 있을 수 없다.
사랑하는 그, 혹은 그녀를
생각하는 것만으로도 가슴이 두근거린다.
이상할 것 없다. 당연히 그럴 수 있는 것이다.
그렇기에 인간을 감정의 동물이라 하지 않는가.
그러나 그렇게 좋아하는 그 사람이
어느 날 갑자기 싫어지는 경우는 왜일까?

Psychology